NEWS COLLOCATIONS

專業新聞英文搭配詞

朴鐘弘●著　謝宜倫●譯

音檔使用說明

STEP 1

掃描書中 QRCode

STEP 2

EZCourse 聆聽最新英日韓

帳號 請輸入電子郵件

密碼 請輸入密碼

登入

快速註冊 | 忘記密碼

或

使用Facebook登入

Google 使用Goole登入

快速註冊或登入 EZCourse

STEP 3

請回答以下問題完成訂閱

一、請問本書第65頁，紅色框線中的英文＿＿＿是什麼？

答案 請注意大小寫

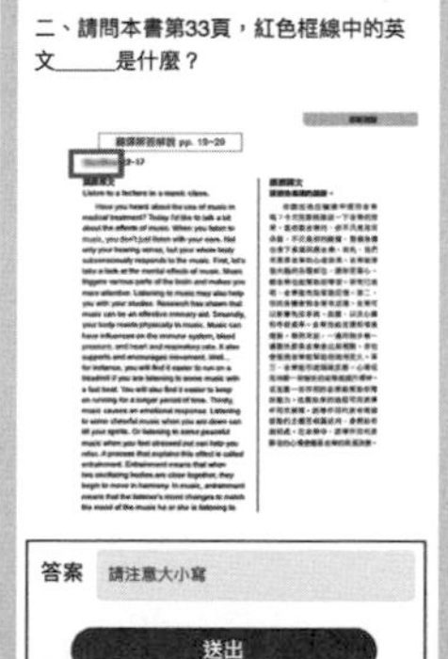

回答問題按送出

答案就在書中（需注意空格與大小寫）。

STEP 4

完成訂閱

該書右側會顯示「**已訂閱**」，
表示已成功訂閱，
即可點選播放本書音檔。

STEP 5

點選個人檔案

查看「**我的訂閱紀錄**」
會顯示已訂閱本書，
點選封面可到本書線上聆聽。

誠摯推薦

Ann ｜ @anns.english 英文教學創作者

「語塊學習」和「窄式學習」是高效率強化英文能力的秘訣！這本書完美地融合了這兩種學習概念，不僅能讓讀者快速掌握特定主題的新聞內容，還對於需要考托福、雅思等英文檢定的同學們來說特別有幫助！把這些高級又道地的搭配詞／語塊用在英文檢定考的寫作中，絕對能讓評分者眼睛一亮！

而且讀者們不用擔心學到過於偏頗、冷門的專業詞彙，作者除了在每個語塊後提供五句貼近生活的例句外，更擷取真實報章的段落，讓讀者深刻體會搭配詞的實際用法，加深印象！

林佳璇｜國際新聞主播

與「國際接軌」的時代，用英文寫新聞稿，成了企業人士基本技能。

然而，對非母語人士來說，要寫講究專業用詞的英文新聞稿，最怕冒出「台式英文」；常見狀況是，一篇文章丟到翻譯網站檢查，似乎都「言之成理」，但是母語人士一看，怎麼讀、怎麼怪。

問題出在哪？搭配詞的詞彙量不夠。要如何有效加強？針對主題，分門別類的條理學習是不二法門，但是自己怎麼搜集？天天抄報寫筆記？現在有英文新聞權威人士幫你整理好了，這本書來的正是時候！

林莉婷｜前壹電視新聞主播、公視英語新聞主播

可惜此書沒早點問世，不然我當時就不用那麼辛苦一一搜集專業新聞英文搭配詞了！此書分類清楚、易讀，並配予多種例句方便讀者加深理解，是本讓人可快速增進新聞英文能力的好幫手！

金瑄桓｜強尼金口筆譯教學日記版主、專業譯者、《英中新聞筆譯》共同作者

新聞雖「新」，然而內容的用字遣詞卻是時常反覆，若是熟悉這些用語，不僅能暢讀英文新聞，還能延伸應用至各類聽說讀寫。書的章節以各類新聞為題，除了詳盡整理並說明，還輔以真實新聞語料，必是能提升英語力的好書。

賓狗｜《聽新聞學英文》Podcast 主持人

《專業新聞英文搭配詞》最讓我喜歡的一點，就是使用相當多的例句，讓讀者不只能了解單字的意思，還可以知道如何使用這些新學到的字，不論在寫作或口說都很實用。本書還附有聲音檔案，讓你加深記憶，並學習正確發音！

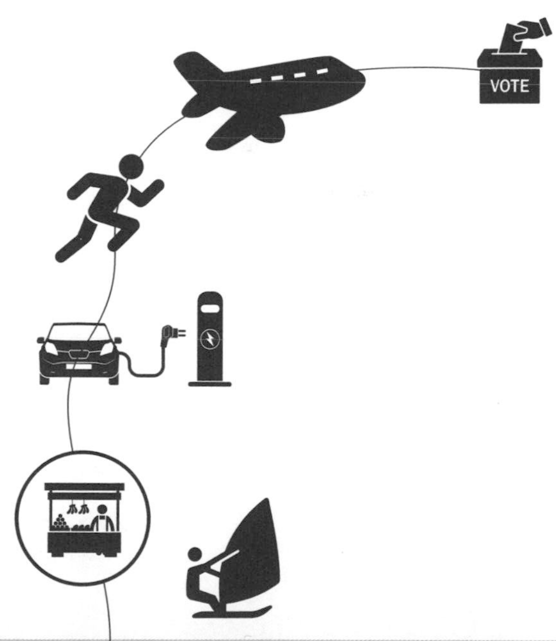

前言

「新聞不斷重複，選舉、經濟、展望、天氣等題材，在世界上任何地方、任何時刻都在點綴著新聞。若能熟悉這些時常出現的英語新聞搭配詞，自然能提升英語實力。」

構思本書時，我希望這不是一本讀者看完一遍就忘記，而是能經常拿出來翻閱的書。例如，當我們接觸國內選舉相關新聞，一聽到「壓倒性勝利」這個詞，又想知道英文怎麼說時，就可以拿出這本書，學習對應的搭配詞和相關用法，也看一看實際使用該搭配詞的新聞報導。希望這本書能像這樣隨時都被拿出來翻一翻。我們熟悉的母語和英文的語順、表達方式、語言外在文化等面相存在著許多差異，很難逐字對應。但是持續學習英文的人會發現在慣用語和短語方面，也就是以語意為單位的「搭配詞」上，英文和母語間有一些相似之處。這裡所謂的「搭配詞」是指我們說話時慣用的模式或是經常一起出現的用語。

舉例來說，「發布豪雨特報」和「解除豪雨特報」的英文分別是 issue a torrential rain alert 和 lift the torrential rain alert，「發布」和「解除」的單字是固定用法，英文在語順和詞義組合上和母語的感覺是相似的。如果用這種方法學習，可以培養出在類似的情況下替換單字的直覺。

不是只學習單獨的單字，而是將一起出現的單字組合、動詞片語、慣用語、常用片語等搭配詞（collocation）及常見語句的正確組合發音和組合用法學起來，才是邁向中高級英文，練就道地英文能力的正途。

新聞似乎很新鮮，但其實都在反覆。每年都有颱風經過，每年國內外經濟研究所都會發表經濟展望，每年都會舉行類似的政治活動等，各大媒體都在報導可預測且具連貫性的新聞，因此，涉獵廣泛運用在各新聞主題的英語搭配詞，對學習有很大的幫助。

本書根據主題分成 9 個單元，讀者可以先讀自己感興趣的部分，也可以把它當做國內新聞內容的英語參考書。當然，這本書並沒有包涵所有的新聞用語和搭配詞。我從超過 20 年的記者工作中，精心選出最常用到的 230 個新聞英文模式，並收錄實用例句和實際報導過的新聞段落，以生動的英語充實本書內容。筆者如此費盡心血，就是希望本書能讓各位讀者在趣味中累積英語實力，可以在日常生活和職場環境運用這些母語者實際使用的搭配詞。

主動學習英語的人應該也都讀過英文原著作品、看美劇、在補習班上母語老師會話或英語作文等課程。這些學習方式各有優點，不過本書整理出的新聞英語模式，主要是提供那些想增強詞彙運用能力並擴大視野的人參考。特別是對於以新聞為主要應考內容的翻譯研究所入學考生們，以及想提高商務英語能力的上班族、大學生、留學準備生等，本書將有很大的幫助。

首先，你可以學習感興趣的單元，像新聞主持人一樣邊朗讀邊錄音，再聽錄好的音檔不斷複習，這麼一來，原本感到生硬的新聞英語將不知不覺地和自己融為一體，隨時隨地都可以自然地拿出來使用。

最重要的是，新聞英語詞彙不僅止使用於新聞，在日常生活中使用高級英語時，都可作為核心的常用語句，大家在學習時一定要記住這一點。

最後，希望大家都能精讀新聞當中如寶石般的搭配詞用語，讓自己的英語實力成功升級。

朴鍾弘

本書內容與學習方法

本書將英語新聞中使用頻率較高的 230 個搭配詞（模式），按照主題分成 9 個 Part，然後再細分成 Chapter，透過豐富的例句和實際的新聞短文，幫助讀者熟悉用法。

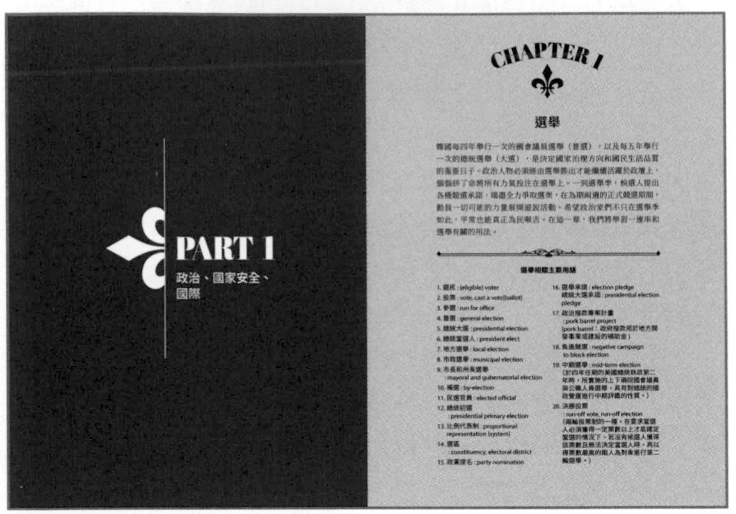

PART 1

政治、國家安全、國際

CHAPTER 1

選舉

韓國每四年舉行一次的國會議員選舉（普選），以及每五年舉行一次的總統選舉（大選），是決定國家治理方向和國民生活品質的重要日子。政治人物必須經由選舉勝出才能繼續活躍於政壇上，個個拼了命將所有力氣投注在選舉上。一到選舉季，候選人提出各種競選承諾，竭盡全力爭取選票，在為期兩週的正式競選期間，動員一切可能的力量展開遊說活動。希望政治家們不只在選舉季如此，平常也能真正為民喉舌。在這一章，我們將學習一連串和選舉有關的用法。

選舉相關主要用語

1. 選民：(eligible) voter
2. 投票：vote, cast a vote[ballot]
3. 參選：run for office
4. 普選：general election
5. 總統大選：presidential election
6. 總統當選人：president elect
7. 地方選舉：local election
8. 市政選舉：municipal election
9. 市長和州長選舉：mayoral and gubernatorial election
10. 補選：by-election
11. 民選官員：elected official
12. 總統初選：presidential primary election
13. 比例代表制：proportional representation (system)
14. 選區：constituency, electoral district
15. 政黨提名：party nomination
16. 選舉承諾：election pledge
總統大選承諾：presidential election pledge
17. 政治撥款專案計畫：pork barrel project
(pork barrel：政府撥款用於地方開發事業或建設的補助金)
18. 負面競選：negative campaign to block election
19. 中期選舉：mid-term election
(於四年任期的美國總統執政第二年時，所實施的上下兩院國會議員與公職人員選舉，具有對總統的施政發揮進行中期評鑑的性質。)
20. 決勝投票：run-off vote, run-off election
(兩輪投票制的一種。在要求當選人必須獲得一定票數以上才能確定當選的情況下，若沒有候選人獲得該票數且無法決定當選人時，再以得票數最高的兩人為對象進行第二輪選舉。)

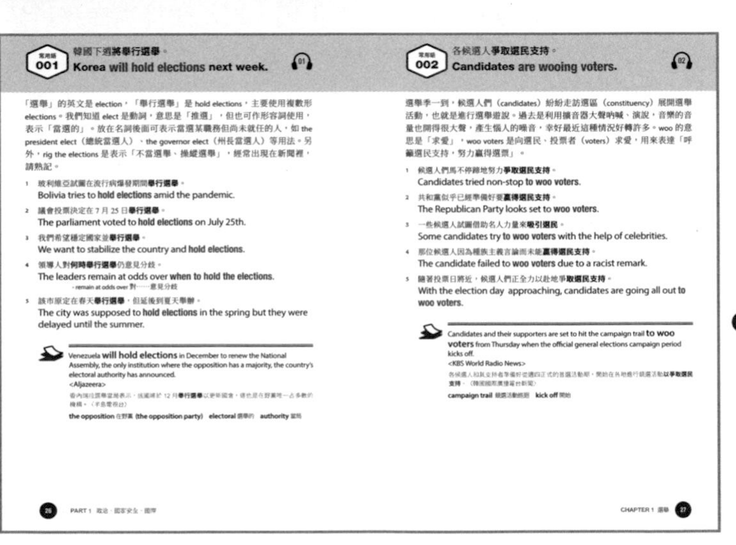

常用語 001

韓國下週**將舉行選舉**。

Korea will hold elections next week. 01

「選舉」的英文是 election，「舉行選舉」是 hold elections，主要使用複數形 elections。我們知道 elect 是動詞，意思是「推選」，但也可作形容詞使用，表示「當選的」。放在名詞後面可表示當選某職務但尚未就任的人，如 the president elect（總統當選人）、the governor elect（州長當選人）等用法。另外，rig the elections 是表示「不當選舉、操縱選舉」，經常出現在新聞裡，請熟記。

1 玻利維亞試圖在流行病爆發期間**舉行選舉**。
Bolivia tries to **hold elections** amid the pandemic.

2 議會投票決定在 7 月 25 日**舉行選舉**。
The parliament voted to **hold elections** on July 25th.

3 我們希望穩定國家並**舉行選舉**。
We want to stabilize the country and **hold elections**.

4 領導人對**何時舉行選舉**仍意見分歧。
The leaders remain at odds over **when to hold the elections**.
- remain at odds over 對……意見分歧

5 該市原定在春天**舉行選舉**，但延後到夏天舉辦。
The city was supposed to **hold elections** in the spring but they were delayed until the summer.

Venezuela **will hold elections** in December to renew the National Assembly, the only institution where the opposition has a majority, the country's electoral authority has announced.
<Aljazeera>
委內瑞拉選舉當局表示，該國將於 12 月**舉行選舉**以更新國會，這也是在野黨唯一占多數的機構。（半島電視台）

the opposition 在野黨 **(the opposition party)** **electoral** 選舉的 **authority** 當局

常用語 002

各候選人**爭取選民支持**。

Candidates are wooing voters. 02

選舉季一到，候選人們（candidates）紛紛走訪選區（constituency）展開選舉活動，也就是進行選舉遊說。過去是利用擴音器大聲吶喊、演說，音樂的音量也開得很大聲，產生惱人的噪音，幸好最近這種情況好轉許多。woo 的意思是「求愛」，woo voters 是向選民、投票者（voters）求愛，用來表達「呼籲選民支持，努力贏得選票」。

1 候選人們馬不停蹄地努力**爭取選民支持**。
Candidates tried non-stop **to woo voters**.

2 共和黨似乎已經準備好要**贏得選民支持**。
The Republican Party looks set to **woo voters**.

3 一些候選人試圖借助名人力量來**吸引選民**。
Some candidates try **to woo voters** with the help of celebrities.

4 那位候選人因為種族主義言論而未能**贏得選民支持**。
The candidate failed to **woo voters** due to a racist remark.

5 隨著投票日將近，候選人們正全力以赴地**爭取選民支持**。
With the election day approaching, candidates are going all out **to woo voters**.

Candidates and their supporters are set to hit the campaign trail **to woo voters** from Thursday when the official general elections campaign period kicks off.
<KBS World Radio News>
各候選人和其支持者準備好從週四正式的普選活動期，開始在各地進行競選活動**以爭取選民支持**。（韓國國際廣播電台新聞）

campaign trail 競選活動路線 **kick off** 開始

26 PART 1 政治．國家安全．國際

CHAPTER 1 選舉 27

Chapter 導讀文

每 Chapter 一開始都會簡單說明該章主題，幫助讀者更全面性地理解即將學習的內容。

主要用語

嚴選出該 Chapter 中和學習主題相關的 20 個主要用語並進行介紹。這些用語都是在進行與該主題相關的英語會話時經常使用的字彙，請記起來並加以應用。

搭配詞模式說明

首先，我會從文法、字彙、字源等角度說明該搭配詞模式，讓讀者了解模式的形態，如為什麼這樣用、為什麼有這樣的意思等，此外也可學習到其他值得參考的用法。

主要例句

文中介紹 4 ～ 5 個使用該模式的例句，幫助讀者熟悉使用原理和用法，希望大家也能注意到英語搭配詞和母語之間的對應關係。主要例句和下方的實用例句由母語配音員協助錄音，讀者可掌握正確的發音。希望讀者不要只用眼睛閱讀，而是要發出聲音跟著熟讀。

實例新聞短文

介紹實際使用該模式的英語新聞報導，讀者可看到英國廣播公司新聞（BBC News）、美國之音（Voice of America）、紐約時報（New York Times）、衛報（Guardian）、韓國國際廣播電台新聞（KBS World Radio News）等優質英語新聞媒體實際使用的新聞英文模式。親眼看到真實世界的英語新聞是一個很好的學習機會，千萬別只用眼睛看過而已，請開口跟著一起念，讓自己更熟悉。

目次

PART 1 政治、國家安全、國際

CHAPTER 1 選舉

CHAPTER 2 國會

CHAPTER 3 政權

CHAPTER 4 貪汙

CHAPTER 5 國家安全

CHAPTER 6 軍事與戰爭

CHAPTER 7 國際

CHAPTER 8 恐怖攻擊

PART 2 經濟、經營、產業

CHAPTER 1 景氣

CHAPTER 2 需求與供給

CHAPTER 3 金融

CHAPTER 4 貿易

CHAPTER 5 股票

CHAPTER 6 產業

CHAPTER 7 企業

CHAPTER 8 工作

PART 4 興趣、健康

CHAPTER 1 興趣

CHAPTER 2 旅行

CHAPTER 3 運動

CHAPTER 4 疾病

CHAPTER 5 壓力

CHAPTER 6 肥胖

CHAPTER 7 成癮

PART 5 文化、演藝

CHAPTER 1 電影

PART 6 體育

CHAPTER 1 足球

CHAPTER 2 棒球

CHAPTER 3 籃球

CHAPTER 4 高爾夫球

PART 7 環境

PART 8 網路、智慧型手機

CHAPTER 1 網路

CHAPTER 2 智慧型手機

PART 9 社論、評論

CHAPTER 1 正面評價

CHAPTER 2 負面評價

PART 1

政治、國家安全、國際

CHAPTER 1

選舉

韓國每四年舉行一次的國會議員選舉（普選），以及每五年舉行一次的總統選舉（大選），是決定國家治理方向和國民生活品質的重要日子。政治人物必須經由選舉勝出才能繼續活躍於政壇上，個個拼了命將所有力氣投注在選舉上。一到選舉季，候選人提出各種競選承諾，竭盡全力爭取選票，在為期兩週的正式競選期間，動員一切可能的力量展開遊說活動。希望政治家們不只在選舉季如此，平常也能真正為民喉舌。在這一章，我們將學習一連串和選舉有關的用法。

選舉相關主要用語

1. 選民 : (eligible) voter
2. 投票 : vote, cast a vote[ballot]
3. 參選 : run for office
4. 普選 : general election
5. 總統大選 : presidential election
6. 總統當選人 : president elect
7. 地方選舉 : local election
8. 市政選舉 : municipal election
9. 市長和州長選舉
   : mayoral and gubernatorial election
10. 補選 : by-election
11. 民選官員 : elected official
12. 總統初選
    : presidential primary election
13. 比例代表制 : proportional representation (system)
14. 選區
    : constituency, electoral district
15. 政黨提名 : party nomination
16. 選舉承諾 : election pledge
    總統大選承諾 : presidential election pledge
17. 政治撥款專案計畫
    : pork barrel project
    (pork barrel：政府撥款用於地方開發事業或建設的補助金)
18. 負面競選 : negative campaign to block election
19. 中期選舉 : mid-term election
    (於四年任期的美國總統執政第二年時，所實施的上下兩院國會議員與公職人員選舉，具有對總統的國政營運進行中期評鑑的性質。)
20. 決勝投票
    : run-off vote, run-off election
    (兩輪投票制的一種。在要求當選人必須獲得一定票數以上才能確定當選的情況下，若沒有候選人獲得該票數且無法決定當選人時，再以得票數最高的兩人為對象進行第二輪選舉。)

韓國下週**將舉行選舉**。
Korea **will hold elections** next week.

「選舉」的英文是 election，「舉行選舉」是 hold elections，主要使用複數形 elections。我們知道 elect 是動詞，意思是「推選」，但也可作形容詞使用，表示「當選的」。放在名詞後面可表示當選某職務但尚未就任的人，如 the president elect（總統當選人）、the governor elect（州長當選人）等用法。另外，rig the elections 是表示「不當選舉、操縱選舉」，經常出現在新聞裡，請熟記。

1 玻利維亞試圖在流行病爆發期間**舉行選舉**。
Bolivia tries to **hold elections** amid the pandemic.

2 議會投票決定在 7 月 25 日**舉行選舉**。
The parliament voted to **hold elections** on July 25th.

3 我們希望穩定國家並**舉行選舉**。
We want to stabilize the country and **hold elections**.

4 領導人對**何時舉行選舉**仍意見分歧。
The leaders remain at odds over **when to hold the elections**.
- remain at odds over 對……意見分歧

5 該市原定在春天**舉行選舉**，但延後到夏天舉辦。
The city was supposed to **hold elections** in the spring but they were delayed until the summer.

Venezuela **will hold elections** in December to renew the National Assembly, the only institution where the opposition has a majority, the country's electoral authority has announced.
<Aljazeera>

委內瑞拉選舉當局表示，該國將於 12 月**舉行選舉**以更新國會，這也是在野黨唯一占多數的機構。〈半島電視台〉

the opposition 在野黨 **(the opposition party)** **electoral** 選舉的 **authority** 當局

各候選人**爭取選民支持**。
Candidates **are wooing voters.**

選舉季一到，候選人們（candidates）紛紛走訪選區（constituency）展開選舉活動，也就是進行選舉遊說。過去是利用擴音器大聲吶喊、演說，音樂的音量也開得很大聲，產生惱人的噪音，幸好最近這種情況好轉許多。woo 的意思是「求愛」，woo voters 是向選民、投票者（voters）求愛，用來表達「呼籲選民支持，努力贏得選票」。

1 候選人們馬不停蹄地努力**爭取選民支持**。
Candidates tried non-stop **to woo voters.**

2 共和黨似乎已經準備好要**贏得選民支持**。
The Republican Party looks set to **woo voters.**

3 一些候選人試圖借助名人力量來**吸引選民**。
Some candidates try **to woo voters** with the help of celebrities.

4 那位候選人因為種族主義言論而未能**贏得選民支持**。
The candidate failed to **woo voters** due to a racist remark.

5 隨著投票日將近，候選人們正全力以赴地爭**取選民支持**。
With the election day approaching, candidates are going all out **to woo voters.**

Candidates and their supporters are set to hit the campaign trail **to woo voters** from Thursday when the official general elections campaign period kicks off.
<KBS World Radio News>

各候選人和其支持者準備好從週四正式的普選活動期，開始在各地進行競選活動**以爭取選民支持**。〈韓國國際廣播電台新聞〉

campaign trail 競選活動巡迴 **kick off** 開始

投票率史上最高。
The voter turnout was the highest ever.

投票率（voter turnout, turnout）高，選舉結果的意義才大。「史上最高」可用 be the highest ever 表示。有時也會發生投票率史上最低（a record low）的情況，這也反應了對政治的理想幻滅（disillusionment）。然而，一旦放棄寶貴的投票權，就很難再去改變些什麼了，希望大家都去行使民主國家的國民權力和義務—投票權（the right to vote）。

1 這次**創下** 1992 年普選以來的**最高投票率**。
The voter turnout was the highest ever since the 1992 general elections.

2 **投票率創歷史新高**，這反映出人民對變革的渴望。
The voter turnout was the highest ever, which reflects the people's desire for change.

3 **投票率創歷史新高**，超過 80% 的已登記選民參與了投票。
The voter turnout was the highest ever, with just over 80 percent of the registered voters casting a ballot.

— registered voter 已登記的選民

4 **投票率是史上第二高**。
The voter turnout was the second highest ever.

5 由於選民對政治感到徹底失望，**投票率創下歷史新低**。
With voters disillusioned by politics, **the voter turnout was the lowest ever**.

— be disillusioned by [at, with] 對……理想幻滅

The lowest ever voter turnout of under 6% may not seem like an achievement for democracy, but it made Texas Democrats optimistic Wednesday as they look to break Republicans' statewide dominance this fall. <The Texas Tribune>

低於 6% 的**史上最低投票率**可能不像是民主實踐的成果，但週三時德州民主黨員卻對此結果感到樂觀，因為他們希望在今年秋天瓦解共和黨遍及全州的優勢地位。〈德州論壇報〉

achievement 成就、成果、業績
Democrat 民主黨員、民主黨支持者
Republican 共和黨員、共和黨支持者
statewide 遍佈全州的
dominance 優勢、優越、支配

常用語
004

在野黨**獲壓倒性勝利**。
The opposition party **won by a landslide.**

選舉結束後，晚上開始進行開票（vote[ballot] count, vote[ballot] counting）。新聞電視台各自派遣採訪團到各政黨，透過現場直播傳達各黨內部氣氛。在南韓，大概會在午夜左右確定當選與否。此時也會出現特定黨或候選人獲得壓倒性勝利的情況，「取得壓倒性勝利」的英文是 win by a landslide，想像猶如山崩一般的票全部傾倒向某一方的樣子。

1 那位候選人預計自己**將獲壓倒性勝利**。
The candidate expects he **will win by a landslide.**

2 如果她參選，她**將取得壓倒性勝利**。
If she ran for office, she **would win by a landslide.**

3 一位沒沒無聞的獨立候選人**以壓倒性優勢獲勝**。
The little-known independent candidate **won by a landslide.**

— independent candidate 獨立候選人

4 在市議會選舉中，保守黨**獲壓倒性勝利**。
In the city council elections, the conservative party **won by a landslide.**

5 官方統計顯示，那位女性候選人以贏得 70% 的選票**取得壓倒性勝利**。
Official tally shows that the female candidate **won by a landslide** with 70 percent of the votes.

Some reports show that the left-wing candidate **would win by a landslide** if the election were held today.
<The New York Times>

部分報導指出，如果是在今日舉行選舉，左翼候選人**將以壓倒性優勢取勝**。〈紐約時報〉

left-wing 左翼的

那位候選人**以些微差距險勝**。
The candidate **won by a narrow margin.**

05

勢均力敵或不相上下的情況稱為 neck-and-neck。想像一下賽馬場上兩匹賽馬的頭時前時後相互追趕的畫面，我們可以說 They were neck and neck in the contest（牠們在比賽中不分上下），或是 They ran neck and neck（牠們並駕齊驅地奔跑）。如果後來以些微的差距獲勝，則可用 win by a narrow margin 形容，意思是「好不容易險勝」，這種說法可以用在包括選舉在內的所有競爭當中。

1 聯合黨**以些微差距險勝**。
The coalition party **won by a narrow margin.**

—coalition 聯盟、同盟

2 即使當選，他也很可能是**以些微之差獲勝**。
Even if he wins, he is likely to **win by a narrow margin.**

3 在普選中進步黨**以些微差距險勝**。
In the general elections, the progressive party **won by a narrow margin.**

4 隨著兩位政治大咖放棄參選，他才**好不容易取得勝利**。
With two political heavyweights stepping down, he **won by a narrow margin.**

—heavyweight 具影響力的重要級人物

5 出乎意料地，這位政治新秀全力奮戰，最後**以些微差距獲勝**。
Bucking expectations, the newcomer in politics put up a good fight and **won by a narrow margin.**

He's got to worry about Michigan, Pennsylvania and Wisconsin—all of which he **won by a narrow margin** in 2016.
<Fox News>

他必須擔心密西根州、賓州、威斯康辛州，因為 2016 年他在這些州**僅以些微差距贏得勝利**。〈福斯新聞〉

CHAPTER 2

國會

在政治新聞中，國會相關新聞佔的比例高，因此在各種不同情況下的國會相關用語也相當豐富。其中，本章精心選出議會陷入衝突 (be mired in conflict)、議案交付表決 (put the bill to a vote)、舉辦議會聽證會 (open a parliamentary hearing) 等正式用語，在此進行介紹。別只侷限用在新聞上，試著在日常生活中也使用這些重要的高級用法吧！

國會相關主要用語

1. 議會 : parliament
2. 國會 : National Assembly
(為南韓使用的用語，美國是 Congress，日本是 Diet，parliament 是意指「議會」的一般名詞)
3. 兩院制 : bicameral system
4. 一院制 : unicameral system, one chamber system
5. 多數暴力 : tyranny of the majority
6. 三權分立 : division of power into the three branches of government
7. 立法機構 : legislative branch, the legislature
8. 行政機構 : executive branch, the administration
9. 司法機構 : judicial[judiciary] branch, the judiciary
10. 制衡 : checks and balances
11. 否決權 : veto
12. 彈劾 : impeachment
13. 三任議員 : three-time elected member of the parliament, third-term lawmaker
14. 議會會議 : session
15. 休會 : recess
暫停會期 : be out of session
16. 立法預告 : notification of legislation
17. 強行通過法案 : railroading
18. 國家預算案審查 : deliberation of the national budget
19. 議會審計 : parliamentary audit
20. 不逮捕特權 : immunity from arrest

議會**對法案進行表決**。
The parliament **put the bill to a vote.**

在國會審議各種法案，並在全體大會 (plenary session) 上表決法案 (put the bill to a vote) 的過程，我們稱為立法過程 (legislative procedures)。「對某事進行投票表決」是 put something to a vote，「對⋯⋯投贊成票」是 vote for ～，「對⋯⋯投反對票」是 vote against ～。

1 國會**將**在週五**對法案進行表決**。
The National Assembly **will put the bill to a vote** on Friday.

2 在野黨衝進議會廳，但仍無法阻止執政黨**表決**通過**該法案**。
The opposition parties stormed into the assembly hall but couldn't prevent the ruling party from **putting the bill to a vote** and passing it.

3 國會原本計畫明天**對該法案進行表決**，但因國會陷入衝突而無限期延期。
The National Assembly planned to **put the bill to a vote** tomorrow but with the parliament mired in conflict, this has been indefinitely postponed.

4 國會今天**將對 30 個法案進行表決**。
The National Assembly **will be putting up to 30 bills to a vote** today.

5 國會預定於中秋節過後**對該法案進行院內表決**。
The National Assembly is slated to **put the bill to a floor vote** after the Chuseok Holidays.

— be slated to 預計要⋯⋯ the floor 議員的座席、與會議員

Legislators held discussions throughout Tuesday to try **to put the bill to a vote** but the session was adjourned close to midnight.
<BBC>

國會議員們在週二進行全天討論，試圖**將法案付諸表決**，但是會議卻在接近午夜時休會。〈英國廣播公司〉

adjourn 休會、休庭

國會**陷入衝突**。
The National Assembly **is mired in conflict.**

從國會議員們的議政活動來看，很多時候充滿了矛盾與衝突。致力於政黨政治的結果，有時反而給人一種民生被拋在腦後的印象。執政黨和在野黨看起來似乎只是一昧地對立，早已忘記競選時對國民的承諾，令人倍感遺憾。mire 的意思是「泥沼、泥坑」、「使陷入泥沼或泥坑裡」，因此 be mired in 的意思是「陷入……的泥沼」。be mired in conflict 可以解釋為「陷入衝突的泥沼、陷入癱瘓」。

1 在野黨**陷入衝突之中**。
The opposition parties **are mired in conflict.**

2 政黨派系**陷入**利益**衝突的泥沼**。
The factions within the party **are mired in conflict** of interest.

3 國會**已經陷入衝突**第十天。
The National Assembly **has been mired in conflict** for the 10th day.

4 索馬利亞自 1991 年內戰爆發後，**就陷入衝突之中**。
Somalia **has been mired in conflict** since a civil war broke out in 1991.

5 國會對於通過新法案**深陷泥沼**。
The National Assembly **is mired in conflict** over the passage of the new bill.

As the current decade draws to a close, large parts of the world **are mired in conflict**, stable democracies have suddenly been knocked off kilter, and societies are increasingly divided by race, religion, and political ideology. <Project Syndicate>

隨著十年過去，世上許多地區**陷入衝突的泥沼**，穩定的民主國家霎時間陷入失序狀態，社會因種族、宗教和政治意識型態而越趨分裂。〈評論彙編〉

draw to a close 結束、接近尾聲　**kilter** 正常、良好狀態
increasingly 不斷增加地

常用語 008

小組委員會召開**議會聽證會**。
The sub-committee opened a parliamentary hearing.

聽證會如字面上的意思，是以傾聽和詢問為訴求的聚會。議會聽證會稱為 parliamentary hearing，高級官員的人事任命聽證會叫做 confirmation hearing。議會聽證會經常在電視上現場直播，稱為 a live televised parliamentary hearing。

1 兩名男性在**議會聽證會**上作證。
The two men testified at **a parliamentary hearing.**

2 此聽證會是**史無前例的議會聽證會**。
This hearing is **an unprecedented parliamentary hearing.**

3 企業領袖們在**議會聽證會**上接受議員們的盤問。
The corporate chiefs were grilled by lawmakers at **the parliamentary hearing.**

—grill 拷問、盤問

4 在**議會聽證會**上，他被指控行賄 1 億韓元。
He was accused of giving 100 million won in bribes at **a parliamentary hearing.**

5 在**議會聽證會**上，議員們就各種指控對部長進行盤問。
During **the parliamentary hearing**, the lawmakers grilled the minister on various allegations.

—allegation 未經證實的主張、指控

Once **a parliamentary hearing** began, opposition lawmakers buffeted Mr. Kim with allegations of tax evasion, bribery and shady financial transactions. <The New York Times>

議會聽證會一開始，在野黨議員們抨擊金先生，指控他逃稅、行賄及參與可疑金融交易。〈紐約時報〉

buffet 打擊、抨擊　**tax evasion** 逃稅　**bribery** 賄賂
shady 非法的、可疑的　**financial transaction** 金融交易

動議案**有待**國會**批准**。

The motion **is pending approval** at the National Assembly.

法案是 bill，動議案是 motion。be pending approval 是「待決中」，意思是「正在等待批准」。pending 是重要單字，有多種含意。形容詞是作「未決定的、懸而未決的、即將發生的」，the pending issue 是「待決問題」，建議把 the pending issue 的用法當做片語一起記憶。pending 當介係詞時，意思是「直到……為止」。pending his arrival 的意思是「直到他抵達為止」。

1 仍然有很多法案**擱置**在陷入衝突的議會中。
Still many bills **are pending approval** at the parliament that is mired in conflict.

2 我們希望議會能迅速通過**被擱置的追加預算案**。
We hope that the parliament swiftly passes **the pending extra budget bill**.

3 追加的修訂預算**正在等待**敵對陣營的黨團領袖**批准**。
The supplementary revised budget **is pending approval** by floor leaders of the rival camps.

4 主要法案已經在十天前提交到議會，目前**仍在等待**國會**批准**。
The major bills have been submitted to the parliament 10 days ago and **are still pending approval** at the National Assembly.

5 **議會懸而未決的**這些法案引起了相當大的關注。
Pending parliamentary approval, these bills are garnering much attention.

The government called on the National Assembly to swiftly discuss the revision of the Tele Medicine law that**'s pending approval** in Parliament.
<KBS WORLD Radio News>

政府要求國會儘速討論**擱置**在議會的遠距醫療法修訂案。〈韓國國際廣播電台新聞〉

call on ~ to 要求（某人）做（某事）　**revision** 更正、修訂

常用語 010 各政黨最近在**進行跨黨派協力**。

These days political parties are making bipartisan efforts.

政治人物若想通過一項法案（pass a bill）幫助人民過更好的生活，就不應該堅持政黨的利益和黨的策略（play partisan politics），必要時，應做出超越黨派（non-partisan, bipartisan）的努力。party 是「政黨」，partisan 是「黨派的、偏袒的」，bipartisan 是「兩黨的」，引伸出「超越黨派的」的含意，因此「跨黨派的努力」可以用 bipartisan efforts 表示。期待國會始終把國民的生活放在首位，做出超越黨派的努力。

1 總統呼籲**兩黨共同努力**修訂法律。
The president called for **bipartisan efforts** to revise the law.

2 由於缺乏**跨黨派協力**，尚待解決的問題堆積如山。
A lack of **bipartisan efforts** has led to a pileup of pending issues.

3 **近日跨黨派的努力**有望降低房價。
Recent bipartisan efforts are expected to make housing more affordable.

4 政府的執政和在野兩黨**將超越黨派共同努力**反擊日本的報復。
The government with ruling and opposition parties **will make bipartisan efforts** to counter Japan's retaliation.

5 此**超越黨派的措施**起因於多年來審慎的聯盟組建。
The bipartisan measure emerged from years of careful coalition-building.

Our beautiful Sunshine State needs our protection, so we Floridians **should make bipartisan efforts** to save Florida from pollution's devastation.
<Tampa Bay Times>

美麗的陽光州需要我們的保護，為了避免佛羅里達遭到污染破壞，佛州居民們**應該超越黨派共同努力**。〈坦帕灣時報〉

Sunshine State 佛羅里達州　**devastation** 破壞、毀滅

CHAPTER 3

政權

政黨的目標在於爭取權力。南韓總統是五年單任制國家，每五年人民從各政黨候選人中親自選出總統。議員內閣制是由議員數最多的政黨代表擔任總理，進行統治。不論是總統或總理，只要掌握政權，擁有的權力相當可觀。因此政黨會竭盡所能維護政權，或試圖實現政黨輪替。本章將學習有關政權常用的核心用語。

政權相關主要用語

1. 政權 : political power
2. 掌權 : be in power, rule
3. 就任 : take office, be sworn in
4. 卸任 : leave office
   總統任期結束 : end presidential term
5. 總統制 : presidential system
6. 議員內閣制 : parliamentary system
7. 總統單任制 : single-term presidency
8. 總統連任制
   : multiple-term presidency
9. 國政 : state administration
10. 治理國家 : governing the state
11. 支持率 : approval rating
12. 信任投票 : vote of confidence
13. 權力繼承 : succession of power
14. 解散議會
    : dissolve parliament
15. 草根政治 : grass-roots politics
16. 彈劾 : impeachment
17. 政治混亂 : political turmoil
18. 反政府人士、政治異議份子
    : political dissident
19. 逐出政權 : ejected from power
20. 重掌政權
    : return to power

此政黨**實現政權轉移**。

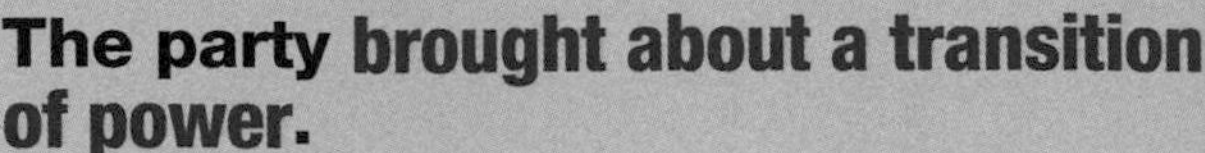

The party **brought about a transition of power.**

說到「替換」我們常想到 replacement，不過政權轉移要使用 transition，這個單字帶有「過度、轉換」的意思，形容政權從某一邊轉移、過度到另一邊，因此 transition of power 是「政權轉移」，也可以和 transfer of power 互換使用。使用 transition 形容詞形的 transitional government 是「過度政府」的意思。bring about 意思是「引起、造成」，意思翻成「實現」可使語意更自然。

1 在野黨的目標是**實現政權轉移**。
The opposition party aims to **bring about a transition of power.**

2 少數黨**實現了和平的政權轉移**。
The minority party **brought about a peaceful transfer of power.**

3 外國投資者期待著在選舉中**轉移政權**。
Foreign investors look forward to **a transfer of power** in the elections.

4 **在政權轉移期間**，現任政府發現自己處於脆弱狀態。
The current government finds itself in a vulnerable position **during a transition of power.**

5 政府已經開始為落選後的**政權轉移**做準備。
The government started the process of preparing for **a transition of power** should it lose in the elections.

At an impromptu news conference in Geneva, Annan said the international community and Security Council had not supported his efforts to enforce a cease-fire and bring about **a transition of power**.
<The Washington Post>

安南在日內瓦舉行的臨時記者會上表示，國際社會和聯合國安理會都沒有支持他為履行休戰和實現**政權轉移**所做的努力。〈華盛頓郵報〉

impromptu 臨時的
news conference 記者會（= **press conference**）
Security Council 聯合國安全理事會
enforce 實施、執行、施行
cease-fire 休戰、停戰

他**宣誓就任總統**。
He was sworn in as president.

總統選舉（presidential election）結束後，總統職務接管委員會以總統當選人（the president elect）為中心準備政權交接，並舉行就職典禮（inauguration ceremony）。「就任總統」可以用 be sworn in as president 和 take office as president 表示。be sworn in as president 裡的 sworn 是「宣誓的」，意思是宣誓後就任總統。

1 薩科奇於 2007 年 5 月 16 日**宣誓就任總統**。
Sarkozy **was sworn in as president** on May 16, 2007.

2 他正好在一年前的今天**宣誓就任總統**。
He **was sworn in as president** exactly one year ago today.

3 我的總統生涯中最美好的一天是我**宣誓就任總統**那天。
The best day of my presidency was when I **was sworn in as president**.

4 在承諾建立聯合政府後，他**宣誓就任總統**。
Following his pledge to form a coalition government, he **was sworn in as president**.

5 阿根廷的阿爾貝托・費南德斯於週二**宣誓就任總統**，宣告了中南美洲第三大經濟體的左傾化。
Argentina's Alberto Fernandez **was sworn in as president** on Tuesday, marking a shift to the left for Latin America's number 3 economy.

Before he **was sworn in as president**, Donald J. Trump made clear that he would treat the stock market as a crucial yardstick of his success in office. <The New York Times>

在**宣誓就任總統**之前，唐納・川普明確表示他將把股市作為衡量自己執政成功的關鍵標準。〈紐約時報〉

make clear that 明確表示 **crucial** 決定性的、至關重要的 **yardstick** 衡量標準、評判尺度

委員會**草擬了一項**新**政策**。

The committee **drew up a new policy.**

政權的主要職責在於制定、執行與修訂治理國家所需的政策（policy）。draw up 的意思是「制定、草擬」，因此 draw up a policy 是「制定、擬定政策」的意思。類似用法有 map out，但語意上主要為「詳細安排、籌劃」。

1 該部門表示**將**於本月**草擬一項政策**。
The ministry announced it **will draw up a policy** this month.

2 政府**制定了**所有金融機構都採用的**政策**。
The government **had drawn up the policy** that was adopted by all financial institutions.

3 國會為**政府制定的政策**立法。
The National Assembly legislated into law **the policy drawn up by the government.**

4 議會**擬定了一項**可以迅速解雇高級官員的**政策**。
The parliament **drew up a policy** that allowed for the swift dismissal of senior officials.

5 總統說政府**將制定一項**以重建企業為目標的**政策**。
The president said his government **would draw up a policy** aimed at rebuilding businesses.

The task force, set up in August, has been asked to **draw up a policy** for the accelerated deployment of AI and a five-year roadmap for its use in government and industry research programmes.
<Business Standard>

8 月成立的專案小組被要求**制定一項**加速部署人工智慧的**政策**，以及使其能應用於政府與產業研究計劃的五年藍圖。〈商業標準報〉

accelerated 加速的、加快的 **deployment** 部署、調動

他們**舉行了反政府抗議活動**。

They **staged anti-government protests.**

政府若經營國家不善或引發爭議，人民就會走上街頭反政府示威，這種情況在先進民主國家更是家常便飯。stage 常指「舞台」，但也能作為動詞，意指「上演」，stage a protest 的意思是「舉行示威抗議」，而「舉行反政府示威抗議」就可以用 stage an anti-government protest 表示。另外，「罷工」可以用 stage a strike 或 wage a strike 表示。

1 數千人在布拉格**展開反政府抗議活動**。
Thousands of people **are staging anti-government protests** in Prague.

2 對政府政策不滿的人**正在舉行反政府示威抗議**。
People disgruntled with government policies **are staging anti-government protests.**

— disgruntled with 不滿於……、對……感到不悅的

3 數萬名示威者聚集**舉行反政府抗議活動**。
Tens of thousands of demonstrators are gathering **to stage anti-government protests.**

4 香港市民持續**展開反政府示威活動**長達 11 週。
Hong Kong citizens continue to **stage anti-government protests** for the eleventh week.

5 各行各業的工會組成大規模的反對勢力，**展開反政府示威抗議**。
Labor unions of various industries have formed a massive opposition force to **stage anti-government protests.**

Several thousand **anti-government protesters** rallied in Thailand's capital on Saturday to call for a new constitution, new elections and an end to repressive laws.
<VOA News>

數千名**反政府示威者**週六在泰國首都集會，要求制定新憲法、新選舉及廢除專制法律。〈美國之音新聞〉

rally 集合、召集　**repressive** 壓制的、鎮壓的

常用語
015

他的任期止於今年 11 月。

His term expires this coming November.

15

負責執行任務的期間稱為 term，除了 term 以外，也經常使用 tenure（任期）這個單字。在搭配詞中常用到 term，例如表示「任期結束」的「the term expires[ends] in 月、年 / on 日期」，以及表示「任期開始」的「the term begins in 月、年 / on 日期」。此外還有 the term lasts until 年、月、日（任期到……為止）、renew the term（續任）等。

1 **他的任期止於** 2022 年 12 月。
His term expires in December of 2022.

2 市長說他將在**任期屆滿後**退休。
The mayor says he will retire **after his term expires**.

3 那位部長計畫在**任期結束後**競選總統。
The minister plans to run for president **after her term expires**.

4 他可能在 1 月 20 日**任期結束前**遭到彈劾。
He could be impeached **before his term expires** on January 20.

5 她很可能接替在 6 月 30 日**結束任期**的湯姆．史密斯擔任議長。
She will likely succeed Tom Smith **whose term expires** on June 30th as the Speaker.

In a landslide vote, 78% of Russians supported amendments giving Mr. Putin the option to run twice **after his term expires** in 2024. A total of 160 members of the chamber voted for the bill on Wednesday, while one voted against it and three abstained.
<VOA News>

在壓倒性的票數中，78% 的俄國人支持憲法修正案，這讓普丁在 2024 年**任期結束後**獲得二次參選的機會。週三議會共有 160 名成員投票贊成這項法案，1 人反對，3 人棄權。〈美國之音新聞〉

landslide 大勝、壓倒性勝利　**amendment**（法案、憲法的）修訂（案）、修正（案）
chamber 議會、議院　**abstain** 棄權

CHAPTER 4

貪汙

一想到貪汙腐敗，最先想到的就是權力型腐敗、官商勾結、逃稅等。當我們把漢字為主的合成名詞翻成英文時，必須反覆斟酌其中的意義再進行解釋。例如，官商勾結是「從政者和商界的勾結（非法關係）」，英文可解釋為 collusion between business and politics。關於貪腐，「賄賂特權貪汙」也經常上新聞版面，英文可表示為 a bribes-for-favors scandal，這裡的 for 是「交換」，可視為 in exchange for 的縮寫。這一章我們將學習和貪汙腐敗相關的搭配詞用法。

貪汙相關主要用語

1. 不法行為 : illegality, irregularity
2. 腐敗 : corruption
3. 勾結 : collusion
4. 共犯 : accomplice
5. 官商勾結 : collusion between politics and business
6. 湮滅證據 : destroying evidence
7. 賄賂 : bribery
8. 受賄 : taking[accepting] bribes
9. 行賄 : offering[giving] bribes
10. 白領犯罪 : white collar criminal
11. 盜用、挪用 : misappropriation
12. 逃稅 : tax evasion
13. 炒房 : real estate speculation
14. 濫用權力 : abuse of power
15. 濫用職權 : abuse of one's authority
16. 性暴力 : sexual violence
    性騷擾 : sexual harassment
    強制猥褻 : indecent assault, sexual molestation
    性侵害 : sexual assault, rape
17. 違法行為 : wrongdoing
18. 妨害公務 : obstruction of official duty
19. 怠忽職守 : dereliction of duty
20. 利用職務之便敲詐 : extortion

不法行為和腐敗猖獗。
Irregularities and corruption are running amok.

在官僚體制（officialdom）中仍然看得到許多尚未根除的貪腐亂象。我們如何用英文表示不法與貪腐呢？irregularities 是「不法行為」，corruption 是「腐敗」，因此可以用 irregularities and corruption 表示。掌權者往往容易受到各種誘惑，以致於為謀取私利而忘記自己的本分，當這種胡作非為的事毫無節制地發生時，我們稱為 run amok，原意為「失去控制地瘋狂亂闖」。

1 政府當局不應任由**不法行為和腐敗橫行猖獗**。
Authorities should not let **irregularities and corruption run amok.**

2 總統上任才一年，**不法行為和腐敗亂象已橫行失控**。
Irregularities and corruption have been running amok just a year since the president took office.

3 傳染病爆發後，**國會的腐敗陷入無法控制的狀態**。
Congressional corruption ran amok after the outbreak of the epidemic.

4 自去年政府進行取締後，**各種不法勾當和貪腐**再次浮上檯面。
Various irregularities and corruption have resurfaced after the government cracked down on them last year.

5 **恐怖主義活動**在該國全境**大肆猖獗**。
Terrorist activities are running amok in all parts of the country.

The Nation Investigative Desk got wind of **a corruption racket running amok** at the National Youth Service (NYS) when many suppliers approached the newspaper months ago complaining that they had not been paid for supplies of goods and services to the agency since 2015.
<Daily Nation>

本報調查辦公室接獲一樁全國青年服務處（NYS）**貪腐猖獗的傳聞**。幾個月前許多供應商聯繫本報社，抱怨他們從2015年起就沒有收到向該機構提供商品和服務的應收貨款。〈民族日報〉

get wind of 聽到……的風聲、得知……的消息　**racket** 喧嘩、噪音、吵鬧聲

我們必須**斷絕官商勾結**。

We have to **sever the collusive ties between business and politics.**

腐敗和不法行為大部分是因為權力和金錢掛勾，當事人通常是政治人物和企業家，而新聞術語則以官商勾結形容這種關係。「勾結」的意思可以用 collusion 表示「同謀、串通」，因此「官商勾結」可解釋為 the collusion between business and politics。表示「斷絕」的正式用語是 sever，非正式用語可以 cut 或 cut off 表示。

1 他承諾如果當選，**將斷絕官商勾結的關係**。
He promised to **sever the collusive ties between business and politics** if he is elected.

2 他們正竭盡全力**斬斷政商勾結的不法關係**。
They are bending over backwards **to sever the shadowy link between business and politics.**

— bend over backwards 竭盡全力

3 他沒有遵守要**切斷官商勾結**的承諾。
He failed to deliver on his promise **to sever the collusive ties between business and politics.**

4 **官商勾結**是一個長期存在的問題，要斷絕是知易行難。
The collusive link between business and politics is a chronic problem and severing it is easier said than done.

5 在野黨的勝利是否能**切斷根深蒂固的官商勾結關係**還是個未知數。
It is unclear whether the opposition party's victory will lead to **severing the deep-rooted collusive link between business and politics.**

There is overdue debate about **the links between big business and politics**, as well as about inequalities of class, race and gender.
<The Guardian>

官商勾結以及階級、種族和性別的不平等皆是早該進行的爭論。〈衛報〉

overdue 早該實現的、逾期的 **inequality** 不平等

可疑交易的跡象顯而易見。
Signs of **shady dealings** are evident.

dealing 是「交易」的意思，「可疑的」可以用 shady 和 suspicious 表示，shady 是 shade（陰影）的形容詞，可用來表示有陰影、看不清楚的非法角落，suspicious 這個單字給人的感覺則比 shady 更正式。「可疑的交易」可以用 shady dealing 或 suspicious dealing 表示，「跡象」可以用 sign 表示。

1 在這筆大型建設交易中，**非法交易**的跡象十分明顯。
Signs of **shady dealings** were evident in the mega construction deal.

2 腐敗的公務員靠著**可疑的交易**獲取額外收入，這些跡象顯而易見。
Corrupt public servants rely on **shady dealings** for extra income and these signs are evident.

3 海外資源開發容易出現**不正當交易**。
Overseas resource development is prone to **shady dealings**.

4 他因支持兩名被指控涉入**可疑交易**的部長而遭受譴責。
He was denounced for backing two ministers accused of **shady dealings**.

5 他因與有勢力的商人進行**可疑的交易**而到處受到懷疑。
He was widely suspected of his **shady dealings** with influential businessmen.

Dodd says he originally thought BBI represented a good business deal, but soon discovered financial mismanagement and various **shady dealings**.
<The Guardian>

多德表示他原本認為 BBI 公司代表一樁不錯的生意，但很快就發現了財務管理不當和各種**可疑交易**。〈衛報〉

business deal 商業交易　**mismanagement** 管理不善、處置失當

一位著名政治人物**捲入逃稅醜聞**。
A well-known politician was implicated in a tax evasion scandal.

「被……牽連」的英文可以用 be involved in、be implicated in 表示。be involved in 是容易理解的用法，be implicated in 則是較正式的用法，因此「涉入犯罪」我們可以用 be implicated in a crime 或 be involved in a crime 表示。法律或犯罪的相關用語令人感到生疏艱澀，每當看到這類新聞的時候，試著養成整理單字，並找出對應英文用語的習慣吧！

1 更多的政治人物**捲入這起逃稅醜聞**。
More politicians **were implicated in the tax evasion scandal.**

2 令人們震驚的是，他**被捲入一樁性交易案件**。
To the shock of people, he **was implicated in a sex trafficking case.**

3 他因為怕**被捲入殺人案**而在法庭作了偽證。
He committed perjury for fear of **being implicated in a murder case.**

— commit (a) perjury 作偽證

4 那位現任議員在**捲入一起犯罪醜聞後**退出政壇。
The sitting lawmaker retired from politics **after being implicated in a crime scandal.**

5 幾位政治人物為**涉入性騷擾醜聞**舉行記者會，發表道歉聲明。
With several politicians **being implicated in a sexual harassment scandal**, they held press conferences to issue an apology.

Mary is held in high regard and respected for the help that she gives to homeless children in her community. Despite her stellar reputation, her hidden demons will cause havoc for her family and friends, who **get implicated in her unethical business deals**.
<JustNje>

瑪麗因幫助社區中無家可歸的孩子們而受到高度評價和尊敬。儘管名聲極高，她那些隱藏的祕密卻將對她的家人和朋友造成傷害，讓他們**被捲入她不道德的商業交易中**。〈JustNje〉

be held in high regard 受到高度重視
stellar 優秀的、傑出的
havoc 浩劫、大混亂、破壞
unethical 不道德的

常用語 020

那位政要**因受賄而被捕**。

The political heavyweight **was arrested for taking bribes.**

arrest 的意思是「逮捕」，可當作名詞，也可當作動詞，be arrested 是「被逮捕」，be arrested for 是「因……被捕」。bribe 的意思是賄賂，take a bribe 是「受賄」，offer[give] a bribe 是「行賄」，bribery 是指行賄或受賄的賄賂行為。2015 年韓國制定（legislated）的禁止不正當請託與收受財物等相關法律（金英蘭法），似乎讓這種非法貫行端正許多。heavyweight 的字面意思是指體重在平均以上的人，用來比喻「具影響力的大人物」。

1 他**因收受賄賂被逮捕**，被判處 10 年徒刑。
He **was arrested for taking bribes** and sentenced to 10 years in prison.

2 這位前任部長**因收受賄賂被逮捕**並監禁 15 年。
The minister's predecessor **was arrested** and jailed for 15 years **for taking bribes**.

3 他**因為收受巨額賄賂**，用這筆錢買了一棟房子和一輛豪華汽車**而被逮捕**。
He **was arrested for taking a sizeable amount in bribes** with which he bought a house and a luxury car.

4 在他**因涉嫌受賄和猥褻被補**後，他失去了聲望。
Following his **arrest on charges of taking bribes and sexual molestation**, he fell from grace.

5 在公司執行長**因行賄被補後**，公司就破產了。
After the company's CEO **was arrested for giving bribes**, the company went bankrupt.

Two sitting opposition lawmakers **were arrested** early Thursday **for taking bribes** and illegal political funds under the previous Park Geun-hye government, a Seoul court said. The court acknowledged that the suspects present the risk of flight and destroying evidence.
<Yonhap News Agency>

首爾法院表示，兩名現任在野黨議員**因**涉嫌於前朴槿惠政府時期**收受賄賂**和非法政治資金，於週四上午**遭到逮捕**。法院認為嫌疑人有潛逃和湮滅證據之虞。〈聯合通訊社〉

the risk of flight and destroying evidence 潛逃和湮滅證據之虞

CHAPTER 5

國家安全

外國媒體經常報導韓國半島是世界上唯一的分裂國家，用英文可以這樣表示：Korea remains the only divided country in the world and the last vestige of the Cold War Era.（vestige 的意思是足跡、痕跡、殘餘）。在最近的民調中，韓國人民反對統一的意見比贊成統一的意見更占優勢。總之，在南韓的現實當中，國家安全和國防仍然相當重要。這一章我們要學習的是有關國家安全的詞彙用法。

國家安全相關主要用語

1. 安全秩序 : security order
2. 安全威脅 : security threat
3. 和平體制 : peace regime
4. 國際衝突 : international conflict
5. 領土紛爭 : territorial dispute
6. 武裝衝突 : armed conflict
7. 軍備競賽 : arms race
8. 建立信任 : confidence building
9. 仲裁 : arbitration
10. 增強兵力 : force augmentation
11. 軍備管制（限制） : arms control
12. 裁減軍備
 : disarmament, arms reduction
13. 毀滅性武器
 : weapon of mass destruction
14. 核子武器 : nuclear power
15. 核武禁擴條約
 : Nuclear Non-Proliferation Treaty
16. 軍事對恃 : military standoff
17. 軍事停戰協定
 : military armistice agreement
18. 軍事分界線
 : Military Demarcation Line (MDL)
19. 非軍事區
 : Demilitarized Zone (DMZ)
20. 軍事熱線電話 : military hotline

兩國**組成安全聯盟**。 The two countries formed a security alliance.

安全聯盟是 a security alliance，軍事聯盟是 a military alliance。ally 是「同盟國」，allied forces 是「同盟軍、聯軍」。security 是「安全保障、保全」，和表示「安全」的 safety 用法不同，使用上應特別留意。想表達「組成安全聯盟」，可用 form a security alliance，動詞 forge 也常用來替代 form。forge 的意思是「鍛造、製造」。

1 韓國**組成**了包括多國在內的**安全聯盟**。
Korea **formed a security alliance** that includes dozens of countries.

2 土耳其、巴基斯坦和沙烏地阿拉伯**能組成安全聯盟**嗎？
Can Turkey, Pakistan and Saudi Arabia **form a security alliance**?

3 川普總統誓言要與以色列**建立安全聯盟**。
President Trump vowed to **form a security alliance** with Israel.

4 這個國家試圖透過簽署互助協定的方式在歐洲**組成安全聯盟**。
The country sought to **form a security alliance** in Europe by signing mutual assistance pacts.

— pact 契約、協定、條約

5 我們的目標是**建立一個多邊安全聯盟**。
Our goal is **to form a multilateral security alliance**.

— multilateral 多邊的、多國間的

China and the EU **wouldn't forge a security alliance**; the rhetoric elevation of their relationship to a "strategic partnership," is immediately made hollow by the existing EU arms embargo against China and incessant trade disputes.
<Foreign Policy>

中國和歐盟**不會締結安全聯盟**。現存歐盟對中國的武器禁運和無止盡的貿易紛爭，使兩國關係提升為「戰略夥伴」的說法立即化為泡影。〈外交政策〉

rhetoric 誇大之詞　**elevation** 升級、提升　**hollow** 空洞的、虛偽的
embargo 禁運、禁令　**incessant** 連續的

韓美**將舉行聯合軍演**。
Korea and the US will conduct a joint military exercise.

對於南韓和美國的聯合軍事演習，北韓長久以來感到相當敏感，因為這讓他們感受到政權崩潰的威脅。「軍事演習」是 military exercise，「聯合軍事演習」則加上形容詞 joint，表示「聯合的、共同的」，形成 joint military exercise。conduct 是 carry out 的正式用法，意思是「實施、執行」。

1 南韓和美國**將**按計畫**實施年度聯合軍事演習**。
South Korea and the United States **will conduct an annual joint military exercise** as scheduled.

2 北韓猛烈抨擊美國政府計畫與南韓**實施聯合軍事演習**。
North Korea slammed Washington for plans **to conduct a joint military exercise** with South Korea.

3 巴基斯坦和俄羅斯軍隊**將實施**名為友情 2018 的**聯合軍事演習**。
The Pakistani and Russian militaries **will conduct a joint military exercise**, dubbed Friendship 2018.

4 **聯合軍事演習**的目的是阻止潛艇攻擊。
The aim of **the joint military exercise** is to thwart submarine attacks.

— thwart 阻撓、使受挫

5 **一年一度的聯合軍事演習**將持續到 6 月 17 日。
The annual joint military exercise will continue until June 17th.

On Friday, the North's official Korean Central News Agency reported the test was for a "new-type tactical guided weapon" and it was aimed at sending a "solemn" warning against South Korea's plan **to conduct a joint military exercise** with the United States next month.
<NIKKEI Asian Review>

週五北韓官方朝鮮中央通訊社報導，這次試射是為了評估「新型戰術導向武器」，目的在對南韓下個月與美國**實施聯合軍事演習**的計畫發出「嚴厲的」警告。〈日經亞洲評論〉

guided weapon 導向武器　**solemn** 嚴肅的

南北韓**重啟雙邊部長級會談**。
The two Koreas **resumed inter-Korean ministerial talks.**

南韓和北韓合稱為南北韓，英文常用 the two Koreas 表示。「南北韓之間的……」可以用 inter-Korean 或 inter-Korea 表示，前綴詞 inter 的意思是「彼此間的」，inter-Korean economic cooperation 是「南北韓經濟合作」，inter-Korean summit 是指「南北韓高峰會」。ministerial talks 是「部長級會談」，「實務級會談」是 working-level talks。resume 的意思是「重新開始、恢復」，也可以用 revive 代替 resume。「召開」會議的動詞可以用 hold。

1 兩位領導人同意儘快**重啟南北韓部長級會談**。
Both leaders agreed to **resume inter-Korean ministerial talks** at the earliest possible date.

2 為了恢復關係，將舉行**南北韓部長級會談**。
Inter-Korean ministerial talks will be held to restore ties.

3 兩國決定**恢復中斷的部長級會談**。
The two countries decided to **revive the stalled ministerial talks.**

4 為促進兩國經濟發展，**將重啟南北韓部長級會談**。
Inter-Korean ministerial talks will be resumed to jumpstart both economies.

—jumpstart 啟動、推動

5 **南北韓部長級會談**促使兩國邊境離散家庭恢復團圓。
The inter-Korean ministerial talks led to the resumption of reunions of families separated across the border.

A four-day inter-Korean ministerial talks in early July came to a sudden closure as the North's five-member delegation, headed by chief councilor of the Cabinet Kwon Ho-ung, cut short of its schedule by one day and returned home.
<Hankyoreh >

因北韓內閣責任參事權浩雄率領的 5 人代表團縮短一日行程提前回國，7 月初**為期 4 天的南北韓部長級會談**突然宣告落幕。〈韓民族日報〉

closure 結束、終止、關閉、休業　**delegation** 代表團

兩國**發生武裝衝突**。

The two countries **engaged in armed conflict.**

24

身為分裂國家的韓國，在北方界線 NLL（Northern Limit Line）偶爾會發生南北韓軍人之間的武力衝突。每當這種時候，局勢變得更加緊張，人民也因此感受到國家安全受到威脅。「武裝衝突」是 armed conflict，「發生（展開）武裝衝突」可以用 engage in armed conflict 表示。

1 軍隊接獲**展開武裝衝突**的命令。
The military received the mandate **to engage in armed conflict**.

2 軍隊在沒有得到議會批准下**展開武裝衝突**。
The military **engaged in armed conflict** without parliamentary approval.

3 兩國**發生武裝衝突**，造成 100 多人死亡。
The two countries **engaged in armed conflict** and this resulted in some 100 deaths.

4 現在不是**展開武裝衝突**的時候，而是該團結為一國。
This is not the time **to engage in armed conflict** but rather the time to be united as a nation.

5 在野黨對白宮可單方**展開武裝衝突**的權限感到不安。
The opposition parties feel uneasy about the White House's authority **to** unilaterally **engage in armed conflict**.

— unilaterally 單方面地、單獨地

The Pentagon has rejected President Trump's threats to bomb cultural sites like this one if Iran and the United States **engage in armed conflict**. <Washington Post >

如果伊朗和美國**發生武裝衝突**，國防部拒絕川普總統要轟炸像這樣的文化遺址的威脅。〈華盛頓郵報〉

the Pentagon 美國國防部

常用語 025

兩個敵對國家**捲入領土紛爭**。

The two rival nations **are embroiled in a territorial dispute.**

不論過去或現在，地球上各個地方發生領土紛爭的事件層出不窮，像這種和國家主權（sovereignty）有關的外交問題永遠不會有結束的一天。南韓和日本有領土紛爭，日本與韓國、中國也捲入領土紛爭，南海是中國、台灣、菲律賓、越南等國發生領土紛爭的地區。「捲入……」可以用 be embroiled in 表示。

1 菲律賓和中國政府目前**捲入了領土紛爭**。
Manila and Beijing **are** currently **embroiled in a territorial dispute.**

2 印度和中國喜瑪拉雅邊界**陷入長達數十年的領土紛爭**。
India and China **have been embroiled in a decades-old territorial dispute** along the Himalayan border.

3 兩國**捲入領土紛爭**，互相指責對方侵犯主權。
The two countries **are embroiled in a territorial dispute** and are criticizing each other for encroaching its sovereignty.

4 兩國從 19 世紀開始就**陷入**陸地和海洋邊界的**領土紛爭**。
The two countries **have been embroiled in a territorial dispute** over land and maritime boundaries since the 19th century.

5 日本和中國就尖閣諸島（Senkaku Islands，中國稱為釣魚島）**捲入領土紛爭**。
Japan and China **are embroiled in a territorial dispute** over the Senkaku Islands, otherwise known as the Diaoyu Islands by the Chinese.

It should be noted that besides India, China **is** currently also **embroiled in a territorial dispute** with Japan and has been encroaching into its maritime territory.
<Swarajya>

值得注意的是除了印度外，中國目前與日本也**捲入了領土紛爭**，而且一直在侵佔日本的領海。〈獨立雜誌〉

encroach 侵佔、蠶食（土地）　**maritime** 海洋的、近海的

CHAPTER 6

軍事與戰爭

隨著民族主義（nationalism）抬頭，日本、巴基斯坦、印度等國正在增強武力，此外，北韓數十年來一直在世界憂慮中野心勃勃地開發核武，讓自己陷入孤立主義（isolationism）之中。911 恐怖攻擊事件和蓋達組織想必是這些國家增強軍力的背景。美國紐約貿易中心瞬間倒塌的情景似乎成為加強保護主義和國粹主義的契機。日本自衛隊（Self Defense Forces）因為北韓的導彈威脅而得到增強兵力的正當理由，而索馬利亞的海盜問題依舊尚未獲得解決。在時事核心搭配詞中，有關武力、軍事、戰爭等用法是不可或缺的。

軍事與戰爭相關主要用語

1. （一國的）軍隊 : armed forces
2. 陸軍 : the army
   海軍 : the navy
   空軍 : the air force
   海軍陸戰隊 : the Marine Corps
3. 陸軍 / 海軍 / 空軍參謀總長 : the Army/Navy/Air Force Chief of Staff
4. 現役軍人 : active-duty soldier
5. 士兵 : soldier
   軍官 : officer
6. 士官 : sergeant（陸軍）, petty officer second class（海軍）, staff sergeant（空軍）
7. 徵兵制
   : compulsory military service system
8. 募兵制
   : voluntary military service system
9. 신新兵訓練所
   : recruit training center
10. 步兵（隊） : the infantry
11. 砲兵（隊） : the artillery
12. 空對空防禦 : air-to-air defense
13. 軍事停戰委員會
    : Military Armistice Commission (MAC)
14. 大規模殺傷性武器
    : Weapons of Mass Destruction (WMD)
15. 洲際彈道飛彈
    : Intercontinental Ballistic Missile (ICBM)
16. 軍事圍攻 : military siege
17. 擅離職守
    : go AWOL (absent without leave)
18. 退役軍人 : retired soldier
19. 戰役退伍軍人 : war veteran
20. 有功者 : man of merit

那名歌手**逃避兵役**。

The singer **dodged the draft.**

有一陣子演藝人員逃避兵役引起社會軒然大波，在全盛時期服兵役，必然會因為演藝生涯的問題而傷腦筋。逃避兵役的英文是 dodge the draft 或 evade the draft。draft 的意思是「徵兵、徵集」，dodge 的意思是「逃避」，因此「逃兵者」是 draft dodger。dodgers 讓人聯想到美國的職業棒球隊，這個隊伍原本成立於紐約的布魯克林，後來遷至 LA。據說 dodgers 這個名字源自於人們快速閃避電車的模樣。

1 每年有數千人**逃避兵役**。
Every year, thousands **dodge the draft.**

2 他**逃過了**越戰**徵兵**。
He **dodged the draft** for the Vietnam War.

3 他**為了逃避兵役**而假裝有殘疾。
He pretended to be disabled **to dodge the draft.**

4 男性**以前常**藉由上大學**逃避兵役**。
Men **used to dodge the draft** by going to university.

5 **逃避兵役**的人最高可處一年有期徒刑。
Those who **dodge the draft** face up to a year in prison.

Russian men aged 18-27 are legally required to serve one year in the army. Some Russians go to lengths **to dodge the draft** in part because of fears of hazing despite the government's drive to overhaul the military.
<Business Insider>

根據法律，18 歲至 27 歲的俄羅斯男性必須服兵役一年。儘管政府努力推動軍隊改革，但一些俄羅斯人仍設法**逃避兵役**，部分原因是害怕受到欺凌。〈商業內幕〉

go to lengths 竭盡全力　**hazing** 對新成員的欺凌　**overhaul** 改進、改造

美國擁有強大的**戰爭制止能力**。

The US has a formidable war deterrence capability.

對於衝突地區，制止戰爭的必要關鍵在於將衝突和傷害降到最低。「制止」是 deterrence，「制止戰爭」是 war deterrence。「戰爭制止能力」可使用表示「能力」的 capability，可寫成 war deterrence capability，war deterrence 也可用來表示戰爭制止能力。若想表示「制止戰爭」，可使用 deterrence 的動詞形 deter（阻止、制止），以 deter a war 表示。

1 韓國軍隊的**戰爭制止能力**令人生畏。
The South Korean armed forces' **war deterrence capability** is formidable.

2 韓國軍隊的**核戰制止能力**目前狀態如何？
What is the current status of the Korean armed forces' **nuclear war deterrence capability**?

3 北韓領導層有意使用「**核戰制止力**」一詞。
North Korean leadership is intentionally using the term "**nuclear war deterrence**".

4 我們可以在韓國半島扮演**制止戰爭**的關鍵角色。
We can play a pivotal role in **deterring a war** on the Korean peninsula.

5 北韓持有核武器的目的似乎不是為了發動戰爭，而是**制止戰爭**。
It seems North Korea's purpose of retaining nuclear arms is not to wage a war but rather **to deter a war**.

The North's first mention of **"nuclear war deterrence"** since early 2018 came amid an impasse in nuclear talks between Washington and Pyongyang, and its struggle to improve its economy crippled by global sanctions and a pandemic-driven plunge in trade with China.
<The Korea Times>

因為美國和北韓間的核武談判陷入僵局，2018 年初北韓首次提到**「核戰制止力」**，同時也試圖改善其因國際制裁，及因流行病導致與中國貿易急遽減少而陷入癱瘓的經濟。〈韓國時報〉

impasse 膠著狀態、僵局、困境　**cripple** 嚴重削弱　**sanction** 制裁、處罰
plunge 驟降、暴跌

美國**展示武力**。
The US rattled its saber / flexed its muscle.

rattle one's saber（磨劍發出響亮聲）或 flex one's muscle（活動肌肉）是以比喻的方式表示「展示武力」或「展現實力」的意思。揮舞插在劍鞘（sheath、scabbard）裡的劍（saber，騎兵的佩劍）時，會發出輕微的響聲，令對方感到恐懼。因此 saber rattling 的意思是「武力威脅、展示武力」。此外，活動肌肉及大顯身手的動作同樣也會讓對方感到畏懼。這兩個搭配詞都能帶給人聽覺上和視覺上的感受。

1 他說美國在伊拉克**展現武力**是正確的。
He said the US was right **to flex its muscle** in Iraq.

2 中國透過派遣軍艦向台灣**展示武力**。
China **is rattling its saber** at Taiwan by dispatching war ships.

3 北韓最近的舉動被認為是**典型的武力展示行為**。
North Korea's latest actions are seen as **typical saber rattling**.

4 北韓**正**藉由彈道飛彈的發射能力來**進行武力展示**。
North Korea **is engaging in saber-rattling** with its ballistic missile launch capability.

5 **透過展示火箭發射能力**，北韓能夠為其政權的保障奠定基礎。
By flexing its rocket muscle, North Korea was able to lay a foundation for the security of its regime.

Russia again **flexed its muscle** in space by testing a ground-based, direct-ascent anti-satellite weapon on April 15, drawing criticism from U.S. Space Command.
<Air Force Magazine>

4 月 15 日俄羅斯透過測試地面直入軌道式反衛星武器，再次**展示**其在太空方面的**能力**，引起了美國太空司令部的抨擊。〈空軍雜誌〉

ground-based 地面的
direct-ascent 直入軌道的
anti-satellite weapon 反衛星武器
draw criticism 招致批評

他們進行**武力挑釁**。
They made **an armed provocation.**

provoke 是「挑釁」，形容詞形 provocative 是「挑釁的」，名詞形 provocation 的意思是「挑釁」。因此「武力挑釁」是 armed provocation，「飛彈挑釁」是 missile provocation。發生武力挑釁（armed provocation）時，無法透過外交上的努力（diplomatic efforts）解決，產生對立衝突（confrontation）以致於採取報復反擊（retaliation），有時甚至導致戰爭等憾事發生。我們常說「招惹是非」，英文就可以用 provoke 表示。

1 準備對付**武力挑釁**。
Prepare against **an armed provocation.**

2 中國進行**海上武力挑釁**。
China made **a naval armed provocation.**

3 恐怖份子正在策劃**一場武力挑釁**。
The terrorist was plotting **an armed provocation.**

4 南韓對**武力挑釁**採取強硬措施。
South Korea sternly responded to **the armed provocation.**

5 俄國海軍可以在沒有事前警告下使用武力抑制**武力挑釁**。
The Russian Navy can use arms without warning to suppress **armed provocation.**

North Korean experts described the latest statement from Pyongyang as unusually strong, raising the possibility of **armed provocation** by Pyongyang and further tension around the peninsular for a while.
<CNN>

北韓專家認為，北韓最近發布的聲明異常強硬，增加了**武力挑釁**的可能性，並使半島週邊的緊張局勢加劇一段時間。〈有線電視新聞網〉

statement 聲明　**tension** 緊張局勢

邊境地區**爆發戰爭**。
A war broke out in the border area.

與戰爭有關的用法，常用的有「戰爭爆發」a war breaks out、「發動戰爭」wage a war，也可使用動詞 stage，以 stage a war「發動戰爭」表示。名詞 an outbreak of war 表示「戰爭爆發」，使用時記得必須和特定名詞一起使用。這些都是慣用的單字組合，如果用其他單字表示，很可能變成「不道地的英語」。

1 **戰爭**在午夜左右**爆發**。
The war broke out at around midnight.

2 兩國之間**爆發戰爭**。
A war broke out between the two countries.

3 隨著和平談判破裂，**戰爭就此爆發**。
A war broke out as peace negotiations broke down.

4 **戰爭爆發**以來，已有數十萬人喪生。
Hundreds of thousands of people have died since **the war broke out**.

5 他聲稱**戰爭爆發**是預料中的事。
He claimed that **the outbreak of the war** had been predicted.

A U.N. arms embargo against Somalia has been in place **since civil war broke out** there in 1991, but the country is bristling with illegal weapons. <CBS News>

自 1991 年索馬利亞**爆發內戰**以來，聯合國已對其實施軍火禁運令，但該國仍到處充斥著非法武器。〈哥倫比亞廣播公司新聞〉

bristle with 充滿……

俄國**在**進攻中**加大攻擊力道**。

Russia **upped the ante in** its attacks.

ante 是玩撲克牌時，玩家在發牌前下注的一定金額，stake 是打賭、賭博時下的賭注。up the ante、raise the stakes 的意思是「加大賭注」，延伸作為「提高緊張程度 / 攻擊程度」。相關語詞「邊緣政策」可用 brink(s)manship 表示，也就是把對方逼到懸崖絕境的戰術。

1 北韓**提高緊張局勢**。
North Korea **is upping the ante.**

2 要求我們**提高強度**的呼聲越來越高。
There are growing calls for us to **up the ante.**

3 市民團體要求政府**加大**制裁**力道**。
Civic groups are calling on the government to **up the ante in** sanctions.

4 北韓**一直在擴大**其核武計畫。
North Korea **has been upping the ante in** its nuclear weapons program.

5 各債權銀行決定採取聯合行動，**提高**施壓**力度**。
The creditor banks have decided to **up the ante in** raising the pressure by taking joint action.

Trump just **upped the ante** in the Middle East. Is he ready for what comes next?
<The Washington Post>

川普**提高了**中東地區的**軍事力道**。他為之後做好準備了嗎？〈華盛頓郵報〉

三方**簽署停戰協議**。
The three parties **signed a ceasefire agreement**.

「停火、停戰」的英文是 ceasefire 和 truce，表示暫時停止戰爭，和結束戰爭不同。南北韓目前不是結束戰爭的狀態，而是停戰的狀態。英美媒體報導南韓板門店時，以 the truce village of Panmunjom 稱呼，這樣的說法簡單又正確地描寫出韓國目前是停戰國家，不是結束戰爭的國家。協議可以用 agreement，「停戰協議」可以用 a ceasefire agreement 或 a truce agreement 表示。

1 **停火協議**最後於 1973 年 1 月 27 日**簽署**。
At last **the ceasefire agreement was signed** on January 27th, 1973.

2 處於守勢的叛軍被迫**簽署停戰協議**。
The rebels on the defensive were forced to **sign a ceasefire agreement.**

3 民兵隊**拒絕停火協議**並進行抵抗。
The militia **is rejecting a ceasefire agreement** and putting up resistance.

4 為了正式結束戰爭，應該以和平協議取代 1953 年**簽署的停戰協議**。
The ceasefire agreement signed in 1953 has to be replaced by a peace accord in order to formally establish an end of the war.

5 美國政府希望推動交戰陣營間的**停火談判**。
The US administration wants to push for **ceasefire talks** between the warring parties.

Armed groups in the restive North Kivu province of the Democratic Republic of Congo are threatening to **withdraw from a ceasefire agreement** with Kinshasa vowing to once again begin their insurgency today. <Voice of America>

動盪的剛果民主共和國北基伍省武裝組織威脅要**退出**與金夏沙的**停火協議**，並誓言今天將再次發動叛亂。〈美國之音〉

restive 焦躁不安的、難以駕馭的 **insurgency** 叛亂、暴動

那座城市居民**成為**戰爭**的犧牲者**。
The city residents **fell victim to** war.

戰爭造成許多無辜的人犧牲、被害，英文 fall victim to ～正好可以表現出這樣的語氣，除了表示「成為……的犧牲者」外，也可指「破產」、「深受……之害」。應用例句如 The company fell victim to bankruptcy（這家公司破產了）、He fell victim to burglary（他成為竊盜的犧牲者）等。

1 難民們**成為**這些劇變**的受害者**。
The refugees **fell victim to** this kind of upheaval.

2 許多無辜的平民**成為**飢餓**的犧牲者**。
Many innocent civilians **are falling victim to** starvation.

3 當地居民**淪為**剝削**的受害者**。
The native residents **have fallen victim to** exploitation.

4 多達 250 萬名居民**淪為**難民身分。
Up to 2.5 million residents **fell victim to** refugee status.

5 鎮上所有居民**成為**化學戰**的受害者**。
All the residents of the town **fell victim to** chemical warfare.

Between 2014 and 2018, over 8,000 civilians **fell victim to** explosives such as IED's and mines. 84 percent of the victims of explosive remnants of war are children.
<Save the Children>

在 2014 年到 2018 年期間，超過 8,000 名平民**成為**簡易爆炸裝置和地雷等爆炸物**的受害者**。有 84% 戰爭遺留爆裂物的受害者是兒童。〈救助兒童會〉

explosive 爆炸物、炸藥　**IED** 簡易爆炸裝置　**mine** 地雷　**remnant** 遺物、殘餘

CHAPTER 7

國際

在國際社會中，所有國家遵守國際秩序並和諧共存，各國努力建立彼此間的外交，進行物資和人力交流並維持友好關係。國與國可能成長為保持密切關係的夥伴，也可能發生外交衝突，或因為國粹主義抬頭而關係變得疏遠。可以確定的事實是，在現代社會裡沒有一個國家可以獨自生存，為了國家利益，我們必須與其他國家維持良好關係。本章我們將學習和國際議題有關的主要搭配詞用法。

國際相關主要用語

1. 主權國家 : sovereign state
2. 國際秩序 : international order
3. 外交關係 : diplomatic relations[ties]
4. 外交政策 : foreign policy
5. 國家利益 : national interest
6. 雙邊關係 : bilateral relations
7. 合作關係 : cooperative ties
8. 多邊合作 : multilateral cooperation
9. 密切關係 : close relations
10. 友好關係 : friendly relations
11. 緩解關係 : détente
12. 和解 : reconciliation, rapprochement
13. 權力平衡 : balance of power
14. 互惠主義 : reciprocity
15. 多邊主義 : multilateralism
16. 霸權 : hegemony
17. 孤立主義 : isolationism
18. 國粹主義
: nationalism, nationalist ideals
19. 中立國 : neutral state
20. 亞太經濟合作組織
: Asia-Pacific Economic Cooperation (APEC)

兩國**保持密切關係**。
The two countries **maintain close relations.**

在符合彼此國家利益的前提下，保持（maintain）密切的（close）關係（relations）與互助合作（cooperate, work together, help each other）是理所當然的事。如果兩國之間的貿易量龐大，相互徵收優惠關稅或比其他國家更優待對方，將有助於發展彼此的關係。讓我們透過相關例句來熟悉這個搭配詞的用法。

1 英國和德國大致上**維持著密切關係**。
The United Kingdom and France generally **maintain close relations.**

2 起初，波西米亞和鄰近的巴伐利亞**保持著密切的關係**。
At first, Bohemia **maintained close relations** with neighboring Bavaria.

3 俄國和以色列**維持著密切的關係**，因以色列是數百萬俄羅斯移民的故鄉。
Russia **maintains close relations** with Israel, home to millions of Russian immigrants.

4 此政府試圖藉由支援美國的反恐戰爭以**維持**與美國的**密切關係**。
This administration tried **to maintain close relations** with the US by supporting its war on terror.

5 那名大使試圖協助**維持**兩國間的**密切關係**，但卻徒勞無功。
The ambassador tried to help **maintain close relations** between the two countries but to no avail.

—to no avail 無效、無濟於事

One of the remarkable features of Singapore's foreign policy under Lee Kuan Yew was the country's ability **to maintain close relations** with Taiwan without jeopardizing relations with China.
<The Economist>

在李光耀執政時期，新加坡外交政策其中一項值得注意的特點，是在不危害對中關係下，仍能與台灣**保持著密切的關係**。〈經濟學人〉

remarkable 驚人的　**feature** 特點　**jeopardize** 危害

常用語 035 敵對國家間的**緊張局勢正在加劇**。

Tension is mounting between the rival nations.

35

各種原因都可能造成兩個國家的關係陷入僵局。「緊張局勢正在加劇」的英文搭配詞是 tension is mounting。tension 的意思是「緊張狀態、緊張」，mount 作為名詞時意思是「山」，作為動詞時表示「登上、爬上、上升」。tension is mounting 表示 tension 正在增加，也就是加劇的意思。順道一提，mount a hill 是「登上山」，mount a horse 是「騎上馬」。

1 中國和台灣之間的**緊張局勢正在加劇**。
Tension is mounting between China and Taiwan.

2 俄羅斯和現在獨立的烏克蘭之間**緊張局勢正在加劇**。
Tension is mounting between Russia and the now independent Ukraine.

3 在籌備 12 月 15 日伊拉克大選期間，**緊張局勢正在加劇**。
The tension is mounting in the run-up to Iraq's general election on December 15th.

— run-up 準備階段、前奏

4 雙方互相指責對方使用卑劣伎倆，使彼此的**緊張局勢加劇**。
Tension is mounting between the two sides, with each accusing the other of dirty tricks.

5 由於未能達成協議，埃及和伊索比亞間的**緊張局勢加劇**。
Tension is mounting between Egypt and Ethiopia over the failure to reach an agreement.

Tension is mounting between Europeans and Iranians over implementation of nuclear deal.
<Agence Europe>

歐洲和伊朗在履行核能協議上**緊張局勢加劇**。〈歐洲通訊社〉

implementation 履行、執行

許多國家**展開多邊合作**。
Many countries **engage in multilateral cooperation.**

各國常透過東南亞國家協會（ASEAN, Association of South East Asian Nations）等地區性多邊合作組織，進行策略性合作。unilateral 表示「單方的」，bilateral 表示「雙方的」，multilateral 是「多方（或多國）間的」。大家熟悉的 cooperation 是「合作」的意思。engage in ～表示「參與 / 投入 / 從事……」，在很多情況下往往可以解釋為「做……」，搭配詞 engage in multilateral cooperation 是表示「展開多邊合作」。

1 美國政府**必須參與多邊合作**來化解危機。
The US government **must engage in multilateral cooperation** to defuse the crisis.

2 在後疫情時代，中國表示將繼續**參與多邊合作**。
In the post-epidemic era, China says it will continue to **engage in multilateral cooperation.**

3 不願意**參與多邊合作**將造成風險。
An unwillingness **to engage in multilateral cooperation** poses risks.

4 印度洋的廣闊使印度不得不**進行多邊合作**。
The vastness of the Indian Ocean necessitates India to **engage in multilateral cooperation.**

5 成功緩解氣候變遷的關鍵在於**多邊合作**。
The key to successful climate change mitigation lies in **multilateral cooperation.**

The incoming US government may also seek to strengthen alliances and **multilateral cooperation** over regional security, trade rules and technological leadership to keep an assertive China in check, and call for closer cooperation with South Korea along the line, the institute said.
<Yonhap News Agency>

該機構表示，新任美國政府也可能尋求在區域安全、貿易規範和科技領導方面加強聯盟及**多邊合作**，以牽制氣燄高漲的中國，並在此過程中要求與南韓進行更密切的合作。〈聯合通訊社〉

keep ~ in check 抑制、約束　**assertive** 積極的、果斷的、過分自信的

他們**提倡民族主義**。
They **promote nationalist ideals.**

各國理所當然以自己國家的利益為優先，但在國際社會上並不樂見演變為極端的國粹主義。美國前總統川普的美國優先政策（America First Policy）就是一個具代表性的例子，曾遭受許多國家指責。「國粹主義、民族主義」是 nationalism 或 nationalist ideals，和動詞 promote 或 push 一起使用，意思是「推動 / 宣揚 / 追求國粹主義」。

1 保守黨**正在推行民族主義**。
The conservative party is **promoting nationalist ideals.**

2 他因**宣揚國粹主義**而受到嚴厲批評。
He faced scathing criticism for **promoting nationalist ideals.**

— scathing 嚴厲批評的、尖酸刻薄的、猛烈斥責的

3 阿拉伯的知識份子寫了很多有關**國粹主義**的文章。
Arab intellectuals wrote a lot about **nationalist ideals.**

4 他們的仇外心理和**民族主義**惹來非議。
Their xenophobia and **nationalist ideals** were frowned upon.

5 好幾世代以來，愛爾蘭共和國的政治一直受到**民族主義**的支配。
For generations, the politics of the Republic of Ireland was dominated by **nationalist ideals.**

The middle class spread the **nationalist ideals** and became closely interconnected with "nation-building" in the post-Independence era, through work in government institutions, the media and business.
<Forbes>

中產階級散播**國粹主義**，並在後獨立時代透過操作政府機構、媒體和企業來和「國族建構」緊密連結。〈富比士〉

interconnected 互相連接的 **era** 時代

他們實施**偏見性政策**。
They implemented **biased policies.**

常用來表示「偏見」的單字有 bias（偏好）、prejudice（成見）、discrimination（歧視）。形容詞各為 biased、prejudiced、discriminatory，嚴格來說雖然每個字的語氣有些不同，但廣義上在新聞裡仍常互相混用。biased 一般的解釋是「偏袒一方的、有偏見的」，但在英英字典裡的定義是 unfairly prejudiced for or against someone or something，意思是對某個人或某件事存著不當偏好或偏向相反立場，也可以用來表示對他人「歧視的」態度。

1 我們必須廢除**有偏見的政策**並促進公平。
We must dismantle **biased policies** and promote fairness.

2 他們採用符合他們自身利益的**偏見性政策**。
They adopted **biased policies** in line with their interests.

3 執行**偏頗的政策**會產生許多副作用。
Implementing **biased policies** results in a lot of side effects.

4 根除**帶有偏見的政策**並確實實踐是當務之急。
Rooting out **biased policies** and practices is an urgent task.

5 納爾遜・曼德拉挺身對抗種族隔離制度和各種**偏見性政策**。
Nelson Mandela stood up against Apartheid and various **biased policies**.

Chinese state media has lambasted social networking site Twitter over its **biased policies** towards China. Twitter recently announced that it blocked over 170,000 accounts that are "state-linked" and "spread geopolitical narratives favourable to the Communist Party of China."
<The Eurasian Times>

中國國營媒體強烈指責社交網站推特採用對中國**帶有偏見的政策**。推特最近宣布已封鎖超過 17 萬個「與政府有關」及「傳播有利於中國共產黨地緣政治言論」的帳戶。〈歐亞時報〉

lambast 猛烈抨擊　**geopolitical** 地緣政治的

常用語 039

兩國**建立外交關係**。
The two countries **established diplomatic ties.**

「外交關係」是 diplomatic ties 或 diplomatic relations，表達「建立外交關係」可使用動詞 establish，形成 establish diplomatic ties。也可使用名詞形 establishment of diplomatic ties 表示「外交關係的建立」。將及物動詞（establish）轉換成名詞（establishment）時，通常都會在受詞前加上介係詞 of。另外，我們可用 normalize relations 表示「關係正常化」。

1 無視來自中國的壓力，台灣和索馬利蘭**建交**。
Taiwan and Somaliland **established diplomatic ties**, defying pressure from China.

2 經過長達十年的紛爭，玻利維亞**將**和以色列**重新建立外交關係**。
Bolivia **will re-establish diplomatic ties** with Israel after a decade-long dispute.

3 中國和所羅門群島週六簽署了協定**以建立外交關係**。
China and the Solomon Islands signed an agreement on Saturday **to establish diplomatic ties**.

4 北京當局將「一個中國」政策作為各國**與**中國**建交**的前提條件。
Beijing has made the "One-China" policy a prerequisite for countries **to establish diplomatic ties** with it.

5 一家中國媒體報導指出，美國試圖阻礙想**與**中國**建交**的國家所做的努力。
A Chinese media outlet said the US tried to impede the efforts of countries that want to **establish diplomatic ties** with the Chinese mainland.

In 2009, Turkey and Armenia had reached a landmark agreement **to establish diplomatic ties** and reopen their shared border, but the deal has since collapsed amid mutual recriminations.
<AL-Monitor>

2009 年，土耳其和亞美尼亞達成一項重大協議，彼此**建立外交關係**並重啟兩國邊境，但這項協議隨後在雙方互相指責中宣告失敗。〈AL-Monitor〉

landmark 里程碑、地標　**collapse** 崩潰、倒塌　**recrimination** 互相指責

兩國**遇到難關**。

The two countries **hit rough waters.**

想用英文表達「遭遇風浪」的語氣，可用 hit rough waters。rough waters 顧名思義是「波濤洶湧的水域」，hit rough waters 除了是「遭遇風浪」之外，也可解釋為「遇到困難」、「面臨難關」，或者也可表示「關係矛盾彆扭」。反義詞為 be smooth sailing，這兩個搭配詞都是以航海作為比喻。類似的用法還有 see a smooth/bumpy road ahead，意思是「未來一帆風順 / 崎嶇難行」。

1 談判**陷入困境**。
Negotiations **hit rough waters.**

2 該國際組織備受讚譽的政策**遭遇了挫折**。
The much-lauded policy of the international body **hit rough waters.**
—laud 稱讚

3 改善破裂關係的計畫因示威集會而**陷入困難**。
The plan to improve estranged relations **hit rough waters** due to the protest rallies.

4 兩國關係因被控介入工業間諜活動而**陷入難關**。
The two countries' relations **hit rough waters** due to allegations of industrial spying.

5 建立大規模國際基金的計畫因兩國人民的反對而**遭遇難關**。
The plan to form a massive international fund **hit rough waters** due to the opposition from citizens of both countries.

The Trump administration slapped sanctions on Huawei at a time when US-China trade talks **hit rough waters**, prompting assertions from China's leaders about the country's progress in achieving self-sufficiency in the key semiconductor business.
<Reuters>

川普政府在美中貿易談判**面臨難關**時對華為實施制裁，促使中國領導人主張中國在核心半導體產業進程上已達到自給自足。〈路透社〉

slap 實施（罰金、處罰等） **prompt** 促使、誘導 **assertion** 斷言
self-sufficiency 自給自足

CHAPTER 8

恐怖攻擊

當今世上，全世界都深受恐怖攻擊的威脅。恐怖攻擊這個國際問題在 2001 年 911 恐怖攻擊事件發生後出現分水嶺，這是由於 911 事件規模龐大，當時基地組織劫持飛機發動恐攻，震驚全世界所有人。當時人們從實況轉播親眼目睹飛機撞向紐約雙子星大樓（世界貿易中心大樓），並看到大樓倒塌的畫面。除此之外，別忘了世界各地也都在發生恐怖攻擊事件，期盼每個人能早日脫離恐怖攻擊的陰影。現在讓我們學習與恐怖攻擊相關的搭配詞用法。

恐怖攻擊相關主要用語

1. 恐怖主義 : act of terrorism, terrorism
2. 恐怖攻擊 : terrorist attack
3. 恐怖份子 : terrorist
4. 恐怖組織 : terrorist organization
5. 自殺炸彈 : suicide bombing
6. 反恐戰爭 : war on terrorism
7. 恐怖主義支持國 : state sponsors of terrorism
8. 流氓國家 : rogue state[nation]
9. 簡易爆炸裝置 : improvised explosive device
10. 瘋狂掃射 : shooting spree
11. 隨機攻擊 : random attack
12. 目標式攻擊 : targeted attack
13. 極端份子 : extremist
14. 大規模殺傷性武器 : weapon of mass destruction
15. 暴動、叛亂 : insurgence
16. 游擊戰 : guerilla warfare
17. 大屠殺 : genocide
18. 種族清洗 : ethnic cleansing
19. 附帶損害 : collateral damage（指軍事行動造成平民及其他財產的傷亡與損失）
20. 圍攻 : besiege

他們發動**隨機恐怖攻擊**。
They launched **random terrorist attacks.**

針對不特定多數人進行隨機恐怖攻擊的新聞總是令人震驚，看到無辜的市民（innocent civilians）受害時，會覺得任何人都可能成為受害者。「恐怖主義」的英文是 terrorism 或 an act of terrorism，「恐怖攻擊」是 a terrorist attack。用英文表示「隨機恐怖攻擊」可以用 a random terrorist attack，random 的意思是「無差別的、隨機的」。此外，可以用意指「發動」的動詞 launch 表示「發動恐怖攻擊」，因此「發動隨機恐怖攻擊」的英文是 launch a random terrorist attack。

1 **隨機恐怖攻擊**造成 15 人重傷。
The random terrorist attack left 15 people seriously injured.

2 過去 5 年內**隨機恐怖攻擊**減少了。
Random terrorist attacks have decreased in the last 5 years.

3 以遊客為對象發動的**隨機恐怖攻擊**登上頭條。
The random terrorist attack launched against tourists grabbed headlines.

4 那名嫌疑犯對路人發動**隨機攻擊**。
The suspect launched **random attacks** on passers-by.

5 一名持刀男子對一群人發動**隨機攻擊**。
A man with a knife launched **random attacks** on a group of people.

Australians, including dual-national Australians, travelling to Afghanistan face an extremely dangerous security situation, including the risk of kidnapping, **random terrorist attacks**, and improvised explosive device attacks.
<7 News>

包含擁有雙重國籍的人在內，前往阿富汗旅行的澳洲人安全狀況面臨極度危險。他們可能有遭到綁架、**隨機恐怖攻擊**及土製炸彈攻擊的風險。〈七號新聞〉

dual-national 雙重國籍的　**security**安全、保衛
improvised explosive device 簡易爆炸裝置

常用語 042

警察**防備恐怖攻擊**。

The police **prepared against terrorist attacks.**

「準備」的動詞 prepare 大致上有四種形態的用法。沒有介係詞，後面接受詞時表示「準備……」（例：prepare dinner）；後面加「to ＋原形動詞」表示「準備做……」（例：prepare to leave）；後面加「for ＋名詞」表示「準備 / 預備……」（例：prepare for the trip）；後面加「against ＋名詞」表示「為對付……做準備」（例：prepare against damage）等。prepare against 特別指「防備不好的事情」，prepare against terrorist attacks（防備恐怖攻擊）也可改寫成 defend against terrorist attacks（防範恐怖攻擊）或 protect against terrorist attacks（保護免受恐怖攻擊）。

1 他們為**防備恐怖攻擊**所做的努力證明是成功的。
Their efforts **to prepare against terrorist attacks** proved to be successful.

2 我們開發一套新的安全系統**以防備恐怖攻擊**
We developed a new security system **to prepare against terrorist attacks.**

3 那位候選人會在**防範恐怖攻擊**方面做得更好。
The candidate would do a better job of **defending against terrorist attacks.**

4 **為了防範恐怖攻擊**，艾菲爾鐵塔安裝了防彈玻璃。
The Eiffel Tower installed bulletproof glass **to defend against terrorist attacks.**

5 會議議程是如何讓英國更好地**自我防範恐怖攻擊**。
The agenda is how to have Britain better **defend itself against terrorist attacks.**

But President Obama has defended the use of data, saying it **had protected against terrorist attacks** at home and abroad, and insisted nothing he had seen indicated US intelligence operations had sought to break the law. <BBC>

然而歐巴馬總統為數據使用進行辯護，聲稱此數據**保護了**美國國內外**免於遭受恐怖攻擊**，並堅稱就他所見，並無任何跡象顯示美國情報機構試圖違反法律。〈英國廣播公司〉

這個城市**易受恐怖主義攻擊**。
The city **is prone to terrorism.**

英文表示「容易受到恐怖主義攻擊」的用法是 be prone to terrorism。be prone to ～的意思是「易於……」，後面接名詞或動名詞。形容詞 prone 表示「易於……的、易於遭受……的」，常見到以 -prone 的型態接在名詞後面，例如表示「事故多發區」的 accident-prone area，表示「犯罪多發區」的 crime-prone district。

1 一般市民**容易遭受恐怖主義攻擊**。
Ordinary citizens **are prone to terrorism.**

2 這個地區**容易發生恐怖主義攻擊**和犯罪活動
The district **is prone to terrorism** and criminal activities.

3 過時的保全系統使防禦設施**容易遭受恐怖主義攻擊**。
The outdated security system leaves the defense facility **prone to terrorism.**

4 在把特定國家認定為**恐怖主義多發區**之前應該更加謹慎。
More caution is needed before classifying certain countries as **prone to terrorism.**

5 一些回教徒因刻板印象被視為暴力或**易於犯下恐怖主義**。
Some Muslims are stereotyped as violent or **prone to committing terrorism.**

President Donald Trump has banned migration from Syria and other countries **prone to terrorism**, citing a danger to Americans. The travel ban was challenged in court but eventually upheld by the Supreme Court. <BBC>

美國總統唐納·川普以對美國人民造成危險為由，禁止從敘利亞或其他**恐怖主義多發區**的國家移民到美國。旅行禁令雖然在法院遭受質疑，但最終仍獲得最高法院批准。〈英國廣播公司〉

migration 移民　**cite** 引以為由　**challenge**（法庭上）表示異議、反對
uphold（法庭上）贊成、批准

常見到很多人儘管學習英語 20 年了，還是無法克服英語恐懼症，不敢大聲開口說，使得過去無以計數的英語學習時間瞬間化為烏有。因此我試圖就培養「實戰英語實力」為目標，整理出以下十點作為學習方向和要點。

1.「搭配詞」的重要性

無論是英語或其他外語，搭配詞（collocation，表示特定意義的常用詞組），也就是「慣用詞組」或「字詞搭配」，必須靠多讀多聽多涉獵才能熟練運用。

例如，我們用 close the gap 一詞造出 The Korean government is making every effort to close the gap between the rich and the poor. 的句子，並試圖用英語表示「數位兩極化」時，此時若能想到 digital divide 而不是 digital polarization，就能說明這個人的英語能力相當熟練且自然。

可以背誦搭配詞，但必須能夠應用於口說或書寫，才能與母語者「溝通」，我認為這才是學習英語的目的。換句話說，比起提高考試成績，更應該把溝通，甚至是有說服力的溝通作為學習英語的目的。

英語好的人，幾乎不會在搭配詞和用法上出錯。「你相信我吧？」我們會說 You trust me, don't you? 而不是 You believe me, don't you?（believe 用於個別信仰或宗教等，trust 用於整體上的信任）。此外，不是 I want to get married with her. 而是 I want to get married to her.。母語者的說法是 Tying the knot with her would make me the happiest man on earth. 或 I dream of exchanging vows with her.

2. 適當運用連接詞的能力

一般人普遍具備短篇英語寫作的能力，但若想表現文章的「邏輯」與「說服力」，就必須能夠靈活運用 in contrast, in addition to, in other words, on the flip side, all in all, in a nutshell 等連接詞。這些連

接詞扮演著文章流暢性的潤滑劑，是語言和文字的「翅膀」。在準備當口譯、翻譯的人當中，竟也有不少人在進行英語寫作時，文句間都沒有連接詞，從頭到尾只見平鋪直敘地排列各個句子，這麼一來將導致邏輯性不足，降低整篇文章的傳達力。

3. 適當地引用和比喻

學習英語越多，越能領略英語這個語言，且越認識它的「味道」。幾天前我在國內一家最頂級的飯店吃飯，菜色有中國料理的佛跳牆、拉圖堡紅酒、唐培里儂香檳王、羊排、凱薩沙拉，此外還有一些從未吃過的食物。這是我第一次同時品嚐到世上如此多的珍奇美味。

如同最大限度地「感受到」多樣食物的風味一般，學習英語後，在運用這個語言時我們應該好好認識各式各樣材料，試著反覆咀嚼與使用。恰當的比喻和引用會讓英語更有味道、更豐富。讓我們看以下這幾個例句。

They say that wine is one of the finest aphrodisiacs. (人們說葡萄酒是最好的催情劑之一。) / I had a sumptuous feast fit for a king. (我享用了一頓帝王盛宴。) / This food melts in my mouth. (這食物在我的嘴裡融化了。) / The belly rules the mind. (西班牙諺語：肚子控制思想，也就是飲食左右心情與想法。) / An apple a day keeps the doctor away.（英國諺語：吃像蘋果一樣健康的食物，自然減少去醫院的機會。單字的音韻輕快活潑。）

期許大家都能透過適當的比喻和豐富的引用，品嚐英語的各種滋味並樂在其中。

4. 分析與整合

我們的教科書編程以大學入學考試為目標，一直以來我們都是為了在英語考試寫出正確答案而學習英文，以致於當我們實際在報紙或書籍上看到英文句子時，經常發生即使查了字典上單字的解釋，還是不太理解箇中意涵的情況。

為了能培養出在現實生活中運用英語的實力，我們必須對於談話者的意圖、談話者選擇的單字及短語反覆咀嚼進行「分析」，再努力用英語加以「整合」並做出表達。在分析、理解句子的形式之後，必須以正確發音整合、活用、應用英語的短語和搭配詞。簡單地說，必須循序漸進地進行口譯、翻譯練習，才能提高英語的運用能力。

現在試著分析以下這個句子。「投入大筆金錢接受整形手術的不只有藝人。」請反覆思考這句話的意思。「普通人也會花大錢去整形美容」、「整形手術不是藝人的專利」、「任何人都想變得更漂亮」等，都是這個句子傳達出的訊息，對吧？

現在我們用英語整合我們所分析出的含意，用另一種說法進行表達。

Not only celebrities but also ordinary people get plastic surgery, spending a lot of money. / The boom in cosmetic surgery is not confined only to celebrities. / Plastic surgery seems to be addictive in the universal quest for beauty. /

反覆咀嚼原句的意思後加以「分析」，再用英語加入適當的片語和比喻等調味劑，這就是我所謂的「整合」訓練。

5. 背景知識涵養與擴展字彙量

掌握時代潮流和世界新聞，才能不落人後，遇見每個人都有「話」可說。對話可以拉近彼此距離，形成共識，互相「溝通」。我們在生活英語會話上或許具有一定的程度，但如果對於「利率上升 / 調降」、「病毒疫苗開發現況」、「北韓發射導彈挑釁」、「網路弊端」等議題都毫無意見，那麼用英語能談的就更加有限了。

實戰英語學習是將詞彙、片語、引用句、替代詞、反義詞等結合在一起「滾雪球」，若是機械式死背個別單字，事實上你馬上就會忘記。必須記住片語和好的例句，才能實際派上用場。為此，我們必須讓各種主題，例如政治、經濟、外交、北韓議題、青年失業、自然災害、文化、健康等文章上經常出現的字彙扎根在我們的字彙庫中。我長期擔任不同季節各種新聞的播報記者和新聞主播，因此已習慣在腦中事先依照主題整理出片語和例句，希望各位也能試著關注各種議題的新聞報導。

6. 考試英語和實戰英語

我不認為英語考試不好，反而覺得為了達成入學考試、職場考試、SAT、TOEIC 等目標而作應考準備的英語學習非常有效。然而問題在於我們沒有想到考試之後呢？考試結束後，試圖活用英語的個人動機不足，外在環境也無法從旁協助，這是最大的問題。

我們為什麼要學習英語？不就是為了要和英語國家的人，甚至世界各地的人「溝通」嗎？而且超越單純的對話，能夠讓對話具有說服力，進一步讓對方認同、接受，是學習英語的終極目標。

因此，我們不能只知道 He is boring. 和 He is bored. 當中 -ing 形容詞和 -ed 形容詞的差異，而是讓句子概念化，看到 He is boring. 就想到聽某人講故事總是令人頻頻打哈欠，看到 He is bored. 就想到某人在 Youtube 頻道上到處逛來逛去，像這樣把句子烙印在腦海中。再來，必須應用在句子當中，才能正確了解 boring 和 bored 的差別。He is such a boring person that he made Susan yawn several times. 以及 The more bored he is, the more he will surf through YouTube channels.(「such ~ that」句型和「the 比較級 , the 比較級」句型)。

想培養實戰英語能力，不應該只看一棵樹，而應該看著整片森林，這麼做需要花費相當多的時間。但是花這些時間所換來的，絕對是物超所值的代價和意義。如果你只習慣為了考試而學英語，那從現在起，請試著用基本單字或句型各造出 3 個例句。每天寫英語日記，等習慣用英語寫文章後，就可以更進一步地試著用英語講故事。實戰英語競爭力其實就是增加經驗和具體演練的過程。

7. Input 和 Output

一般來說，input（輸入）是指讀和聽，output（實際運用能力）是指說和寫。透過增加輸入來提高實際運用能力，是最終的英語學習指南針。然而，在專業口譯、翻譯人員中，能將自己輸入資訊的 50% 以上自由自在地發揮在實際運用層面的比例有多少呢？我想應該是微乎其微。從事翻譯的人，工作上必須持續不斷累積輸入並轉換（transfer）語言，想必轉換的能力一定相當出色，但是流暢性和陳述意見的能力是千差萬別的。假若我們是將目標放在把英文當做溝通工具上，這個部分我們就必須格外在意。

為此，不管在什麼樣的情況下，都應該學習許多可以使用的詞彙並適時加以運用。我們需要更多的詞彙如連接詞等，來幫助我們表達邏輯和說服力，也要盡可能地運用比喻和引用技巧。Let me play Devil's Advocate. (由我來扮黑臉。) / What would you do if this and that go wrong? (如果出了什麼差錯，你要怎麼辦？) / They say the grass is always greener on the other side. (外國的月亮比較圓。) / They say a friend in need is a friend indeed.（患難見真情。）
這意味著，我們必須建立屬於自己的表達方式，既能引發普遍的共鳴又能在適當的機會下加以運用，並將此能力「轉化」為口說能力，說出一口像英語的會話內容。為了做到這一點，我們也必須學習發音，並同時進行以搭配詞為單位和以句子為單位的表達訓練。希望大家不以眼前的考試合格作為目標，而是將夢想放在長遠的未來。

8. 鏗鏘有力的嗓音和正確的發音

如果不是專業播報員，沒有受過發聲和發音訓練，任何人都會有個人的說話習慣，會遇到特定發音發不好的極限。各位知道嗎？很多優秀的海外媒體記者為了去掉非母語式的發音，特地買書回家苦練自己的發音。這是為了提高表達能力而努力不懈的過程。發音不佳的類型有很多種，首先，有些人總是拉高句尾的音調，這種類型會帶給人一種虛假的感覺。也有一種類型的人說話讓人聽不進去，看起來沒有自信。這種人到哪裡都不太引人注目，即使具備許多專業知識，也會因為英語表達能力的關係而被低估。平常就要鍛鍊鏗鏘有力的正確發音，才能給人「可靠」的感覺。說話畏畏縮縮的人，無法讓人留下深刻的印象，在重要的求職面試中也容易遭到漠視。此外，即使說話流暢動人，也要改掉重複說話內容的習慣。應該自信地把話說出來，之後再快速地附帶說明或修正，主導談話進行的速度，如此才能成功地讓對方專注於自己想傳達的意思。

9. "I agree to disagree." – 接受彼此的歧見

我們必須更加了解英語系國家的文化，才能讓英語實力更上一層樓。讓自己至少一個禮拜精讀一篇美國娛樂新聞報導或輿論週刊報導，掌握輿情趨勢。經常接觸生活化的英語是非常有效的方法。我認識的一位教授說，Koreans don't know how to agree to disagree. They seem to be hard wired to force the other person to accept their thoughts. Otherwise, they consider them the enemy.（韓國人不知道如何求同存異。他們似乎天生會強迫對方接受自己的想法，否則就認為對方是自己的敵人。）

這句話怎麼樣呢？你不覺得這種習性在韓國人之間已經根深蒂固了嗎？在日益分裂的社會中經常可以看到這種傾向。國會癱瘓、妥協成為遙遠目標，從工作職場到社會各個領域經常發生口角。英語系國家本來就融合了多種民族，不論喜不喜歡，不管是真心與否，人們似乎較為他人著想。這當然也會有缺點，因為人們傾向於避免帶有歧視的語言或行動，以致於淡化了「簡潔明快的溝通」。在了解英語系國家的文化符碼後，即使不喜歡也能充分理解「I agree to disagree.」的態度，做到替對方著想並將心比心，那麼無論到哪裡都不會因為英語而被忽視，反而能夠得到認同。

10. 享受英語的幽默

英語是頻繁使用 pun 的語言，經常「語帶雙關」，我們甚至可以說 pun（雙關語）是英語幽默的基礎。必須細細品味並且懂得運用英語巧妙的幽默，才能成為真正的英語高手。

美國總統歐巴馬執政初期曾在白宮記者團邀請晚宴上開玩笑說：「First Lady Michelle Obama has the right to bear arms.」have the right to bear arms 意指「有攜帶武器的權力」，這是美國憲法上的權力。故意這麼說的歐巴馬，其實說的是和 bear arms 同音異字的 bare arms，逗得白宮記者們在意會之後紛紛捧腹大笑。

歐巴馬總統執政初期，第一夫人蜜雪兒經常穿無袖連身裙，在各大媒體上成為話題，也遭到所謂的「鄙視」。因此歐巴馬對這件事近似嘲弄的說詞，其實是一種針砭人心的幽默。如同美國人民有持有槍枝的權力一般，穿無袖也是不可侵犯的權力，字裡行間暗示著「誰能說什麼？」的幽默，我們對於這種幽默應懂得欣賞、理解並樂在其中。

PART 2

經濟、經營、產業

CHAPTER 1

景氣

所有新聞節目都少不了有關經濟的議題。說到經濟，最先想到的是進出口、經常帳黑字 / 赤字、景氣展望等，會馬上聯想起這些詞彙是因為景氣和生活品質息息相關。提到景氣，常用的搭配詞有正在高漲（be on an upswing）、正在下降（be on a downturn）等多種詞彙。若能將本章學習到的詞彙和搭配詞應用在每個人的從業領域，將能提升與母語人士對話的檔次。

景氣相關主要用語

1. 實體經濟 : real economy
2. 經濟主體 : economic player
3. 家庭經濟 : household economy
4. 貨物及勞務 : goods and services
5. 購買力 : purchasing power
6. 所得差距（不均）
   : income disparity[imbalance]
7. 通膨壓力 : inflationary pressure
8. 需求與供給 : demand and supply
9. 供過於求 : oversupply
10. 週期性的 : cyclical
11. 經濟硬著陸
    : hard landing of the economy
    經濟軟著陸
    : soft landing of the economy
12. 經濟變數 : economic variable
13. 領先指標 : leading indicator,
    forward indicator
14. 成長動力 : growth engine,
    driver of economic growth
15. 經濟展望 : economic outlook
16. 已開發國家
    : advanced[developed] country
17. 開發中國家 : developing country
18. 低開發國家
    : underdeveloped country
19. 國際競爭力
    : international competitiveness
20. 個人可支配所得
    : disposable personal income

常用語 044

景氣**有望好轉**。
The economy **is set for an upturn.**

「預計將從低迷好轉回溫」的英語可用 be set for an upturn 表示。be set for 的意思是「預計將……」，upturn 直覺上是「轉向上」的意思，進一步也表示「好轉、上升」。除了 upturn 之外，也很常用 upswing。upswing 用來表示「好轉、上升、增加」等意思。兩個單字的反義詞分別為 downturn 和 downswing，可試著應用看看。

1 報紙上說景氣**即將好轉**。
The newspaper says the economy **is set for an upturn**.

2 從中長期來看，景氣**將出現好轉**。
The economy **is set for an upturn** in the mid to long term.

3 澳洲住宅房產市場今年**可望好轉**。
The Australian residential property market **is set for an upturn** this year.

4 在低利率和新法規的加持下，建築業似乎**將出現好轉**。
The construction industry appears **set for an upturn** backed by low interest rates and new laws.

5 專家們一致認為經濟成長**將轉為上升走勢**。
The consensus of experts is that economic growth **is set for an upturn**.

If the virus continues to spread, it could endanger the fragile global economy, which **was set for an upturn** following signing of the phase-one US-China trade deal. Without prudent action, contagion effects and loss of confidence could ripple through global markets and supply chains.
<South China Morning Post>

在中美簽署第一階段貿易協議後，全球經濟本來**預估會出現好轉**，但如果病毒繼續傳播，可能危及脆弱的全球經濟。如果不採取謹慎行動，傳染效應和喪失信心可能波及全球市場和供應鏈。〈南華早報〉

phase 階段、時期、局面　**prudent** 謹慎的
contagion effect 連鎖效應、傳染效應（一國經濟崩潰將會波及全世界的理論）
ripple through 波及、擴散

在經濟不景氣時，我們應更努力工作。
In these tough economic times, we need to work harder.

times 指「時代」和「時期」，〈The Times〉（時代雜誌）是美國最權威的報紙之一。economic times 是指經濟層面的時期。提到「艱難的」，我們通常想到 hard 和 difficult，不過英語母語者常用 tough 來表示「艱難的」，例如 English is tough. The work is tough. This is a tough assignment. 等，常用到 tough 這個字，各位也可以多使用看看。tough economic times 是指景氣艱困時期。

1 **在景氣不佳時**，我們應該省錢。
In these tough economic times, we need to save money.

2 **在景氣艱困時**，需要做出困難的決定。
In these tough economic times, tough decisions need to be made.

3 **在經濟不景氣時**，減稅相當受歡迎。
In these tough economic times, tax breaks are welcome.

4 **在景氣不佳時**，特別需要卓越的領導力。
In these tough economic times, great leadership is especially needed.

5 **經濟如此不景氣**，明年的經濟展望會有多差呢？
How bad is next year's economic outlook **in these tough economic times**?

Yes, **in these tough economic times** we need to find a way to create more jobs for Americans. But cutting off some of the world's most skilled people—many of whom are likely to create new jobs—isn't the answer. <Pittsburgh Business Times>

是的，**在景氣艱困時**，我們需要找到為美國人創造更多就業機會的方法。但是解雇一些全球最有能力的人並不能解決問題，因為其中許多人很可能創造新的就業機會。〈匹茲堡商業時報〉

cut off 裁減

股價**觸底後**反彈回升。
Stock prices are rebounding after hitting rock bottom.

不論是事業或人生，只要跌到谷底，就可以觸底反彈。觸底反彈的英文可以用 rebound after hitting rock bottom 表示，這也讓我們聯想到 What goes down must come up.（凡事有起有落）這句諺語。hit rock bottom 帶有「完全觸底」的語氣，想像一下深海裡的岩石，物體一旦觸擊岩石就會往上反彈，想像這樣的情景就可以記住這個搭配詞了。

1 生意失敗後，他的人生**跌到谷底**。
With the failure of his business, he **hit rock bottom**.

2 在**跌落谷底之後**，他東山再起，重拾往日風采。
After hitting rock bottom, he made a splendid comeback.

3 在 2001 年**觸底後**，如今經濟正在反彈回升。
After hitting rock bottom in 2001, the economy is now rebounding.

4 在去年**觸底之後**，經濟幾乎恢復到危機前的水準。
After hitting rock bottom last year, the economy has nearly returned to pre-crisis levels.

5 南韓經濟在 1998 年**跌落谷底後**持續穩健反彈。
The South Korean economy has been rebounding steadily **after hitting rock bottom** in 1998.

After dropping from 7.77 trillion won in the fourth quarter of 2018 to 3.4 trillion won in the second quarter of 2019, semiconductor operating profits appear to be rebounding **after hitting rock bottom** in the third quarter. <Hankyoreh>

從 2018 年第四季的 7 兆 7,700 億韓元下跌到 2019 年第二季的 3 兆 4,000 億韓元後，半導體營利在第三季**觸底後**出現反彈。〈韓民族日報〉

trillion 1兆　**operating profit** 營業利益

消費者物價**比前一年**增加 1.5%。
Consumer prices increased 1.5 percent **on-year.**

在財經新聞中常聽到「與去年同期相比」的用語，根據前後文可以知道是指「與去年同月份相比」或是「與去年同季相比」，英文的說法是 year-on-year，縮寫時可用 on-year 表示，或簡單地用第一個字母表示為 Y-O-Y。此外，我們也可以更仔細地以 from a year earlier, compared to the same period a year ago 說明。這些都是營業或會計常用語，學起來後可多加應用在實務英語上。

1 第二季總銷售額**比去年同期**增加 20%。
Second quarter total sales increased 20 percent **on-year**.

2 二月份營利**比去年同期**增加 20%。
Operational profits increased 20 percent **on-year** in February.

3 消費者物價**比去年**增加 1.5%，且比 2 年前增加 5%。
Consumer prices increased 1.5 percent **on-year** and 5 percent from 2 years ago.

4 九月的消費者物價**比去年同月**增加 3.0%，比八月增加 2.5%。
Consumer prices rose 3.0% **year-on-year** in September, up from 2.5% in August.

5 上月遊客人數達 30 萬人，**比去年同期**減少 30%。
The number of tourists recorded 300,000 last month, down 30 percent **year-on-year**.

The consumer prices index rose 12.62 percent **year-on-year** in June, following an 11.39 percent increase in May. Economists had expected a 12.9 percent rise.
<ForexTV.com>

繼五月份上漲 11.39% 之後，六月份消費者物價指數**比去年同期**上漲 12.62%。財經學者們此前預估會上漲 12.9%。〈ForexTV.com〉

consumer price(s) index 消費者物價指數

CHAPTER 2

需求與供給

經濟議題和需求與供給密不可分。理想的狀況是政府能完全不介入，由需求與供給來決定價格多寡，然而事實往往不是如此。比如說房地產的價格，想買的人多，供應的數量卻低於需求，以致於房地產問題經常出現在新聞當中。現實不像說的那麼簡單，很難按照理論落實（It's easier said than done.）。在這一章，我們將學習有關需求與供應的經濟相關重要用法。

需求與供給相關主要用語

1. 需求與供給 : demand and supply
2. 需求與供給曲線 : demand and supply curves
3. 假性需求 : disguised demand, speculative demand
4. 總需求 : aggregate demand
5. 市場機制 : market mechanism
6. 彈性價格 : price elasticity
7. 彈性需求 : elastic demand
8. 無彈性需求 : inelastic demand
9. 商品價格 : price of a commodity
10. 經濟均衡 : economic equilibrium（供需等經濟條件達成均衡，在無外部影響時，經濟變數的（均衡）值不變）
11. 邊際效用 : marginal utility
12. 均衡價格 : equilibrium price
13. 季節因子 : seasonal factor
14. 生產者與消費者 : producers and consumers
15. 不公平交易 : unfair trade
16. 共謀、勾結 : collusion
17. 壟斷、專賣 : monopoly
18. 寡頭壟斷、寡佔 : oligopoly
19. 反獨佔法 : anti-trust law
20. 囤積、搶購 : hoarding, panic buying, cornering and hoarding

需求**受景氣波動影響**。
Demand **is affected by fluctuations in economy.**

「上下浮動、波動震盪」的英文是 fluctuate，表示不穩定的狀態，隨時都可能發生劇變。fluctuate 的名詞形是 fluctuation，意思是「波動、變化」，be affected by fluctuation 表示「受變動影響」，可解釋為「受景氣波動影響」。有時被認為是避險資產（safe haven assets）的黃金價格出現波動，可表示為 Gold prices are fluctuating.，這樣的狀態稱為 volatile，字典上的意思是「易變的、易揮發的」，可和動詞 fluctuate 一起記憶。

1 需求**受**氣溫**波動影響**。
Demand **is affected by fluctuations** in temperatures.

2 信用評等**受**股價**波動影響**。
Credit ratings **were affected by fluctuations** in stock prices.

3 取暖用油的需求**受到**原油價格**波動影響**。
Demand for heating oil **is affected by fluctuations** in crude oil prices.

4 所有行情都**受到**國內外**市場波動影響**。
All quotations **are affected by market fluctuations** at home and abroad.

—quotation 行情、報價

5 商品價格**明顯受**供需**波動影響**。
Prices of commodities **are significantly affected by fluctuations** in demand and supply.

Currency transactions **are affected by fluctuations** in exchange rates; currency exchange rates may fluctuate significantly over short periods of time. Individual securities may not perform as expected.
<Guru Focus>

貨幣交易**受到**匯率**波動影響**，貨幣匯率可能在短時間內出現大幅波動。個別有價證券的表現可能不符預期。〈價值大師〉

transaction 交易　**currency exchange rate** 貨幣匯率　**securities** 有價證券

超額需求**導致價格飆升**。
Excess demand **has led to price spikes.**

需求大幅增加會影響供應價格，需要的人多，產品價格就會上漲。excess 的意思是「過度的、超過的」，因此 excess demand 可表示「超額需求」。lead to price spikes 可表示「導致價格大幅上漲」，lead to ～表示「導致⋯⋯」，意思和 result in（造成⋯⋯）一樣。spike 是「大幅度上升、增加」，比 hike（上漲）的上升幅度更大。

1 對口罩的超額需求**導致價格飆漲**。
Excess demand for masks **has led to price spikes.**

2 經濟波動**導致房地產價格大幅上漲**。
Economic turbulence **has led to real estate price spikes.**

3 過度需求**導致**商品**價格全面暴漲**。
Excess demand **has led to extensive price spikes** in commodities.

4 需求持續增加，**導致汽油價格逐漸上漲**。
A steady rise in demand **has led to gradually pushing up pump prices.**
—pump（口語）加油站

5 不論哪一種產業，超額需求都必然**導致價格飆漲**。
Excess demand, regardless of the industry, inevitably **leads to price spikes.**

Any panic would exacerbate temporary food shortages, **lead to price spikes**, and disrupt markets. If left unchecked, food panics can spread and threaten broader social stability.
<Telegraph>

任何恐慌都會使暫時性的糧食短缺惡化，**導致價格飆漲**並擾亂市場。如果不加以管控，糧食恐慌將會蔓延，進一步威脅更廣大的社會安定。〈電訊報〉

exacerbate 使惡化

常用語 050

供不應求。
Demand outstripped supply.

想表達程度、能力「更出色」，或「超越」重要的程度等意思時，可使用動詞 outstrip。類似的單字有 outpace，但主要用於在速度上「超過、超越」的概念，兩者應加以區別。例如，His talent outstripped his competitors（他的才華超越他的競爭對手。）以及 She outpaced her colleagues in finishing the work（她比同事們更快完成這項工作。）在供需之間，最理想的狀況是需求和供給平衡的狀態，可以用 make supply meet demand（使供需平衡）表示。

1 治療的**需求**遠**超過供給**。
Demand for the treatment far **outstrips supply.**

2 **需求**仍有機會**超過供給**。
There is still a chance **demand will outstrip supply.**

3 **供不應求**使公寓買賣激增。
Apartment sales surged as **demand outstripped supply.**

4 至少在短期內，**需求肯定會超越供給**。
At least in the short term, **demand is sure to outstrip supply.**

5 **被抑制的需求超過了供給**，房價因而飆升。
As pent-up demand outstripped supply, housing prices surged.

— pent-up 被壓抑的、被抑制的

Thermometer makers say **demand has outstripped supply** as stores and offices across the nation begin to reopen. In recent weeks, companies like Tyson Foods, McDonald's, and Macy's which each employ more than 100,000 people in the United States, began requiring front-line workers to have their temperature taken before starting shifts.
<Post-Courier>

溫度計製造商表示，隨著全國各地的商店和辦公室重新開業，目前**需求遠超供給**。最近幾週，像泰森食品、麥當勞、梅西百貨等在全美各擁有超過 10 萬名員工的公司，開始要求一線員工在開始執勤前先測量體溫。〈信使報〉

thermometer 溫度計　**front-line** 第一線的、前線的

40 多歲的人**正在節省開支**。
People in their 40s **are tightening their purse strings.**

女用錢包是 purse，男用皮夾稱為 wallet。tighten one's purse strings 指的是把錢包綁緊，意味著「節省開支」、「實行緊縮政策」，是個令人一目了然的諺語。雖然「節省開支」也可寫成 reduce[cut back on] spending，但使用帶有視覺效果的描述，可使文章或說話內容更具吸引力。不過，凡事過猶不及，這類型的表達方式適可而止即可。

1 在景氣蕭條期間，許多消費者**正在減少開銷**。
Many consumers **are tightening their purse strings** amid the recession.

2 在過去六個月中，所有家庭都被迫**節省開支**。
In the past 6 months, all families were forced to **tighten their purse strings**.

3 一些零售業者**正在**藉由取消打折優惠**減少開銷**。
Some retailers **are tightening their purse strings** by skipping discount offers.

4 前景看起來不樂觀時，企業**實施緊縮策略**是理所當然的。
It's natural for companies **to tighten the purse strings** when the road ahead looks bumpy.

5 由於經濟前景不明朗，消費者和生產者**都在勒緊褲帶**。
Due to the hazy economic outlook, both consumers and producers **are tightening their purse strings**.

Many of us **are tightening purse strings** and looking at areas we can save money. Your personal feeling about the importance of make-up in times like these may vary.
<The Sydney Morning Herald>

我們當中很多人**都在勒緊褲帶**，尋找可以省錢之處。在現在這種情況下，對於化妝重要性的個人感受可能不盡相同。〈雪梨晨鋒報〉

make-up 化妝、化妝品　**vary** 不同、差異

達到收支平衡是很困難的。
It is tough to **make both ends meet.**

「收入與支出」和「需求與供給」一樣是經濟議題常用到的概念，尤其在家庭經濟（household economy）中，收入和支出扮演著重要的角色，與生計息息相關。「收支平衡」的英文是 make both ends meet，both ends 是指 income（收入）and expenditure（支出），想像是金錢進出的道路兩端，就能輕鬆理解這個搭配詞。根據前後文意，這個搭配詞也可以用來表示「勉強糊口度日」，例如 We struggle to make (both) ends meet（我們艱辛地努力維持生計。）

1 他打零工只**為了勉強糊口**。
He took up odd jobs just **to make both ends meet.**

2 **為了達成收支平衡**，他兼差做日薪工人。
He moonlights as a daily-wage laborer **to make both ends meet.**
— moonlight 兼職

3 在最近經濟困難的時期，很多人勉強**維持收支平衡**。
In these tough economic times, many barely **make both ends meet.**

4 每個家庭發現如今比過去時更難**達到收支平衡**。
Every household finds it harder than ever before **to make both ends meet.**

5 由於捐款減少，此慈善機構正努力**維持收支平衡**。
As donations declined, the charity organization is struggling **to make both ends meet.**

But as more people seek out gigs **to make ends meet**, it could significantly improve economic security for independent workers.
<Harvard Business Review>

然而隨著越來越多人尋找臨時工作來**維持生計**，這可能顯著改善獨立勞動者的經濟安全。〈哈佛商業評論〉

seek out 尋找　**gig** 臨時的工作

CHAPTER 3

金融

一國的經濟是反覆進行生產、分配、消費、支出的過程，金融的主要功能就是讓這些經濟活動順利進行。經濟活動的基本是需求和供給、生產和消費以及買賣，這些過程產生資金的流動。為了購買商品，我們可以從銀行提取資金、可以變賣資產，或者也可藉由貸款籌集經費，而金融的職責就在於整合這一切，是經濟活動中非常重要且核心的一環。在這一章我們將學習和金融相關的主要搭配詞用法。

金融相關主要用語

1. 資產管理、理財 : wealth management
2. 貸款 : take out loans
3. 股票投資 : stock investment, investment in stocks
4. 投資報酬率 : return on investment (ROI)
5. 分散投資風險 : diversification of (investment) risk
6. 家庭負債 : household debt
7. 地下錢莊 : private money lender
8. 有價證券 : securities, marketable securities
9. 外國債券 : foreign bond
10. 可轉讓定期存單 : negotiable certificate of deposit
11. 金融控股公司 : financial holding company
12. 貨幣發行 : currency issuance
13. 貨幣流通 : money circulation
14. 外匯存底 : foreign currency[exchange] reserves
15. 關鍵貨幣 : key currency
16. 國外匯款 : overseas remittance
17. 升值 : revaluation, appreciation
18. 貶值 : devaluation, depreciation
19. 浮動匯率制度 : flexible[floating] exchange rate system
20. 固定匯率制度 : fixed exchange rate system

我們公司**提高了流動性**。

Our company **has improved liquidity.**

英文 liquidity 是指「資金的流動」，也就是「流動性」，是從液體 liquid 衍生出來的單字。流動性若不順暢，企業將面臨經營上的困難，嚴重時還可能影響事業的存亡。因此大企業策略上會成立國際金融小組，透過海外投資和招募資金等方式提高流動性。「提升 / 提高 / 改善流動性」的英文可以用 improve liquidity。

1 該企業集團出售兩家子公司**以改善流動性**。
The conglomerate sold off two affiliates **to improve liquidity**.

2 該公司在科斯達克 (韓國創業板市場) 上市**可進一步改善流動性**。
The company's listing on the KOSDAQ **can further improve liquidity.**

3 該公司正在尋求 30 億美元的資金**以提高流動性**。
The company is seeking 3 billion dollars in financing **to improve liquidity**.

4 政府提供企業稅務減免，好讓他們**可以提高流動性**。
The government offered tax relief to corporations so that they **can improve liquidity**.

5 該公司**為提高流動性**所採取的措施被證實收效微乎其微。
The measures implemented by the company **to improve liquidity** proved to have minimal effect.

Additional measures **to improve liquidity** included reductions in corporate expenses by 10-15%, capital expenditure reduction by $100-$125 million and temporary suspension of future stock repurchases.
<Yahoo Finance>

為改善流動性採取的追加措施包括減少企業 10~15% 開銷，減少 1 億至 1 億 2 千 5 百萬美元資本開支，以及暫停將來的股票回購。〈雅虎財經〉

additional 額外的　**reduction** 削減、減少　**expense** 費用、經費
expenditure 支出、費用、經費　**suspension** 中止、暫停　**repurchase** 回購

中央銀行**提高了利率**。
The central bank **hiked interest rates.**

「利率」是 interest rate，「基準利率」是 benchmark interest rate。中央銀行（central bank）負責處理國家貨幣供應量等事務，在南韓，韓國銀行相當於中央銀行。表示「提高、調升」的單字除了 raise 之外，hike 也很常用，表示「大幅提升」則用 spike。hike 和 spike 都可以當動詞和名詞使用。

1 央行**將利率調升了** 25 個基點。
The central bank **hiked interest rates** by 25 basis points.
— basis point （形容利率的變動單位）基點，1個基點等於0.01%

2 韓國銀行在一年內就**調升**兩次**利率**。
The Bank of Korea **hiked interest rates** twice in just a year.

3 **利率調升**更加重債務負擔。
The hike in interest rates further added to the debt burden.
— 第3、4則例句裡的hike是當名詞用，意思是「調升」

4 商業銀行執行大幅度的**利率調升**。
Commercial banks implemented the huge **hike in interest rates**.
— commercial bank 商業銀行

5 貨幣政策委員會一致投票反對**調高利率**。
The monetary policy committee unanimously voted against **hiking interest rates**.

Deficits are now seen as empowering governments to do big things: protect future generations from climate change, for example. What's more, because inflation seems dead, deficits no longer drive the Fed to **hike interest rates.**
<The Washington Post>

赤字現在被視為授權政府去做更重要的事，例如保護下一代不受氣候變遷影響。此外，因為通貨膨脹似乎已經消失，赤字不再促使聯準會**調高利率**。〈華盛頓郵報〉

deficit 赤字、虧損 **the Fed (= Federal Reserve System)** 聯準會（=聯邦儲備系統）

外匯存底增加。
The foreign currency reserves increased.

1997 年底南韓曾經因為外匯存底枯竭而面臨國家破產危機。從此之後，外匯存底持續增加，一直保持在創記錄的水準。外匯存底的英文是 foreign currency reserves 或 foreign exchange reserves，外匯存底主要以作為關鍵貨幣（key currency）的美元為主，也包含外國債券（foreign bond）在內。

1 低**外匯存底**可能轉變成經濟風險因素。
Low **foreign exchange reserves** may translate into economic risk factors.

2 政府當局正努力保護日益耗竭的**外匯存底**。
Authorities are scrambling to protect the depleting **foreign currency reserves**.

3 截至六月底，**外匯存底**總計達 4 千 1 百億 7 千 5 百萬美元。
Foreign currency reserves amounted to 410.75 billion U.S. dollars as of the end of June.

4 儘管**外匯存底**連續下降兩個月，仍處於「安全」標準。
Despite a 2-month consecutive decline, **foreign exchange reserves** are still at "safe" levels.

5 外國國庫券占印度**外匯存底**的絕大部分。
Treasury Bills of foreign countries account for the lion's share of India's **foreign exchange reserves**.

— lion's share 最大份額

But with oil production a fraction of what it once was, Venezuela's **foreign currency reserves** have been dwindling.
<BBC News>

但在石油產量只佔過去一小部分的情況下，委內瑞拉的**外匯存底**一直在減少。〈英國廣播公司新聞〉

fraction 小部分、些微、少量　**dwindle** 減少

那家大公司**破產了**。
The major company **went bankrupt.**

個人、企業甚至國家都可能破產。表示「破產、倒閉」的英文是 go bankrupt。用名詞 bankruptcy（破產）寫成 go bankruptcy 是常見的錯誤，正確的用法應該在能夠表現狀態變化的動詞 go 後面加上形容詞 bankrupt。類似的用法還有 go bust、go under、go belly-up、go insolvent 等等。

1 那位億萬富翁因為盲目投資而**破產**。
The billionaire **went bankrupt** due to reckless investment.

2 當城市**破產**時，黑人的生命尤其受到威脅。
When cities **go bankrupt**, black people's lives are especially put at risk.

3 正當公司**走向破產**時，執行長們卻發給自己獎金。
The CEOs are awarding themselves bonuses while their companies **are going bankrupt**.

4 除非與政府達成紓困協議，否則該航空公司**可能會破產**。
Unless a bailout agreement is reached with the government, the airline company **could go bankrupt**.

—bailout（針對面臨財務危機的企業）紓困

5 如果這家公司**破產**，數萬名員工和他們的家屬將陷入困境。
If this company **goes bankrupt**, tens of thousands of employees and their families would suffer hardship.

Colleges face a £2bn income loss next year and some **will go bust** unless the government delivers emergency help, their leaders have warned. <Independent>

校長們提出警告，明年各大學將面臨 20 億英鎊的收入虧損。除非政府提供緊急援助，否則有些學校**將會面臨破產**。〈獨立報〉

bn 十億(billion)　**income** 收入、所得　**loss** 損失　**emergency** 緊急狀況、危及時刻

常用語
057

那家公司**申請了貸款**。
The company **took out a loan.**

當今世上，沒有貸款（loan）的個人或公司是相當罕見的，這樣的人甚至被當成有錢人。一旦貸款了，就要開始背負債務（debt），因此縱使眼前有利可圖，仍有人因為不想背債而不願貸款，這也是個明智的作法。以下是最常使用的貸款相關搭配詞：「貸款」take out a loan、「還貸款」pay back the loan、「還清貸款」pay off the loan，請仔細分辨後再加以運用。

1 許多人最終**辦了貸款**。
Many people end up **taking out a loan**.

2 直到現在，他們從不需要**貸款**。
Until now, they never had to **take out a loan**.

3 強勁的銷售表現讓他下定決心去**辦貸款**。
Strong sales motivated him to **take out a loan**.

4 總部為收購這家公司而**借貸鉅款**。
The headquarters **took out a huge loan** to take over the company.

5 公司計畫**貸款**購買運貨卡車。
The company is planning to **take out a loan** to purchase delivery trucks.

Also, not everyone **can take out a loan**. You must be over 18 to apply for a loan and will need to produce a recent proof of income which reflects at least three salary payments.
<Independent Online>

此外，不是每個人**都可以貸款**。你必須年滿 18 歲才能申請貸款，而且必須出示最近的收入證明，顯示至少有三次工資支付明細。〈獨立線上〉

produce 提出、出示、生產、製造　**proof** 證據（物）、證明、舉證
reflect 反映、表現

CHAPTER 4

貿易

南韓是出口導向型國家，高度依賴對外出口，也因此難免容易受到外界影響，我認為這是南韓經濟特性上不可避免的結構。近來本國優先主義盛行，導致貿易紛爭和報復措施經常發生，此時就需要發揮外交力量，解除貿易制裁措施，改善國與國之間的關係。在這一章，我們將學習和貿易有關的主要用語和搭配詞。

貿易相關主要用語

1. 貿易、交易 : trade, commerce
2. 貿易夥伴 : trading partner
3. 出口市場 : export market
   進口市場 : import market
4. 多邊貿易談判
   : multilateral trade negotiation
5. 貿易保護主義 : protectionism
6. 國際收支
   : international balance of payments
7. 貿易順差（黑字） : a trade surplus
8. 貿易逆差（赤字） : a trade deficit
9. 出口補貼 : export subsidy
10. 進口配額 : import quota
11. 貿易失衡 : trade imbalance
12. 不公平貿易行為
    : unfair trade practice
13. 貿易摩擦 : trade friction
    貿易紛爭 : trade dispute
14. 貿易制裁 : trade sanctions
15. 徵收關稅 : impose tariffs[duties] (on imports)
16. 關稅延期 : tariff deferral
17. 非關稅壁壘 : non-tariff barrier
18. 優先觀察國家 : a country on the Priority Watch List (PWL)
19. 自由貿易協定
    : FTA (Free Trade Agreement)
20. 優惠貿易協定
    : preferential trade agreement

韓國是**出口導向型經濟體**。

Korea is **an export-driven economy.**

drive 除了表示「駕駛」之外，還有其他幾個含意，其中之一是「主導、促進」，舉例來說 Exports drive the economy（出口主導經濟發展）以及 Passion drives me（熱情驅使我）。export-driven 表示「以出口為目的（導向）的」。另外，我們知道 economy 的意思是「經濟」，它還表示「作為經濟主體的國家」，主題句就是這個意思。

1 強勢的日圓有損日本的**出口導向型經濟**。
A strong yen has hurt Japan's **export-driven economy.**

2 瑞士的**重度出口導向型經濟**使其無法孤立存在。
Switzerland **with its heavily export-driven economy** cannot exist in isolation.

3 南韓的**出口導向型經濟**也無法避免受到全球經濟衰退的影響。
South Korea's **export-driven economy** cannot be immune to a global recession.

4 德國的**出口導向型經濟**在世界經濟衰退中苦苦掙扎。
Germany's **export-driven economy** is struggling during a world economic slump.

5 **出口導向型經濟**更適合開發中國家，而不是已開發國家。
An export-driven economy is a better fit for a developing country than an advanced one.

More recently, development has slowed after the global financial crisis hurt the South's **export-driven economy** and new tensions with the North have scared away some prospective buyers.
<The New York Times>

最近，自世界金融危機打擊南韓的**出口導向型經濟**，加上與北韓的新緊張局面嚇跑一些潛在買家後，南韓的經濟發展已趨緩。〈紐約時報〉

scare ~ away 把……嚇跑　**prospective** 將來的、潛在的

爆發了**貿易糾紛**。
A trade dispute erupted.

dispute 常用來表示「紛爭」、「糾紛」，所以「勞資糾紛」是 labor-management dispute，「貿易糾紛」是 trade dispute。嚴重的貿易糾紛可能演變成貿易戰爭（trade war）。erupt 原本是指「火山或熔岩等噴發」，後來被廣泛用來表達如同火山突然爆發般「（暴力或情感）突然爆發」的意思。「發生貿易糾紛」也可以用 a trade dispute erupts 表示。

1 此決定應有助於避免**一場貿易糾紛**。
The decision should help avert **a trade dispute.**

2 解決**貿易紛爭**的努力化為烏有。
Efforts to resolve **the trade dispute** went down the drain.

3 歐盟和中國捲入一場與太陽能板有關的**貿易糾紛**。
The EU and China are embroiled in **a trade dispute** over solar panels.

4 兩國爆發**貿易紛爭**至今已經一年。
It's been a year since **a trade dispute** erupted between the two countries.

5 **貿易糾紛**演變為兩政黨之間重大的政治議題。
The trade dispute emerged as a major political issue between the two political parties.

The trade dispute is rooted in a separate feud over compensation for atrocities committed during Japan's 1910-45 colonial rule of the Korean Peninsula.
<Yonhap News Agency>

此貿易糾紛源於另一起日本 1910 到 1945 年殖民統治韓國半島期間，所犯暴行的相關賠償爭議。〈聯合通訊社〉

rooted 根源於…… **feud** 爭鬥、爭執、夙怨 **compensation** 賠償
atrocities（特別是戰爭中的）殘暴行為

韓國**連續三個月**呈現貿易逆差。

Korea posted a trade deficit for the third straight month.

「for ＋ the ＋序數＋ straight ＋單數期間名詞」經常用來表示「連續……（期間）」。此外也常用「for ＋ the ＋序數＋ consecutive ＋單數期間名詞」和「for ＋ the ＋序數＋單數期間名詞＋ in a row」等句型表示。另外，我們也可以用「for ＋基數＋複數期間名詞＋ straight [consecutively, in a row]」表示。因此上面這個句子也可以寫成 Korea posted a trade deficit for the third consecutive month./ Korea posted a trade deficit for the third month in a row. / Korea posted a trade deficit for three months straight[consecutively, in a row]. 等。

1 失業率**連續五個月**保持在 9%。
The unemployment rate remained at 9 percent **for the fifth straight month.**

2 除了汽車和重型設備之外，訂單量**連續九個月**下降。
Except for autos and heavy equipment, orders fell **for the ninth straight month.**

3 隨著出口持續減少，韓國**連續六個月**出現貿易逆差。
As exports continued to decline, Korea posted a trade deficit **for the sixth straight month.**

4 由於中美貿易摩擦，韓國**連續七個月**出現貿易逆差。
Due to the US-China trade friction, Korea posted a trade deficit **for the seventh straight month.**

5 11 月的工業生產**連續四個月**上升，但成長幅度低於預期。
Industrial production rose **for the fourth straight month** in November but the increase was less than expected.

While the bank said that month-to-month inflation had eased in August **for the third straight month** to 3.9%, the annual inflation rate reached a six-year high.
<BBC>

儘管該銀行表示月通澎率已**連續三個月**下降至 8 月的 3.9%，但年通膨率卻達到六年來最高點。〈英國廣播公司〉

ease 減緩、下降　**annual** 年度的、每年的　**inflation rate** 物價上漲率、通貨膨脹率

常用語 061

聯合國對北韓**實施貿易制裁**。
The United Nations **imposed trade sanctions** on North Korea.

有時國際間會對擾亂或威脅國際貿易秩序的國家實施貿易制裁，因此北韓經常受到聯合國的貿易制裁。貿易制裁的英文是 trade sanctions，「施加」的意思主要用 impose 表示，也常用 place 這個單字。相反的，「解除」主要使用字義為「抬起、舉高」的 lift 表示，也常用字義為「除去」的 get rid of 或 remove 表示。

1 美國對中國**實施貿易制裁**。
The US **imposed trade sanctions** on China.

2 隨著美國**實施貿易制裁**，其他國家採取了反擊。
Other countries retaliated as the US **imposed trade sanctions.**

3 政府為了保護環境而**實施貿易制裁**。
The government **imposed trade sanctions** to protect the environment.

4 聯合國警告，如果北韓繼續進行核武測試，**將**對其**實施貿易制裁**。
The UN warned it **would impose trade sanctions** if North Korea keeps conducting nuclear tests.

5 歐洲議會投票決定敦促會員國政府對以色列**實施貿易制裁**。
The European Parliament voted to urge member governments to **impose trade sanctions** on Israel.

He explained that he had no wish **to impose trade sanctions** on Japan, but hinted that if Japan did not behave, political pressures might leave him no choice in the matter.
<The Economist>

他解釋自己無意對日本**實施貿易制裁**，但也暗示若日本行為不當，政治壓力可能使他在此事件中別無選擇。〈經濟學人〉

behave 表現、舉止得體

政府**實施新的貿易政策**。
The government **implemented a new trade policy.**

與 policy（政策）相關的搭配詞有「制定政策」establish a policy、「執行政策」implement a policy、「廢除政策」scrap a policy、「遵守政策」obey a policy 等。「執行」主要以 implement 表示，比字義為「實施」的 carry out 具有更正式的語感。

1 議會一旦批准，政府**將實施新的貿易政策**。
The government **will implement the new trade policy** when the parliament approves it.

2 南韓政府一開始**就應該實施該貿易政策**。
The South Korean government **should have implemented the trade policy** in the first place.

3 人民已達成共識，政府**應實施新貿易政策**以促進公平公正。
The public consensus is that the government **should implement the new trade policy** and promote fairness.

4 他宣稱**實施新的貿易政策**是扭轉貿易逆差的唯一途徑。
He claimed that **implementing the new trade policy** is the only way to reverse the trade deficit.

5 在重建信任以前，我們需要**實施新貿易政策**。
We need to **implement a new trade policy** before we can rebuild trust.

In order to successfully **implement a new policy**, the first step is for policy makers to address the military leadership's willingness to drive such change.
<The Huffington Post>

為成功**實施新政策**，政策制定者首先應讓軍方領導階層有意願推動此項變革。〈赫芬頓郵報〉

address 解決問題、處理　**willingness** 意願

CHAPTER 5

股票

大多數人很難單靠累積月薪的方式致富，因此人們經常談論可作為賺錢途徑的股票。不少人把自己用靈魂攢到的金錢拿去投資股票，甚至不惜貸款炒股。然而，投資股票必須謹慎而為，因為盤勢很可能瞬間從大漲變成大跌。這種時候能夠不患得患失，才是靠股票賺錢的正確方法，但事實上並不容易做到。機構投資人一旦有大動作，會立即引起股市動盪，散戶很容易因此受到動搖。在這一章，我們將學習與股票相關的搭配詞用法。

股票相關主要用語

1. 股票市場
   : stock market, equity market
2. 股票交易所 : stock exchange, bourse
3. 場外交易市場
   : over-the-counter market
4. 總市值、股票市值
   : market capitalization
5. 日交易量 : daily trading volume
6. 市場情況 : market conditions
7. 市場波動 : market volatility
8. 股價走勢 : stock price trend
9. 股市暴跌 : stock market plunge
10. 股市暴漲 : stock market surge
11. 股市反彈
    : stock market rally
12. 首次公開募股、股票掛牌上市
    : initial public offering (IPO)
13. 上市公司 : listed company
14. 退市 : delisting
15. 股利 : dividend
16. 上市股票 : listed stock[share]
    未上市股票 : unlisted stock[share]
17. 大型股票 : large-cap stock
18. 績優股 : blue-chip stock
19. 機構投資人 : institutional investor
20. 小額投資人 : small investor

韓國綜合股價指數（KOSPI）**迎來牛市**。
KOSPI enjoyed a bull market.

a bull market 表示股票市場的「股市上漲」或「強勢上漲」，名稱的由來是形容股市如同公牛（bull）上揚的牛角一般情勢看好。形容詞 bullish 用來表示「股票行情看漲的」。反義詞 bearish 則表示「行情看跌的、走弱的」，「行情下跌的市場」則以 a bear market 表示。這是以行動緩慢的熊（bear）作為比喻，這些用法經常出現在股票相關新聞裡，一定要學起來。

1 證券市場**已經連續走了**五年多的**牛市**。
The stock market **has been enjoying a bull market** for over 5 years.

2 美國股市連續 4 天上漲，全球交易所**正同享牛市**。
With 4 straight days of US stock gains, all the world's bourses **are enjoying a bull market**.

3 隨著愛爾蘭走出經濟衰退，愛爾蘭股市**正迎來連日牛市**。
With Ireland emerging from a recession, Irish stocks **are enjoying a series of bull markets**.

4 專家預測**牛市**將持續到 2028 年。
Experts predict **a bull market** until the year 2028.

5 恆生指數收盤上漲 3.8%，**進入牛市**。
The Hang Seng Index closed up 3.8%, **entering a bull market**.

—The Hang Seng Index（香港證券交易所的股價指數）恆生指數

Yet, right after that in 1979, there was a turning point and stocks went on to **enjoy a bull market** for the better part of two decades. Looking at where we are now, pessimism about the markets hasn't been this low since 2008, the Great Recession.
<Seeking Alpha>

然而，就在 1979 年後出現一個轉折點，此後 20 年大部分時間股市都**迎來牛市**。就我們目前現況看來，自 2008 年經濟大蕭條以來，市場的悲觀情緒從未如此低迷。〈Seeking Alpha〉

pessimism 悲觀主義、悲觀論　**Great Recession** 經濟大蕭條、大衰退

常用語 064

科斯達克指數（KOSDAQ）**突然從牛市轉為熊市**。

The KOSDAQ suddenly shifted from a bullish to bearish market.

表現「從 A 移動到 B」的句型是 shift from A to B，牛市是 a bullish market，熊市是 a bearish market。「從牛市轉為熊市」為 shift from a bullish market to a bearish market，表示「突然」的 suddenly 則放在 shift 的前面。突然從牛市轉為熊市，往往令投資者猶如啞巴吃黃蓮，頓時驚慌失措。這種情況我們可以表示為 The investors were at a loss for words and extremely perplexed.（投資者們說不出話來，感到非常困惑）。

1 **突然從牛市轉為熊市時**，投資者們似乎失去了理智。
Investors seemed to lose their minds as it **suddenly shifted from a bullish to bearish market.**

2 隨著大量績優股觸底，市場**突然從牛市轉為熊市**。
With a massive number of blue chips bottoming out, the market **suddenly shifted from bullish to bearish.**

3 **突然從牛市變成熊市的轉變**，引起國內外投資者們的不安。
The sudden shift from a bullish to bearish market created jitters among local and foreign investors.

4 **隨著牛市突然轉為熊市**，投資者心情瞬間涼了半截。
As the bullish market suddenly turned bearish, investor sentiment shrank in an instant.

5 連續四天的**牛市在本週以熊市收盤**。
The four-day long **bull market ended the week on a bearish note.**

It was **a bearish end to a bullish week** for the European majors on Friday. With the US markets closed, market angst over COVID-19 resurfaced as news of new spikes hit the news wires.
<Yahoo Finance>

歐洲主要企業股價在**經歷一週牛市後**，週五**以熊市收場**。隨著美國市場收盤，新冠肺炎確診者創新高的新聞不斷，使市場對疫情的擔憂再次浮現。〈雅虎財經〉

angst 焦慮　**resurface** 再次浮現、重新出現　**spike** 上升、激增
news wire 通訊社、新聞發佈機構

韓國綜合股價指數受惠於外資**淨購入**而出現反彈。
The KOSPI rebounded backed by foreign investors' **net buying.**

「淨買入」為 net buying，「淨賣出」為 net selling，net 在金融和經濟領域是作為「純、淨」的意思，因此「淨買家」為 net buyer，「淨賣家」為 net seller，「淨利」是 net profit，「淨損失」是 net loss，「淨重」是 wet weight。這裡的 back 語意上是指「支援、作為後盾」，因此 backed by 的意思是「受……支援」，是新聞裡經常出現的用法。

1 得益於外國投資者的**淨買入**，韓國綜合股價指數大幅飆漲。
Backed by foreign investors' **net buying**, the KOSPI soared.

2 外國投資者在韓國證券市場中成為**淨買家**。
Foreign investors turned **net buyers** on the Korean stock market.

3 外國投資者突然從淨賣家轉變成**淨買家**。
Foreign investors suddenly shifted from being net sellers to **net buyers**.

4 受益於外國投資者**淨購入**，韓國綜合股價指數比昨日收盤時上漲 10%。
Backed by foreign investors' **net buying**, the KOSPI ended up 10% from yesterday's close.

5 隨著經濟衰退減緩，在韓國市場中外國投資者再次選擇**淨買入**。
Foreign investors again opted for **net buying** on the Korean market as the recession eased.

Then, foreign investors switched from net selling to **net buying**. Although the net selling added up to 81.4 billion won at the end of the trading session, the amount is much lower than recent ones.
<Business Korea>

此後，外國投資者從淨賣出轉為**淨買入**。雖然淨銷售在交易結束時總額為 814 億韓元，仍遠低於最近交易的金額。〈商業韓國〉

trading session 證券交易所的交易時段

那家公司的**股票被低估了**。
The company's **stocks were undervalued.**

value 當名詞時意思是「價值」，當動詞時意思是「看重（重視）」。前面加上前綴詞 over 形成 overvalue，意思是「高估、評價過高」，被動式 be overvalued 的意思是「被高估」，常用於一般對話，例如，He is actually overvalued.（他實際上被高估了。）和 overvalue 類似的單字有 overestimate（評價過高），反義詞是 underestimate（低估、看輕），此時語意上是對於「能力、能耐」的評價。

1 醫療保健**股票被低估**至少 8%。
Healthcare **stocks are undervalued** by as much as 8%.

2 **大型股被低估**之後，開始出現撤資。
Large-cap stocks were undervalued and then disinvestment started.

3 **績優股被低估**，這點吸引了基金投資。
Blue-chip stocks were undervalued and this attracted fund investment.

4 雖然當時看不出來，但**他們的股票被低估了**。
Although it didn't look like it at the time, **their stocks were undervalued**.

5 在全球投資者的拋售浪潮中，**大部分股票都被低估了**。
Most of the stocks were undervalued amidst the worldwide sell-off from the investors.

A 2003 study by the Federal Reserve Bank of Minneapolis concluded that in 1929, **many stocks were undervalued**.
<Washington Post>

明尼亞波利斯聯邦儲備銀行在 2003 年的一項研究結論顯示，1929 年**許多股票都被低估了**。
〈華盛頓郵報〉

Federal Reserve Bank 聯邦儲備銀行

常用語
067

那家公司**上市了**。
The company **went public.**

當公司規模擴大時，會在股票市場上市，目的是為了增加資本，擴充事業規模。「上市」、「公開募股」的英文是 go public、get listed 或 announce initial public offering（IPO）。透過這樣的過程產生股東，公司更容易引進資本，有助於未來拓展事業。此外，在股市交易中，投資可能激增，公司的上市價值增加，也因此產生「股票財閥」的說法。

1 公司**上市**有利也有弊。
There are both advantages and disadvantages to a company **going public.**

2 各家公司正忙於趕在夏季結束前**上市**。
Companies are racing **to go public** before the end of summer.

3 今年初我們申請**上市**後，經濟衰退變得更嚴重了。
The recession worsened after we filed **to go public** early this year.

4 該公司上週**上市**之後，股價立即迅速飆漲。
The company's stock prices soared as soon as it **went public** last week.

5 該製藥公司計畫利用 2 億美元的**首次公開募股**來開發新藥。
The pharmaceutical company plans to use the 200 million-dollar **IPO** to develop new drugs.

The company initially announced its intention **to go public** in 2015. Why the delay, and why move forward now?
<Fortune>

公司當初宣布打算在 2015 年**上市**。為什麼延後了？為什麼現在又要進行？〈財星〉

initially 最初　**announce** 發表　**intention** 意向、意圖、目的
delay 延遲、延誤、延緩、延期

CHAPTER 6

產業

產業和基礎建設是經濟發展的重要條件，如果沒有第一次、第二次工業革命，人類無法享有文明生活，技術發展也將更加緩慢。在產業領域中，重工業現在已被稱為夕陽產業。現今各種尖端產業已蔚為主流，發展速度雖然快到難以趕上、難以適應的地步，但其附加價值更高。在這一章，我們將學習和產業相關的搭配詞和用法。

產業相關主要用語

1. 農業 : agriculture, farming[agricultural] industry
2. 漁業 : fishing industry
3. 製造業 : manufacturing industry
4. 造船業 : shipbuilding industry
5. 建築業 : construction industry
6. 電子工業 : electronics industry
7. 汽車產業 : automotive industry
8. 紡織工業 : textile industry
9. 服務業 : service industry, hospitality industry （住宿、旅遊、餐飲業等）
10. 金融服務業 : financial services industry
11. 醫療產業 : health care industry, medical industry
12. 製藥工業 : pharmaceutical industry
13. 房地產業 : real estate industry
14. 知識型產業 : knowledge-based industry
15. 娛樂產業 : entertainment industry
16. 重工業 : smokestack industry
17. 關鍵產業 : key industry, basic industry, backbone industry
18. 尖端產業 : hi-tech industry, cutting-edge industry, state-of-the-art industry
19. 夕陽產業 : waning industry, twilight industry, moribund industry
20. 產業間諜 （行為） : industrial espionage

重工業已成為**夕陽產業**。
The smokestack industry has become **a waning industry**.

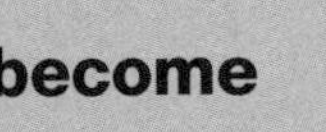

我們可以將煙囪工業（a smokestack industry）視為傳統產業（conventional industry）。現在一談到從煙囪冒出濃煙的工廠，想到的不是發展，而是環境污染和空氣中的懸浮微粒，被稱為世界工廠的中國，已和美國一同成為二氧化碳的最大排出國（biggest emitters of greenhouse gases）。隨著尖端化時代的來臨，重工業成為夕陽產業。動詞 wane 意思是「衰落」，a waning industry 是「衰落的產業」，也就是「夕陽產業」。wax and wane 表示「經歷興衰成敗」，和 ebb and flow、rise and fall 意思一樣，相當常用。

1 傳統的第二製造業被稱為**煙囪工業**。
The traditional second manufacturing industry is dubbed **the smokestack industry**.

2 有些人將建築業稱為**重工業**和**夕陽產業**。
Some refer to the construction industry as **a smokestack industry** and **a waning industry**.

3 藉由把資訊科技融入建築之中，我們將促使建築業從**重工業**轉換為高科技產業。
By fusing IT with construction, we will transform the construction industry from **a smokestack industry** to a hi-tech industry.

4 市政當局繼續注入資金在這個**夕陽產業**。
City authorities kept pouring money into **the waning industry**.

5 該偏鄉都市從**重工業**中心轉型為潔淨技術的重地。
The rural city transformed itself from the center of **a smokestack industry** into a mecca of clean technology.

Though Wyoming leads the nation in coal production, overseas export of coal remains minimal. And the state faces an uphill battle to buoy **the waning industry**.
<Casper Star-Tribune Online>

雖然懷俄明州的煤炭產量居全國之首，但煤炭的海外出口量卻微乎其微。為了重振此**夕陽產業**，該州正面臨一場艱辛的苦戰。〈卡斯珀明星網路論壇報〉

minimal 細微的、極小的　**uphill** 艱難的　**buoy** 使浮起、支持

科學家們在奈米科技**取得了突破**。
Scientists have made a breakthrough in nanotechnology.

break through 字義是「克服、突破」，名詞 breakthrough 主要表示「突破點」。談判時，「尋求突破」可以用 make a breakthrough 表示，例如 The negotiators made a breakthrough.（談判人員取得了突破。）此外，breakthrough 也有「突破性進展、重大發現、躍進」等意思，例如主題句中 Scientists have made a breakthrough. 就是這個意思。

1 科學家在治療癌症上**取得突破性進展**。
Scientists **have made a breakthrough** in the treatment of cancer.

2 此工業設施的研究人員**取得了**十年來的**首次突破**。
Researchers at the industrial facility **made their first breakthrough** in 10 years.

3 南韓在 AI 科技領域**取得顯著進展**。
Korea **made a notable breakthrough** in AI technology.

4 **取得重大突破後**，研究團隊的努力終於有了成果。
Making a huge breakthrough, the efforts of the team of researchers have paid off.

5 產業界和學術界的合作**引發驚人的進展**。
The collaboration between the industry and academia **has led to a remarkable breakthrough**.

Scientists **have made a breakthrough** in the development of a new generation of electronics that will require less power and generate less heat. <pvbuzz media>

科學家在開發新一代電子產品上**取得突破**，產品將減少耗電並產生更少熱能。〈pvbuzz media〉

electronics 電子產品、電子裝置、電子工學、電子技術　**generate** 產生、發生

常用語 070 關鍵產業是**經濟的支柱**。

Key industries are **the backbone of the economy**.

南韓的基礎產業有汽車、半導體、LCD、造船業等。實際上，半導體產業就佔南韓總出口的 20% 以上，佔相當大的比例。關鍵產業稱為 key industry 或 basic industry，支柱可以用 backbone 表示。backbone 字義是「脊椎、脊椎骨」，是支撐身體的骨幹，比喻作「中樞、基幹」。pivotal 則表示重要的、成為中心的，意為「中樞的」。比 backbone 更正式的用語是 spine。

1 汽車及半導體等關鍵產業是**經濟的支柱**。
Key industries like autos and semiconductors are **the backbone of the economy**.

2 在未來，能源、醫療服務及健保服務業將發展成為**經濟的支柱**。
In the future, energy, medical service and health service are emerging as **the backbone of the economy**.

3 簡言之，這所學校培育發展**經濟中樞**所需的重要人才。
In short, this school has fostered talents that played a pivotal role for developing **the backbone of the economy**.

4 這種捨我其誰的態度是**此產業的支柱**。
This can-do attitude is **the backbone of the industry**.

5 時至今日，京釜高速公路和高鐵等交通科技產業在南韓經濟成長和發展上一直扮演**中樞的角色**。
Until now, the transportation technology industries like the Gyeongbu Expressway and KTX played **the role of the backbone** in Korea's economic growth and development.

Unions estimate that the mining industry, **the backbone of South Africa's economy**, will shed 50,000 jobs amid predictions of up to 300,000 job cuts across the board this year.
<AFP>

工會推測，作為**南非經濟支柱**的採礦業將裁減 5 萬個工作機會，預估今年最多將全面減少 30 萬個工作機會。〈法新社〉

shed 去除、擺脫　**across the board**（企業、產業）全面地

常用語 071 高附加價值產業**具有龐大溢出效應**。
The high value-added industry **has a huge spillover effect.**

一個國家的產業，彼此之間有著緊密的關係，我們可以用 interconnected（相互連接的）或 intertwined（互相交織的）來形容這種關係。有時在一個產業發生的事也會波及到其他產業，產生「外溢效應」。表達「外溢效應」的單字有 spillover effect、ripple effect、domino effect 等，「對……具外溢效應」的說法是 have a spillover[ripple, domino] effect (on ～)。

1 此新興發展產業**具有龐大的外溢效應**。
This newly-emerging industry **has a huge spillover effect**.

2 研究結果**對**不良銀行**產生巨大的外溢效應**。
The findings of the research **had a huge spillover effect on** bad banks.

3 該產業的崩潰**將對**東北亞**產生具大外溢效應**。
The collapse of the industry **will have a huge spillover effect on** Northeast Asia.

4 如果現任政府的努力能得到實質成效，**外溢效應將非常龐大**。
If the current government's efforts bear tangible results, **the spillover effect will be enormous**.

5 韓國半島的和平不僅**對**國家安全，**在**經濟上如主權信用評等和外資等也**產生巨大外溢效應**。
Peace on the Korean peninsula **has a huge spillover effect on** not only national security but also the economy including sovereign credit rating and foreign investment.

If the pollution regulation is adopted, this is expected to **bring huge socio-economic spillover effect** in the form of fuel efficiency and carbon dioxide emission limits. Investor optimism in China also appears to **have had a spillover effect on** Taiwan, possibly driven by optimism about improved cross-strait relations between China and the Taiwan government.
<CBS News>

如果以燃油效率和限制二氧化碳排放的形式實施污染管制，預計將**帶來龐大的社經外溢效應**。投資者對中國的樂觀態度似乎也**對**台灣**產生溢出效應**，可能是由於對中國和台灣政府間改善的兩岸關係抱持樂觀態度所致。〈哥倫比亞廣播公司新聞〉

emission 排放　**cross-strait** 兩岸（海峽兩岸）的

CHAPTER 7

企業

在和南韓同樣為出口導向型經濟的國家，製造業扮演重要的角色，造船、半導體、汽車、平面電視等長久以來都是基礎產業，在一國經濟活動中佔相當大的比重。從個人的角度來看，過去的終身雇用制消失，生活上的競爭越來越激烈。換句話說，企業對國家、對個人來說，佔據相當重要的環節。在這一章，我們將學習與企業相關的必要用法。

企業相關主要用語

1. 企業家精神 : entrepreneurship
2. 公司（成立） : incorporation
3. 大企業 : major[large] company
   巨型企業集團、財閥 : conglomerate
4. 中小企業
   : small and medium enterprises
5. 私營企業
   : private company, sole proprietorship
6. 合併與收購 : merger and acquisition
7. 事業多角化 : business diversification
8. 商業聯盟 : business partnership, business alliance
9. 經營理念 : management values
10. 企業目標 : corporate objective
11. 進軍市場
    : advance into market, enter market
12. 市場準入 : market entrant
13. 市場滲透 : market penetration
14. 先進者 : first[early] mover
15. 市場入侵 : market encroachment
16. 劇烈競爭、惡性競爭
    : cut-throat competition
17. 企業結構重整
    : corporate restructuring
18. 精簡企業
    : streamline the business
19. 縮小規模、精簡（人力） : downsizing
20. 控股股東 : controlling shareholder

那家公司**落後**業界。
The company **fell behind** in the industry.

「落後」一詞讓人聯想到在賽跑中落後的運動選手，這就是所謂的 fall behind，也可以用 lag behind、trail behind 表示。「在……落後」的介係詞是 in，形成 fall behind in ～的片語。落後時必須急起直追才行，「急起直追」是 catch up with ～，「超過、超越、追上……」是 overtake ～、get ahead of ～。

1 他在比賽中**落後**他的同事。
He **fell behind** his colleagues in the competition.

2 那位候選人在民意調查中**落後**。
The candidate **is falling behind** in the polls.

3 我們否認現實的時間越久，在業界**就會落後**越多。
The longer we deny the reality, the more we **will fall behind** in the industry.

4 他在錦標賽的排名**持續落後**。
He **kept falling behind** in the tournament rankings.

5 雖然那支隊伍拚命掙扎，但它在比賽中**並沒有處於落後**。
While the team struggled, it **did not fall behind** in the race.

So, we see that Tesla is working on several fronts to keep battery costs coming down. As a recent article from Loup Ventures points out, other automakers **are falling farther and farther behind**.
<Inside EVs>

於是，我們看到特斯拉正努力在不同領域降低電池成本。Loup Ventures 近期的一篇文章指出，其他汽車製造業者**落後其幅度越來越大**。〈Inside EVs〉

front 領域　**point out** 指出　**automaker** 汽車製造業者

我們好不容易**簽訂長期合約**。

We barely managed to **conclude a long-term contract.**

「簽訂合約」sign[conclude] a contract 是相當重要的搭配詞。「長期合約」可以用 a long-term contract 表示，短期合約是 a short-term contract。與契約有關的搭配詞不少，趁這個機會都學起來吧。「延長合約」是 extend the contract，「續簽合約」是 renew the contract，「違反合約」是 violate the contract，「解除合約」是 revoke the contract，「終止合約」是 terminate the contract。

1 因為之前的合約到期，所以我們**簽訂了新合約**。
We **concluded a new contract** as the previous one expired.

2 他從來都不後悔**簽訂長期合約**。
He never even once regretted **concluding the long-term contract**.

3 經過詳細審視後，他決定**簽訂長期合約**。
After a careful review, he decided to **conclude the long-term contract**.

4 只要勞工工會許可，我們計畫**簽訂長期合約**。
We plan to **conclude a long-term contract** once the labor union approves of it.

5 我們一直**按照**兩年前**簽訂的長期合約**進行交易。
We have been doing business **under a long-term contract concluded** 2 years ago.

Martin **signed a long-term contract extension** last year, while Jordan's first contract will expire after the 2004 season, leaving their long-term status in question.
<The New York Times>

馬丁去年**續簽一份長期合約**，但喬丹的第一份合約將在 2004 賽季後到期，這令他們長期的狀態變得不明朗。〈紐約時報〉

extension（期間）延長、擴充 **expire** 到期 **status** 狀態、情況、身分、地位

常用語 074

最近我們的**生意興隆**。

These days, we **get a lot of business.**

在新聞裡面 business 的字義相當多，主要作為「行業、生意、業務、工作、企業單位、商店、銷售、景氣、交易、事務」等。「生意好不好」也可以用 business 表示，「生意差」是 business is slow，「生意興隆」是 get a lot of business，此時 business 的意思是「銷售」，get a lot of business 是獲得大量銷售，因此代表生意興隆。此外，「和……做生意」的用法是 do business with ～。

1 我們因著軍事基地而**生意興隆**。
We **get a lot of business** from the military base.

2 這家公司因著當地居民而**生意興旺**。
The company **gets a lot of business** from local residents.

3 這家店因著好口碑而**生意興隆**。
The store **gets a lot of business** through word of mouth.

4 我們預計在未來幾個月都**生意興旺**。
We expect to **get a lot of business** over the next several months.

5 他因著樂迷而**一直生意興隆**。
He **has been getting a lot of business** from music fans.

Sure, you can follow industry leaders for educational purposes but you most likely **won't get a lot of business** from posting Twitter.
<Practice Ignition>

當然，你可能為了教育目的而關注業界領袖，但你非常有可能**不會**因著在推特上發文而**生意興隆**。〈Practice Ignition〉

most likely 可能、想必

新款手機**相當暢銷**。
The new cell phone **is flying off the shelves.**

如果某種產品相當暢銷、大受歡迎，我們可以說 It is a hit.，不過這個說法很普通。其他說法有「賣得很火、像長了翅膀似地暢銷」等，英文的說法是 sell like hotcakes 或 fly off the shelves。fly off the shelves 可以想像成東西熱銷到像從貨架上（shelves，shelf 的複數）飛出去一樣，這麼一來就能輕易理解了。

1 這個服務肯定**會大賣**。
This service **will** certainly **fly off the shelves.**

2 經濟類書籍很少**熱賣**。
It is rare for economic books **to fly off the shelves.**

3 價格親民的旅遊產品**相當暢銷**。
The affordable tour products **flew off the shelves.**

4 他預測此產品**會大賣**。
He predicted this product **would fly off the shelves.**

5 隨著智慧型手機的**暢銷**，對更優質的行動網路需求正在竄升。
As smartphones **fly off the shelves,** the demand for better mobile Internet is surging.

Demand for items related to working from home, cooking, keeping active and fit, and entertaining children went through the roof. Cookware, games and books, home office supplies, fitness equipment and children's toys began to **fly off the shelves**.
<7 News>

與居家工作、料理、保持活力與健康、娛樂孩童相關的產品需求暴增。料理工具、遊戲和書籍、家庭辦公室用品、健身器材和兒童玩具開始**熱銷**。〈七號新聞〉

go through the roof 飛漲、急遽增加

CHAPTER 8

工作

在工作職場新聞中，經常出現每週工作時間、最低薪資、勞資糾紛、薪資談判等用語。工會和管理階層每年都會進行薪資談判，談判可能會經歷一番曲折後達成妥協，也可能破裂。工會除了要求提高薪資之外，對公司要求的項目也包括恢復被解雇員工的職位、改善不當勞動制度等。改善不當勞動制度和奴隸契約等行為是目前急需解決的問題。在這一章，我們將學習與工作相關的搭配詞用法。

工作相關主要用語

1. 正職 : permanent [regular, full-time] position
   正職員工 : permanent [regular, full-time] worker
2. 非正職 : non-regular[temporary] position
   非正職員工 : non-regular[temporary] worker
3. 約聘人員 : contract worker
4. 遠距工作 : telecommuting, homeworking
   遠距工作者 : telecommuter, homeworker
5. 人事管理 : personnel management
   人事制度 : personnel management system
6. 人資部門 : HR department (HR : human resources)
7. 職位 : position
   職等 : rank
   職銜 : title
8. 職員和管理階層 : staff and executives
   主管、經理 : executives
9. 終身雇用 : lifetime employment
10. 升遷與降職 : promotion and demotion
11. 績效考核 : performance review[appraisal]
12. 年資制度 : seniority system
13. 工作周 : workweek, working week
14. 薪資談判 : wage negotiation
15. 最低薪資 : minimum wage
16. 加薪 : pay raise, wage increase
17. 退休金 : severance pay, retirement allowance
18. 勞資糾紛 : labor-management dispute
19. 離職率 : turnover (rate)
20. 在職訓練 : on-the-job training (OJT)

常用語 076 他去**上班**。/ 他**下班了**。
He got to work. / He got off work.

企業裡有員工，員工為了執行業務而上下班，然而很多人不知道如何用英語表達「上 / 下班」。「上班」是 get to work，「下班」是 get off work，這裡的 work 指的是「職場、公司、工作地點」，get to ～表示「去……」。get to work 表示「開始工作、開始做事」，He needs to get to work. 表示「他必須開始工作。」get off 語意上表示「脫離」、「分離」，因此 get off work 意味著「下班」。

1 她早上 8 點**上班**。
She **gets to work** by 8 a.m.

2 他總是晚**下班**。
He always **gets off work** late.

3 大部分首爾市民搭乘地鐵**上班**。
A majority of Seoul residents **get to work** by subway.

4 比起領高年薪，他寧願早點**下班**。
He prefers **getting off work** early to a high annual salary.

5 我的忠實顧客**下班**就直接來這裡。
My loyal customers **get off work** and come straight here.

The coronavirus is changing the way Londoners **get to work**. With public transport capacity cut, bicycle sales have soared as London struggles to retain top financial centre crown.
<aljazeera>

新冠病毒正在改變倫敦人的**上班**方式。隨著大眾交通運輸量減少，腳踏車銷量在倫敦努力維持金融中心重鎮的同時急遽飆升。〈半島電視台〉

capacity 容積、容量　**soar** 急升、激增

那名員工**在公司步步高升**。
The staff member **climbed up the corporate ladder.**

77

爬樓梯是為了登上高處，因此「爬上公司的樓梯（climb up the corporate ladder）」意味著爬上階層（hierarchy）的高位，可以翻譯成「在公司步步高升」。可以想像從一般員工 (staff member) 歷經副理 (assistant manager)、科長 (section chief)、經理 (manager)、總經理 (general manager) 到董事 (director)，一路升遷 (get promoted) 的情況。另外，社會上身分地位的提升則是 climb up the social ladder。

1 他白手起家的故事啟發了我，幫助我**在公司步步高升**。
His rags-to-riches story inspired me and helped me **climb up the corporate ladder.**

— rags-to-riches 從貧到富的、白手起家的

2 她發現要取得工作與生活的平衡好讓自己**在公司升遷**很困難。
She found it tough to juggle a work-life balance **to climb up the corporate ladder.**

— juggle 同時應付

3 由於全心投入在工作上，彼得很容易地就**在公司快速升遷**。
Dedicated to his work, Peter easily **climbed up the corporate ladder.**

4 她**在公司裡步步高升**，成為被拔擢的最年輕副總。
She **climbed up the corporate ladder** and became the youngest person to be promoted to vice president.

5 他對自己的工作很滿意，並不想**在公司裡往上升遷**。
He was satisfied with his job and did not try **to climb up the corporate ladder.**

They say hard work is the key to success but with changing times and evolving corporate culture, simply being diligent isn't the sure-shot way **to climb up the corporate ladder**. Successful people do not just work hard, but also cultivate other important skills and habits that give them an edge over others. <Times of India>

雖然努力是成功的秘訣，但隨著時代變遷與企業文化演進，單純地勤奮工作已不再是**在公司步步高升**的鐵律。成功的人不只努力工作，他們還養成了其他重要技能與習慣，讓自己比他人更具優勢。〈印度時報〉

sure-shot 萬無一失的　**edge** 優勢、有利　**cultivate** 培養、栽培

常用語 **078**

他們**被裁員了**。
They **got laid off.**

「被解雇」最常用的英語是 get fired，此外還有很多替代用法，如 get sacked、get laid off、get axed、get the pink slip 等，其中 pink slip 的由來是因為過去的解聘通知書通常是粉紅色，拿到這張通知書的人就必須離開公司。get laid off 嚴格來說是因為公司經營困難，必須精簡人力（downsizing）而裁員，但現在大多混著用，不太區分。

1 每個月都有數十萬人**被解雇**。
Every month, hundreds of thousands of people **are getting laid off.**

2 如果你**被解雇**或再次失業該怎麼辦？
What happens if you **get laid off** or become unemployed again?

3 當你**被裁員**時，你會發現自己過去多麼依賴別人。
When you **get laid off**, you realize how dependent you have been on somebody else.

4 執行長從來沒想過自己會**被**股東們**解雇**。
The CEO never imagined he **would get laid off** by the shareholders.

5 在意外**被裁員**後，他前往海外旅遊。
After the unexpected **layoff**, he went on an overseas trip.

High-earning workers who **get laid off** usually have a cushion of savings they can rely on. If not, it is generally not too hard for them to borrow.
<The Straits Times>

被解聘的高薪員工通常有一筆可依賴的積蓄。如果沒有，對他們來說借錢通常也不是難事。〈海峽時報〉

high-earning 高收入的　**savings** 儲蓄、存款

常用語 079

只有主管**獲得加薪**。
Only the executives **got a pay raise.**

獲得加薪（pay raise）時，即使是對工作環境不滿意的人應該也不會貿然離職，因為雖然在公司裡面是戰場，但出去之後就是地獄，生計立即受到影響。有人獲得加薪（get a pay raise），也有人被減薪，「減薪」是 pay cut。要注意「加」薪是用 raise，可別誤寫成 rise 了。

1 領最低薪資的員工終於**獲得加薪**。
Minimum wage workers finally **got a pay raise.**

2 在 2019 年有 49% 的勞工**獲得加薪**。
49 percent of workers **got a pay raise** in 2019.

3 從 7 月 1 日起，員工和主管都**獲得加薪**。
The staff and executives **got a pay raise** as of July 1st.

4 他們上一次**獲得加薪**至今已過了 10 年。
It's been 10 years since they last **got a pay raise.**

5 員工們 5 年來首次**全面獲得** 10% **加薪**。
The employees **got an across-the-board pay raise** of 10 percent for the first time in 5 years.

— across-the-board 全面的、整體的、一切的

Arizona's lowest-paid workers just **got a pay raise**. Starting Wednesday, those earning the minimum wage in Arizona will see their pay bumped from $11 an hour to $12.
<AZFamily>

亞利桑那州的最低薪勞工剛剛**獲得加薪**。從週三起，該州領取最低薪資者每小時工資將從 11 美元提高至 12 美元。〈AZFamily〉

bump 增加、上漲

他們被**拖欠**兩個月**薪資**。 They were left with two months of back pay.

景氣不佳時，經常發生企業積欠勞工薪資的情況，甚至有專門解決這種糾紛的專業律師。最重要的是企業主盡力做到不拖欠薪資的態度。「積欠的薪資、拖欠的工資」是 back pay，也稱為 back wages，「欠款」是 back payment。此外，payroll 的意思是「發薪名單」，be on the company payroll 的意思是「拿公司的薪水、在公司上班」。

1 就算經濟不景氣也沒有**積欠**員工任何**薪水**。
The recession did not leave the staff with any **back pay**.

2 該公司仍**積欠**員工**薪資**。
The company still owes the staff **back pay**.

3 該公司決定支付員工 3 億韓元的**拖欠工資**。
The company decided to pay 300 million won in **back pay** to employees.

4 該公司的資金短缺導致**拖欠**員工和管理階層兩個月的**薪水**。
The company's cash crunch left the staff and executives with two months of **back pay**.

5 **被拖欠的薪資**從每人 100 美元到 1 萬美元不等。
The back wages ranged from 100 to 10,000 dollars per person.

An Orlando restaurant paid workers $30,878 in **back pay** after violating minimum wage and overtime pay standards, the U.S. Department of Labor announced.
<Miami Herald>

美國勞動部宣布，奧蘭多一家餐廳在違反最低薪資和加班費標準後，向員工支付了 30,878 美元的**欠薪**。〈邁阿密先驅報〉

violate 違反　**overtime pay** 加班費

CHAPTER 9

能源

南韓是世界第四大原油進口國和第七大原油消費國。在不產一滴油的國家，能源的取得和自給自足如同生命般珍貴。過去我曾經在位於汪洋大海中的東海氣田平台上採訪兩天一夜，當時親眼目睹了燃氣鑽取的現場作業，專家們為了達到能源自給自足而付出的辛勞深深感動了我。一想到原油和化石燃料仍是目前全世界的核心能源，就對中東的原油生產國羨慕不已。現在替代能源的開發競爭相當激烈，其背景乃源自於降低石油依賴度及開發綠色替代能源的要求聲浪。本章將整理出新聞中常見的能源與環境相關搭配詞用法。

能源相關主要用語

1. 再生能源 : renewable energy, reusable energy （太陽能、風力、水力等）
2. 替代能源 : alternative energy
3. 清潔能源 : clean energy, green energy
4. 可再生能源 : sustainable energy
5. 太陽能板 : solar panel
6. 水力發電（所） : hydroelectric power (plant)
7. 風力發電（所） : wind power (plant)
8. 核能發電（所） : nuclear power (plant)
9. 地熱發電（所） : geothermal power (plant)
10. 氣田 : gas field（天然氣產地）
11. 化石燃料 : fossil fuels
12. 二氧化碳 : carbon dioxide
13. 碳排放 : carbon emission
14. 碳足跡 : carbon footprint （導致溫室效應的二氧化碳排放量）
15. 溫室效應 : greenhouse effect
    溫室氣體 : greenhouse gases
16. 全球暖化 : global warming
17. 日光燈 : fluorescent light
18. 白熱燈 : incandescent light
19. 發光二極管 : LED (light emitting diode)
20. 不使用（電、瓦斯、水等）公共設施的 : off-the-grid

韓國**高度依賴**進口原油。
Korea **has a heavy dependence on** imported oil.

dependence 的字義是「依賴、依靠」，have a heavy dependence on ～是表示「對……高度依賴」。南韓不只高度依賴石油，也高度依賴出口（export dependence）、高度依賴外部需求（dependence on external demand）。這形成了一種相互高度依賴的關係，無論是人類還是國家都是互利共生的，不是嗎？也可用 dependence 的動詞改寫成 depend heavily on ～，或用形容詞改寫成 be heavily dependent on ～，都可表達同樣的意思。

1 南韓**高度依賴**出口。
South Korea **has a heavy dependence on** exports.

2 巴西**高度依賴**自然資源。
Brazil **has a heavy dependence on** natural resources.

3 該公司**高度依賴**外籍勞工。
The company **has a heavy dependence on** foreign workers.

4 我們公司**如此高度依賴**進口原油，這佔了成本的絕大部分。
Our company **has such a heavy dependence on** imported oil that it takes up the lion's share of costs.

5 新加坡對外**依賴相當高**，出口規模幾乎是其國內生產總值的兩倍。
Singapore **is so heavily dependent on** external factors that its exports account for almost double its GDP.

Iraq also **has a heavy dependence on** Iranian electricity and fuel, which Washington wants to see stopped. Five U.S. companies signed agreements in principle on Wednesday with the Iraqi government aimed at boosting that country's energy independence from Iran.
<VOA>

伊拉克也**高度依賴**伊朗的電力和燃料，而美國政府希望終止這種依賴關係。美國五家公司在週三與伊拉克政府簽署了原則性協議，目的在促使伊拉克的能源能獨立於伊朗。〈美國之音〉

agreement 協議、協定　**boost** 促進、推動、援助

我們公司**生產電力**。
Our company **generates electricity.**

動詞 generate 的意思是「生產、發生、生成」，electricity(電)、excitement(興奮)、interest(興趣、利息)、jobs(工作)、profits(利潤)、demand(需求)等經常作為此動詞的受詞，是常見的搭配組合，特點在於適合與「動態」事物一起使用。當「創造」使用時，generate 也常與 create、boost、trigger 等單字替換使用。trigger 本來的意思是「板機、觸發」等，語意上有「迅速創造、誘發」的含意，替代字有 spur（加快）。

1 太陽能板用來**生產電力**。
Solar panels are used **to generate electricity.**

2 燃料電池**生產電力**，為小型裝置供電。
Fuel cells **generate electricity** to power small devices.

3 風力和太陽能**無法**一直**發電**。
Wind and solar energy **can't generate electricity** all the time.

4 數十個電池組為電動車**發電**。
Dozens of battery packs **generate electricity** for the electric car.

5 科學家們開發了一種利用水蒸氣**發電**的方法。
Scientists developed a method **to generate electricity** from water vapor.

Electricity is essential for modern life, yet almost one billion people live without access to it. Challenges such as climate change, pollution and environmental destruction require that we change the way we **generate electricity**. <World-Nuclear.org>

電力在現代生活不可或缺，但仍有將近 10 億人無電可用。氣候變遷、污染及環境破壞等挑戰有賴於我們改變**發電**方式。〈世界核能協會網〉

access 接近、利用　**challenge** 挑戰、難題

韓國**正在開發**海外天然資源。

Korea **is tapping into** overseas natural resources.

在搭配詞 tap into 中，動詞 tap 至關重要。tap 的字義是「輕敲」，也有「開發、發掘」的意思。「開發潛力」是 tap into one's potential，「引發潛能」可以表現為 fully tap into one's potential。此外，也有 tap into the means（使用方法）和 be tapped as minister（被指派 / 任命為部長）等用法，是個用途廣泛的單字。雖然是我們不太熟悉的表達方式，但趁這個機會把母語者的常用語學起來吧！

1 我們必須**開發**地下水資源。
We have to **tap into** groundwater resources.

2 **開發**海外資源的競爭越來越激烈。
The competition **to tap into** overseas resources is getting fierce.

3 海外開發業者正想盡辦法**開發**一系列清潔資源。
Overseas developers are struggling **to tap into** a range of clean resources.

4 **開發**太陽能等再生能源的努力正擴散至世界各地。
Efforts **to tap into** recyclable energy resources like solar heat are spreading across the world.

5 **開發**你的潛能並提高競爭力吧！
Tap into your potential and boost competitiveness.

"There's not just one interstate moving across the country," McHenry said, "so there's going to be a need for multiple projects **to** fully **tap into** the renewable energy resources of this region."
<Medill Reports>

麥亨利說：「並非只有一條州際公路貫穿全國，因此我們需要多項計畫來充分**開發**這個地區的再生能源。」〈Medill Reports〉

interstate 各州間的、州際公路

政府**正馬不停蹄地開發替代能源**。

The government is spurring the development of alternative energy.

spur 的意思是「加速前進」，是個相當常用的動詞。本來 spur 是指牛仔騎馬時靴子後跟上的鐵馬刺，用來刺激馬匹加速奔馳，後來延伸出多種意義及用法，例如 spur the interest（激發興趣）、spur the pace of development（加快開發速度）等，字義可以理解為「使活躍發展」。

1 該財閥**正加速開發燃料電池**。
The conglomerate **is spurring the development of fuel cells.**

2 若不**加速開發替代能源**，我們將落為人後。
We will fall behind if we do not **spur the development of alternative energy.**

3 該公司決定**加速開發國內替代能源**。
The company has decided to **spur the development of domestic alternative energy.**

4 我們必須試著**加速開發礦產資源**，以促進地區經濟成長。
We have to try **to spur the development of mineral resources** to boost regional economic growth.

5 **加速推動核能開發的努力**比任何時候都更加迫切。
Spurring efforts to develop nuclear energy is more urgent than ever.

The numerical results show that higher coal price **will spur the development of non-fossil energy** and have a positive effect on economic growth.
<IEEE Xplore>

數據結果顯示，煤炭價格越高，**越能加速非化石燃料的開發**，對經濟成長具有正面影響。〈電機電子工程師學會資料庫〉

numerical 數字的、數值的

常用語 085

政府機構正在**秘密**生產鈽。

The government body is producing plutonium under the radar.

沒有顯示在雷達上，意味著在暗地裡偷偷做著什麼，因此產生 under the radar（偷偷地、低調神祕地）的用法，可替代的單字有 secretly、covertly、clandestinely 等。under the radar 這個比喻用法特別常用在諜報、產業機密、駭客入侵等相關內容。slip under the radar 意味著「避開監視網、逃離偵測範圍」。

1 伊朗**偷偷地**開發核武。
Iran developed nuclear weapons **under the radar.**

2 原油外漏事件**不為人知地**過去了。
The crude oil leak flew **under the radar.**

3 許多國家**秘密**支持能源開發。
Many countries support energy exploitation **under the radar.**

4 這兩家跨國企業**暗地裡**展開交易。
The two multinational companies conducted business **under the radar.**

5 這項專案**躲過**監視機構的**偵測範圍**。
The project **slipped under the radar** of monitoring agencies.

With all the buzz about Montney and Duvernay natural gas development, a major and resilient target sometimes flies **under the radar**. <jwnenergy.com>

正當人們對蒙特尼和杜韋奈公司的天然氣開發議論紛紛時，一個主要且具有彈性空間的目標有時並不為人知。〈jwnenergy.com〉

buzz 紛擾　**resilient** 可恢復的、有彈性的

朴主播學習專欄

理想的聽寫技巧

這是以前一個後輩告訴我的真實故事。有一位韓國男性，在上了年紀之後前往美國留學，在就讀的學校度過留學生活。有一天，他的親戚到美國旅行，身為東道主的他覺得有義務招待對方，便帶這位親戚到住家附近的餐廳用餐，並說：「這種麵包是美國人早餐吃的有名麵包，長得像甜甜圈，名字叫巴結爾。」也就是說，他把 bagel（貝果）讀成「巴結爾」，可能是因為他以為這個字的讀音和 hair gel 的 gel 一樣吧。

我想這位留學生平常應該沒有看字典裡的發音記號，也沒有注意其他人怎麼發音吧。事實上，有些人也常因為輕視發音記號而發出令自己難堪的錯誤發音。即使是那些我們自認為相當熟悉發音的單字，也有必要在支援發音的網路平台上再次確認一下正確的發音和音調。

要讓自己熟悉英語的聲音，我認為最好的方法是 dictation，也就是「聽了之後寫下來」。這是已經被認證的英語學習方法，若能做好聽寫訓練，聽、說、讀、寫的語言四大技巧自然都能兼顧得到。特別是進行「新聞」的聽寫訓練時，還可以順便培養自己的時事常識，只要持續練習六個月以上，就可以看見實力明顯進步。

90 年代初期，在我就讀大學時曾參加一個學習小組，專門研究 AP Network 新聞（五分鐘廣播新聞）。我還記得，光是直接聽寫英文新聞就要花 30 分鐘以上。我不停地來回播放、反覆暫停錄音帶，想把聽到的錄音內容寫成新聞稿，卻總是有一兩個單字聽不清楚。

原因是 AP Network 新聞是以美國為主的新聞，我「抓不準」當地地名或其他專有名詞。當身邊也沒有外國人可以請教那些聽不出來的單字時，只好想辦法邊猜邊把聽到的單字寫下來，之後再查字典，最後總能「追蹤」到那些單字。

要能做到這一點，必需先熟悉基本發音原則。如同 f 和 ph 發同樣的音一般，c 和 k 等子音的發音規則也不難掌握，但是多音節的單字就困難多了。我記得以前碰到這種狀況，必需仔細推敲前後文脈絡，如果是地名，就翻找一下美國地圖。

字彙大致分為三大類。1）主動型字彙（確實認識且能運用的字彙），2）被動認識型字彙（自己不太會運用，但出現在文章時知道字義的字彙），3）不認識的字彙。雖是理所當然的分類，但是我們必須增加 2）被動型字彙，達到可以運用的狀態，才能豐富表達能力，培養出瞬間爆發力，說寫出高水平的流利英語。為此，大家不妨多利用 thesaurus.com 網站或翻閱英英字典。

※ 有效的聽寫方法

1) 先聽再寫
   – 一次以三、四個單字為單位，逐步聽寫整篇新聞
2) 閱讀並理解自己聽寫的新聞稿，整理單字及詞彙用法
3) 閱讀完成的新聞稿，查清楚錯過的單字和聲音片段
4) 不看新聞稿重聽內容（反覆）
5) 逐句聽新聞主播朗讀並大聲跟著說
6) 連續跟讀（shadowing）新聞，練習正常說話語速

一開始多少需要花一些時間，但只要依照上述步驟訓練六個月，自信必然大增。如果分析模仿並特定主播的播報方式，就能練出相似的口音和語調。（南韓主播就是靠分析模仿範例的說話方式，進行咬字發音的練習，因此大部分主播的聲音和語調都有種似曾相識的感覺。）

關於聽寫的資料，以韓國新聞為例，我推薦各位參考提供新聞字幕的阿里郎新聞，和韓國國際廣播電台新聞。

PART 3
社會

社會

隨著小家庭與不婚族的增加，社會上的單身戶與日俱增，其中也包含許多獨居老人在內。隨著所得和消費型態改變，各種食品配送和服務業如雨後春筍般出現，不僅有外送便當，甚至出現襯衫出租業者等服務。此外，低出生率導致人口逐漸減少，高齡人口越來越多，社會高齡化已成為嚴重的社會問題。低出生率和高齡化長期下來恐導致國家競爭力衰減，期望能藉由永續經營的民生政策，打造出和睦共存的社會。

社會相關主要用語

1. 社會地位 : social status
2. 經濟地位 : economic class
3. 所得差距 : income gap
4. 低收入階層 : low income group
   高收入階層 : higher income group
5. 維生水準 : subsistence level
6. 社會不平等 : social inequality
7. 社會不安 : social unrest
8. 低出生率 : low birth rate
9. 高齡化社會 : aging society
10. 高齡社會 : aged society
11. 超高齡社會 : super-aged society
12. 單身戶 : single-person household
13. 世代差異 : generation gap
14. 失業率
    : jobless rate, unemployment rate
15. 仇外心理 : xenophobia
16. 國與國間貧富差距 : gap between wealthy and poor nations
17. 貧窮線
    : poverty line, poverty threshold
18. 赤貧 : abject poverty
19. 非政府組織 : Non-Governmental Organization (NGO)
20. 人道主義工作 : humanitarian work

常用語 086

韓國的**低出生率**相當嚴重。
The low birth rate in Korea is quite serious.

低出生率（low birth rate、low fertility rate）早已成為嚴重的社會問題。現代人積極追求事業，除了比以前的世代晚婚之外，也認為這個世界已不適合生養孩子，因而產生這樣的現象。站在國家的立場，這會造成勞動人口減少，必須更加倚賴海外人力。與低出生率同時出現的詞彙是高齡化社會（aging society）、高齡社會（aged society）、超高齡社會（super-aged society），據說南韓也即將進入超高齡社會。

1 預期壽命延長和**低出生率**正成為嚴重的社會問題。
Extended life expectancy and **low birth rate** are emerging as a serious social issue.

2 韓國的老年人自殺率和**低出生率**居世界之冠。
Korea ranks number one in the world in the suicide rate of the elderly and its **low birth rate**.

3 每個先進國家都在擔心**低出生率**造成國家競爭力下降。
Every advanced nation is concerned about a decline in national competitiveness from **the low birth rate**.

4 作為解決**低出生率**的一環，我建議政府採取獎勵結婚措施。
As a part of measures to cope with **the low birth rate**, I suggest the government adopt a marriage incentive.

5 如果**低出生率**持續下去，四大國家保險系統將失靈，整個國家將無法生存。
If **the low birth rate** continues, the nation will no longer be able to exist, with all four state insurance systems set to malfunction.

Japan's youth population is declining, and many colleges are scrambling to fill seats. Meanwhile, **the low birth rate** does seem to be pushing parents to give all they can to the one child.
<CNN>

日本青年人口正在減少，許多大學為湊足招生名額而互相爭奪。此外，**低出生率**似乎促使父母付出所有心血給獨生子女。〈有線電視新聞網〉

scramble 互相爭奪、爭搶

平均預期壽命增加。
The average life expectancy has grown.

隨著經濟水準提高和醫學發展，人類的平均預期壽命持續延長。預期壽命是指人類生存的預期歲數，英文是 life expectancy，前面加上 average 就是平均預期壽命。雖然平均預期壽命增加是令人高興的消息，但更重要的是在活著的期間享受健康幸福的生活。韓國統計廳公布，2018 年韓國女性 average life expectancy 是 85.7 歲，比 2009 年增加兩年多，男性則為 79.7 歲。

1 非洲的**平均預期壽命**仍然低於 40 歲。
The average life expectancy in Africa remains below 40.

2 在 1800 年，全球**平均預期壽命**只有 29 歲。
In 1800, the global **average life expectancy** was only 29 years.

3 調查發現，礦工的**平均預期壽命**為 42 歲。
The survey found that **the average life expectancy** of a miner was 42 years.

4 不幸地，社會各階層的**平均預期壽命**各不相同。
Unfortunately, **the average life expectancy** varies across all strata of society.

5 北韓的**平均預期壽命**為 72 歲，在世界排名第 118 名。
North Korea's **average life expectancy** was 72 years ranking 118th in the world.

South Korean women are going to be the first to see their **average life expectancy** surpass 90, a milestone experts long considered impossible. The scientists behind the study calculated that a South Korean baby girl born in 2030 will be expected to live for 90.8 years.
<World Economic Forum>

南韓女性的**平均預期壽命**將首次超過 90 歲，過去專家們認為這是難以達成的里程碑。主導這項研究的科學家計算，在 2030 年出生的韓國女嬰預期將活到 90.8 歲。〈世界經濟論壇〉

milestone 重要階段、劃時代的事件、里程碑

高齡化社會**正在造成深遠影響**。
The aging society is having a far-reaching fallout.

高齡化社會（aging society）對個人來說關係到老年人的健康、生活、孤獨，以及子女奉養父母等議題；對國家來說，因經濟活動人口（economically active population）減少和國民年金費用等問題而帶來龐大負擔，其影響可說是 far-reaching（廣泛、深遠的）。extensive 常用來替代 far-reaching。fallout 在這裡是當「餘波」，字義裡含有「放射性落塵、不良影響」等負面意義。另外，65 歲以上人口比例佔 7% 以上的社會稱為高齡化社會，佔 14% 以上稱為高齡社會（aged society），佔 20% 以上則是超高齡社會（super-aged society）。

1 全國的大學正試圖因應高齡化社會**帶來的深遠影響**。
The nation's universities are trying to cope with an aging society which **has a far-reaching fallout.**

2 韓國自 1999 年邁入高齡化社會，此後**其帶來的影響相當廣泛**。
Korea entered into an aging society in 1999 and ever since, **the fallout has been far-reaching.**

3 專家們指出，此一措施**將**對已邁入高齡社會的日本勞動市場**帶來長期的影響**。
Experts point out that this measure **will have a long-lasting fallout** on the labor market of Japan that has an aged society.

4 高齡化社會的**影響之一**是勞動人口減少。
One of the fallouts from an aging society is the decline in the working population.

"As the third wave of the pandemic **has had a far-reaching fallout** on the economy, the scope of affected people has also expanded," a finance ministry official said. "As calls for rental assistance by smaller merchants mounted, we are looking into more details."
<Yonhap News Agency>

一位財政部官員表示：「隨著第三波疫情**對**經濟**產生廣泛的影響**，受波及的人群不斷擴大。隨著越來越多小型商戶要求租金援助，我們正在進一步了解詳細情況。」〈聯合通訊社〉

expand 擴大、擴張　**mount** 增加

社會成員必須**縮小代溝**。

Members of society have to **bridge the generational gap.**

「差距、差異」是 gap 或 divide，這是常用來進行多種表達的詞彙。首先，「縮小差距」是 narrow the gap 或 bridge the gap，「拉開差距」是 widen the gap，「A 和 B 之間存在著差異」是 a gap exists between A and B。想表達「將差距縮小到徹底消失」的語意則可用 close the gap，各位如果覺得自己在競爭社會中位居落後（lag behind），一定要 close the gap。「代溝」是 generational gap、generation gap，都可用來表達兩代之間的隔閡。

1 這場家庭音樂會有助於**縮小世代差異**。
This family concert helped **to bridge the generational gap**.

2 當地的一所學校正在幫助學生和年長者**縮小代溝**。
A local school is helping **to bridge the generational gap** between students and senior citizens.

3 三一獨立運動的精神**彌合了代溝**，向世界展示了韓國團結的力量。
The March 1st Independence Movement spirit **had bridged the generation gap** and showed the world Korea's concerted strength.

4 這起事件強調了在**消除代溝**上我們必須扮演的關鍵角色。
This episode underlined the crucial role we have to play in **closing the generation gap**.

When trying **to bridge the generation gap**, always remember that each generation has something uniquely valuable to offer the other. Employment engagement specialist Tim Eisenhauer points out that baby boomers have valuable real-world experience about how the business world works, while millennials bring insights on how technology can transform many aspects of running a company.
<Business 2 Community>

在嘗試**彌平代溝**時，一定要記得每個世代都有獨特珍貴之處可提供給其他世代。員工敬業度專家提姆．艾森豪指出，嬰兒潮世代對商業世界如何運作有著寶貴的實際經驗，而千禧世代則對科技如何改變企業營運的諸多面相有深刻見解。〈Business 2 Community〉

specialist 專家　**millennials** 千禧世代　**insight** 洞察力
transform 使變形、轉換

失業率正在上升。
The jobless rate is growing.

失業率是表現一個國家經濟是否穩定的指標之一。失業率的英文是 unemployment rate 或 jobless rate。經濟狀況好轉時失業率下降，經濟狀況惡化時失業率攀升。要解決此問題，最重要的不外乎是創造就業機會的政策。與正需努力工作的年輕人們有關的失業率為青年失業率，我們稱為 youth jobless rate 或 youth unemployment rate。沒有工作的失業狀態稱為 out of a job，為跳槽到其他地方而暫時休息的狀態稱為 in between jobs。

1 澳洲的**失業率**正朝著預估的 10% 攀升。
Australia's **jobless rate** is growing towards the predicted 10 percent.

2 在美國萎縮的經濟環境中，只有**失業率**在上升。
Only **the jobless rate** is growing in America's shrinking economy.

3 人民正在挨餓，企業一一關門，**失業率**節節攀升。
People are starving, businesses are closing and **the jobless rate** is growing.

4 **失業率**降到 11%，比預期情況來的好。
The fall in **jobless rate** to 11% was better than expected.

5 **失業率**仍然處於歷史新高。
The jobless rate remains at historically high levels.

California's **jobless rate** ticked down by a tenth of a percentage point in May, with some employers slightly boosting payrolls as businesses gradually reopen across the state.
<Los Angeles Times>

加州的**失業率**在五月份下降了 0.1 個百分點，這是因為該州各地企業逐漸重新開業，一些雇主微幅增加了員工人數。〈洛杉磯時報〉

tick down 下降　**boost** 促進、提升、增大
payroll 工資表、在職員工、應付薪資總額

收入差距正在擴大。
The income divide is widening.

在現代社會到處可以發現不平等（inequality）的痕跡，其中最具代表的是所得差距與貧富差距。前面提到「差距」是 gap 或 divide，而「收入差距」是 income gap 或 income divide。「差距擴大」是 the divide widens，「拉開差距」是 widen the divide，「差距縮小」是 the divide narrows，「縮小差距」是 narrow the divide。近來數位落差（digital divide）似乎也成為一個重要的社會問題。

1 社會差距甚至比**收入差距**更嚴重。
The social divide is even starker than **the income divide.**

2 政策制定者忽視擴大的**收入差距**已達一段時間。
Policy makers have been negligent of the widening **income divide** for a while.

3 聯合國強調，日漸擴大的**收入差距**是全世界面臨的最大問題之一。
The UN stresses that the growing **income gap** is one of the biggest problems that the world faces.

4 最頂端的 1% 和其他 99% 人口之間的**收入差距**實在令人吃驚。
The income divide between the top 1 percent and the other 99 percent is simply staggering.

— staggering 驚人的、難以置信的

5 不斷擴大的**收入差距**促使青少年和更多女性進入職場。
The widening **income gap** is driving teens and more women to enter the workforce.

— workforce 勞動人口、勞動力

In the past five years, the **income divide** between the urban rich and the rural poor has widened so sharply that some studies now compare China's social cleavage unfavorably with Africa's poorest nations.
<The New York Times>

過去五年來，城市富人和鄉村窮人之間的**收入差距**急遽擴大，以致於現今有些研究認為中國的社會分裂和非洲最貧窮的國家不相上下。〈紐約時報〉

cleavage 分裂　**unfavorably** 不適宜地、不利地

常用語
092

他們感到更大的**相對剝奪感**。
They have **a bigger sense of relative deprivation.**

若是經常拿自己和別人做比較，就會感到相對剝奪感（a sense of relative deprivation）。「剝奪」的名詞是 deprivation，動詞是 deprive。動詞 deprive 的意思是「奪走」，用法為 deprive A of B（從 A 奪走 B），是重要的語法與搭配詞。英文當中，「sense of + 名詞」常用來表達「……感 / 意識」，例如 a sense of happiness（幸福感）、a sense of satisfaction（滿足感）、a sense of crisis（危機感）等。a sense of deprivation 是「剝奪感」，若要表達「相對剝奪感」，可在 deprivation 前面加上形容詞 relative 表示「相對的」。

1 不當待遇助長了**他們的相對剝奪感**。
Poor treatment fueled **their sense of relative deprivation**.
— fuel 助長、激起

2 **相對剝奪感**可成為革命的原動力。
A sense of relative deprivation can be a driving force for revolution.

3 在美國社會，少數民族經常感到**相對剝奪感**。
In the US society, ethnic minorities often feel **a sense of relative deprivation**.

4 地理上鄰近歐洲和歷史上的相互競爭造成了**相對剝奪感**。
Geographic proximity to Europe and a history of rivalry contributed to **a sense of relative deprivation**.

5 在比較的過程中，兩組人馬可能形成**某種程度的相對剝奪感**或相對滿足感。
In the process of comparison, the two groups may form **a certain sense of relative deprivation** or relative satisfaction.

People who are unable to maintain the same standard of living as others around them experience **a sense of relative deprivation** that has been shown to reduce feelings of well-being.
<NCBI>

無法與周遭人維持相同生活水準者會經歷**相對剝奪感**，這種感覺已證明會降低幸福感。〈國家生物技術資訊中心〉

政府努力**根除貧窮**。
The government tries **to eliminate poverty.**

「消除、剷除、根除」都是「消滅」的意思，是概念相同的詞彙，英文常以 eliminate、root out、eradicate 表示。它們大致上都可以互換使用，但如果配合前後文句意，它們常和特定單字組成搭配詞出現，最常用的如「消除貧困」的 eliminate poverty、「根除腐敗」的 eradicate corruption。請多加累積這樣的搭配詞字彙量，英文實力將蒸蒸日上，也會越來越有自信。

1 有可能**消除**非洲的**貧困**嗎？
Is it possible **to eliminate poverty** in Africa?

2 他提議對富人徵稅**以根除貧窮**。
He proposed adopting a tax on the wealthy **to eliminate poverty.**

— a tax on the wealthy 富人稅（對富人的淨資產課稅的財產稅之一）

3 這份報告顯示，讓母親受教育有助於**消除貧困**。
This report shows that educating mothers helps **eliminate poverty.**

4 這項政策將使**根除貧窮**和提升社會地位成為可能。
This policy will make **eliminating poverty** and climbing the social ladder a possibility.

5 由於預算重新分配，美國**消除貧困**的計畫遭遏止。
A program **to eliminate poverty** in the US has been curtailed due to the reallocation of budgets.

Not content with just "one of the largest reconstruction efforts the world has ever seen", he wants "bold action" **to eliminate poverty** in the region. <The Economist>

由於不滿足於僅是「有史以來世上最大的重建計畫之一」，他希望採取「大膽行動」**來消除**該區**貧困**。〈經濟學人〉

這個城鎮**正在對抗營養不良**。
The town **is fighting malnutrition.**

貧富兩極化現象是不易解決的社會問題之一。「富人越富，窮人越窮」的英文是 the rich getting richer and the poor getting poorer。處於極度貧窮階層的人們長期處於營養不足的狀態（undernourished），情況更嚴重一點，就會營養不良（malnutrition）。為根除此現象，如何對抗營養不良一直以來都是所有低開發國家的重要課題。「對抗……」的英文可以簡單用「fight ～」表示，「對抗營養不良」可表示為 fight malnutrition。

1 此政府**正在對抗營養不良**和貧窮。
This administration **is fighting malnutrition** and poverty.

2 該國大幅度依賴補魚**來對抗營養不良**。
That country relies heavily on fishing **to fight malnutrition.**

3 充足的牛奶幫助這個城市**對抗營養不良**。
An abundance of milk has helped the city **fight malnutrition.**

4 英國不遺餘力地幫助四千萬名兒童**對抗營養不良**。
The UK is not sparing any support in helping 40 million children **fight malnutrition.**

5 **對抗**兒童**營養不良**的努力需要物理上和財務上的廣泛支援。
Efforts **to fight malnutrition** in children require extensive physical and financial support.

They found that efforts **to fight malnutrition** and disease would save many lives at modest expense, whereas fighting global warming would cost a colossal amount and yield distant and uncertain rewards. That conclusion upset a lot of environmentalists.
<The Economist>

他們發現努力**對抗營養不良**和疾病，可以用少量花費挽救許多性命。反觀對抗全球暖化卻需要付出龐大費用，並產生遙遠且不確定的回報。這個結論令許多環保人士感到煩惱。〈經濟學人〉

colossal 龐大的、巨大的　**yield** 產生、帶來（結果或報償）

CHAPTER 2

家庭

在勞勃狄尼洛和莎朗史東主演的電影《賭國風雲（Casino）》中，勞勃狄尼洛說：「If you don't trust your wife, what is the point of being married?（如果你不信任你的妻子，結婚的意義是什麼？）」家庭是彼此最珍惜、互相關懷的關係，是一股原動力，讓我們在生活中成為彼此的力量，感受存在的意義。雖然個人的幸福也很重要，但與家人分享時幸福更加倍，一起難過時也比較不悲傷。「工作與生活的平衡（work-life balance）」似乎在韓國社會漸漸成為熱門話題。希望在學習有關家庭的搭配詞用法時，我們也能再次回顧一下家庭在混亂社會中的意義。

家庭相關主要用語

1. 大家庭 : extended family
2. 核心家庭 : nuclear family
3. 適婚年齡 : optimal age to marry
4. 婚姻登記 : marriage registration
5. 合法婚姻
   : legal marriage, de jure marriage
6. 事實婚姻 : de facto marriage,
   common-law marriage
7. 申請離婚 : file for divorce
8. 贍養費 : alimony, divorce settlement
9. 子女監護權 : child custody
10. 子女撫養（費） : child support
11. 單親 : single parent
    單親家庭 : single parent family
12. 失能家庭（有暴力、酒精或毒品等問題的家庭）
    : dysfunctional family
13. 親子確認訴訟 : paternity suit
14. 遺產、繼承 : inheritance
15. 直系親屬
    : direct family, immediate family
16. 監護人 : a child[teenage]
    head of household
17. 青少年犯罪 : juvenile crime
18. 尊敬長輩 : respect for the elderly
19. 獨居老人
    : senior citizen who lives alone
20. 無依老人 : elderly person with
    no one to rely on

常用語 095

那對明星情侶**結婚了**。

The star couple **tied the knot.**

「結婚」的說法是「get married（to 人）」和「marry（人）」，此外還有 tie the knot、exchange vows、get hitched、walk down the aisle 等各種表達方式。tie the knot 是「打結」，exchange vows 是「交換誓約（在結婚誓言中說『願意』）」，walk down the aisle 是「沿著婚禮長廊行走」，這些都是用有趣的方式比喻「結婚」。還有一個有趣的說法和結婚有關，那就是用來表示「先上車後補票」的 a shotgun wedding，想像一下岳父大人一臉怒氣地用獵槍指著當事人要為懷孕的女兒負責，就會明白這個用法了。

1 這對情侶在交往三年後**結為連理**。
The couple **tied the knot** after 3 years of dating.

2 在傳染病蔓延期間，這對情侶在家裡**結婚了**。
Amid the spread of the epidemic, this couple **tied the knot** at their home.

3 越來越多的外國女性想和韓國男性**結婚**。
There are an increasing number of foreign women who want to **tie the knot** with Korean men.

4 多虧了婚介公司，近年來**結婚**率持續上升。
Thanks to matchmaking companies, the rate of **tying the knot** has increased in recent years.

90 Day Fiancé's Blake and Jasmin are still together today and stronger than ever. The reality couple **tied the knot** toward the end of season 7 and both stars posted about their wedding on Instagram shortly after the episode aired. Despite rumors that their relationship is rocky and fans insisting that their relationship and marriage is loveless and purely for a visa, they proved everyone wrong by getting married and staying married.
<Screen Rant>

出演電視節目《到美國結婚去（90 Day Fiance）》的布萊克和賈斯敏至今仍在一起，且關係比以前更堅固。這對真人秀情侶在第七季末時**結為連理**，在這一集播出後不久，兩人都在 Instagram 上發布婚禮貼文。儘管傳言認為他們的關係不穩定，且粉絲們堅稱他們的關係和婚姻沒有愛情，純粹是為了簽證，但他們藉由結婚和維持婚姻來證明所有人都錯了。〈Screen Rant〉

air 播放　**rocky** 不穩定的、不安的、不牢靠的　**purely** 純粹地、僅僅

那對夫妻**提出離婚訴訟**。
The married couple **filed for divorce.**

離婚率（divorce rate）持續攀升，不論東方還是西方，離婚的主因都是「個性差異」，英文的說法是「irreconcilable differences」，詞義就如同字面上所說的「無法和解的（勢不兩立的）差異」。離婚時，雙方無法達成協議就必須訴諸訴訟，「提出離婚訴訟」稱為 file for divorce。file fore divorce 的意思也包括申請離婚，注意 divorce 前面不需要加冠詞。另外，「離婚」的說法是 get a divorce 或 get divorced。

1 最近有消息透露這兩位大牌明星**提出了離婚訴訟**。
It was recently revealed that the two top stars **filed for divorce.**

2 歷經 28 年的婚姻後，這對夫婦向法院**提出離婚訴訟**。
After 28 years of marriage, the couple **have filed for divorce** at a court of law.

3 每四對新婚夫婦中就有一對在結婚未滿一年時**申請離婚**。
One out of four newly married couples **files for divorce** before the first year is over.

4 這對明星夫婦以「個性不合」為由**提出離婚訴訟**，結束了他們十年的婚姻。
The star couple **filed for divorce** citing "irreconcilable differences" and ended their 10 years of marriage.

5 最新統計數據顯示，平均每天有 946 對新人結婚，341 對夫妻**提出離婚申請**。
The latest statistics shows that a daily average of 946 couples tie the knot and 341 couples **file for divorce**.

As joblessness soars and Wall Street struggles, personal relationships are crumbling under the weight of personal finance problems. About half those couples, he said, take the next step and **file for divorce**.
<CBS>

隨著失業率飆升和金融業的苦戰，私人關係因個人財務問題的重擔而崩潰。他說在這些夫婦中，約有一半夫妻下一步是**提出離婚訴訟**。〈哥倫比亞廣播公司〉

joblessness 失業、失業狀態　**soar** 激增、竄升、飆漲
crumble 崩解、動搖、倒塌

常用語 097

大雁爸爸現象正在擴散。
The orphan father phenomenon is going viral.

「大雁爸爸」是英文裡沒有的現象和單字，可以用 orphan father 表示，或是寫成 kirogi appa (literally means goose dad), a man who stays alone in Korea to support his child and wife staying in an English-speaking country for the sake of child's education，先直接音譯再附加說明詞彙意義。我們對 viral 這個字因病毒式行銷等用語而不陌生，實際常用的是動詞片語 go viral，go viral 的意思是像病毒一樣「急速擴散、瘋傳、爆紅」。

1 他當**大雁爸爸**已經好幾年了。
Already it's been several years since he became **an orphan father.**

2 美國著名日報以專題報導韓國**大雁爸爸現象**。
The leading US daily covered Korea's **orphan father phenomenon** in a feature story.

3 **大雁爸爸**為了給孩子更好的教育機會而與家人分開生活。
Orphan fathers live separated from their families for the sake of giving their children better education opportunities.

4 小型住宅受歡迎的另一個原因是送孩子出國讀書的**大雁父母**激增。
Another reason for the popularity of small housing is the surge in **orphan fathers and mothers** after they send their children overseas to study.

They are called **"kirogi,"** or wild geese—South Korean families separated by an ocean. The parents want their children to be taught in the United States, but the cost of an American education can be the fracturing of the family, often for years.
<The Washington Post>

他們被稱為「**大雁**」或野雁，也就是被大海分隔兩地的南韓家庭。父母希望他們的孩子在美國受教育，但美國教育的代價可能是多年的家庭破碎。〈華盛頓郵報〉

fracture 分裂、使破裂、破碎

CHAPTER 3

性別平等

性別平等是社會的重大議題。好萊塢呼籲男女演員的演出酬勞要平均一致，企業裡也出現員工年薪應平準化的聲浪。在允許一夫多妻制的中東國家，連女性考取汽車駕照都曾上過新聞頭條。近來全世界試圖保障女性人權和安全的行動越來越強烈，不過另一方面，厭惡女性的情緒也逐漸蔓延，因此導致犯罪的情況不在少數。我們應該消弭厭惡異性的情緒，擁有彼此站在同等立場看待不同性別的雅量。

性別平等相關主要用語

1. 性別平等 : gender[sexual] equality
2. 性別不平等 : gender[sexual] inequality
3. 性別歧視 : gender[sexual] discrimination
4. 女權運動 : women's rights movement
5. 父權社會 : male-dominated society
6. 父權體系 : patriarchal system
7. 母系社會 : matriarchal society
   父系社會 : patriarchal society
8. 性別比例失衡 : gender ratio imbalance
9. 重男輕女 : preference for sons
10. 厭女症 : misogyny
    厭男症 : misandry
11. 女性賦權 : women's empowerment
12. 同工同酬 : equal pay for equal work
13. 玻璃天花板 : glass ceiling
14. 性暴力 : sexual violence
15. 性侵害 : sexual assault
    強制猥褻 : indecent assault, sexual molestation
16. 性騷擾 : sexual harassment
17. 家庭暴力 : domestic violence
18. 全職家庭主婦 : full-time housewife[homemaker]
19. 未婚媽媽 : unwed mother
    未婚爸爸 : unwed father
20. 單親家庭 : single parent family

常用語 098

我們應摒除**對女性的歧視**。

We have to root out **prejudice against women.**

廣泛用來表示「歧視」的三個單字是 prejudice、discrimination、bias。我們只知道 prejudice 的意思是「偏見」，但抱持偏見代表無視於事物核心，只差別看待其他部分，因此字義也含有「歧視」的意思。若要表示「對……歧視」，要在後面加上介係詞 against。against 本身具有「對……不利」的意思，歧視的行為是「對……不利的行為」，因此這樣的搭配詞在邏輯上是成立的。

1 為了根除**對女性的歧視**，必須做出更多努力。
More efforts must be made to root out **prejudice against women.**

2 **對女性的歧視**是一種必須根除的社會弊病。
Prejudice against women is a social ill that needs to be rooted out.

3 種族偏見和**女性歧視**在美國仍然是個大問題。
Racial bias and **prejudice against women** remain a big problem in the US.

4 我們揭穿的**女性歧視**越多，我們就越關注這個議題。
The more we call out **prejudice against women**, the more we address the issue.

5 厭女症包含**對女性**展露嫌惡、輕視或根深蒂固**的歧視**。
Misogyny involves showing dislike, contempt or ingrained **prejudice against women.**

— ingrained 根深蒂固的、徹底的

As the Nobel laureate Kenneth Arrow has written, the economic evidence that there is still **prejudice against women** and minorities in labor markets remains overwhelming.
<The New York Times>

正如諾貝爾獎得主肯尼斯・阿羅所寫，經濟證據顯示勞動市場上仍存在許多**對女性**及少數民族**的歧視**。〈紐約時報〉

laureate 獲獎者　**overwhelming** 壓倒性的、勢不可擋的

那組織**消除了性別不平等**。

The organization **resolved gender inequality.**

在任何社會，甚至在先進社會中，都仍然存在著不同程度的性別不平等，這是導致社會成員不和的嚴重問題。「平等」是 equality，反義字「不平等」是 inequality。另外，「公平性」是 fairness，「不公平性」是 unfairness。性別不平等則是加上表示「性、性別」的 gender，以 gender inequality 表示。此外 gender 也常被翻譯成「兩性」和「男女」。resolve 的意思是「完全消除」，語氣上比表示「解決」的 solve 更強烈。

1 該組織旨在**消除性別不平等**。
The organization aims to **resolve gender inequality**.

2 在**消除性別不平等**方面還有改善空間。
There is room for improvement in **resolving gender inequality**.

3 **消除性別不平等**對經濟發展來說是相當迫切需要的。
Resolving gender inequality is urgently needed for economic advancement.

4 **消除性別不平等**需要員工和管理者齊心努力。
Resolving gender inequality requires concerted efforts by the staff and executives.

5 為了讓所有人充分發揮潛能，**消除性別不平等**是絕對必要的。
Resolving gender inequality is absolutely essential to allow all people to reach their full potential.

It may be tempting **to resolve gender inequality** by focusing only on women, but gender inclusiveness needs both men and women to drive change. <Employee Benefit News>

想透過僅著重在女性**來消除性別不平等**或許很吸引人，然而兩性的兼容並蓄需要男女雙方一起推動變革。〈Employee Benefit News〉

tempting 誘人的、吸引人的　**inclusiveness** 包容性、兼容並蓄

常用語 100

性騷擾事件銳減。

Sexual harassment cases have sharply decreased.

harass 是「騷擾」，名詞是 harassment，意指「騷擾行為」，發音時要注意這兩個字的重音都在第二音節上。「銳減」的「銳」可以用 sharply 表示，因此「銳減」是 sharply decrease，反義字「劇增」是 sharply increase。性騷擾主要因具有權力的人濫用權威和地位（abuse of one's authority and status）所致，是一種嚴重的社會弊病（social ill），必須被徹底根除才行。除此之外，「強制猥褻」是 indecent assault、sexual molestation,，「性侵害」是 sexual assault，這些全部都稱為「性暴力」sexual violence。

1 8 名女性指控他**性騷擾**。
Eight women accused him of **sexual harassment**.

2 **性騷擾**受害者們對加害者提起集體訴訟。
Victims of **sexual harassment** have filed a collective lawsuit against the offender.

3 女權團體強力主張**反性騷擾法**太薄弱。
Women's rights groups argue that the **anti-sexual harassment law** is too weak.

4 警方正在調查一名教師對一名學生的**性騷擾嫌疑**。
Police are looking into the **alleged sexual harassment** of a student by a teacher.

5 一名職業運動選手因**涉嫌性騷擾**未成年人而被無限期禁賽。
A professional athlete was banned indefinitely over **alleged sexual harassment** of a minor.

Some lawyers and activists say the civil code offers for the first time a nationally recognized enumeration of **sexual harassment** as a legal offense.
<The Japan Times>

有些律師和社運人士表示，民法上首次全國明定計入**性騷擾**為違法行為。〈日本時報〉

civil code 民法　**enumeration** 列舉、計算、細目　**legal offense** 違法行為

性別比例失衡仍然存在。
The gender ratio imbalance still lingers.

性別比例（gender ratio）是男女人口組成的比例，指的是每 100 名女性當中男性的數量。自然的性比大約為 105，中國等亞洲部分地區出現性比失衡（gender ratio imbalance）的主要原因在於重男輕女的思想（preference for sons）。南韓過去也認為一定要有兒子才行，但如今這種想法已有改觀，偏好女兒的人越來越多。現在，性比失衡並不存在於整個社會，而是特定的集團組織。「仍然」是指沒有完全消失，依舊存在著，因此這裡使用表示「繼續逗留、徘徊」的動詞 linger。「失衡」是 imbalance，表示不平衡的狀態。

1 職場上**性別比例失衡現象**仍然存在。
The gender ratio imbalance in the workplace still lingers.

2 中國的**性別比例失衡**被視為一個嚴重的問題。
The gender ratio imbalance in China is seen as a serious problem.

3 儘管政府致力改善，**性別比例失衡**仍然是一大擔憂。
Despite efforts by authorities, **the gender ratio imbalance** is still a big concern.

4 在適婚青年中，**性別比例失衡現象**恐怕更加惡化。
The gender ratio imbalance among youths of marriageable age is feared to worsen.

5 不當的**性別比例失衡**將對家庭結構造成嚴重後果。
The skewed **gender ratio imbalance** will have serious consequences on the family structure.

To balance the country's gender ratio, China should impose harsher punishments for medical workers who conduct illegal sex determination tests, a deputy to the country's top legislature said on Tuesday.
<Business Insider>

中國最高立法機關副代表週二表示，**為平衡國家的性別比例**，中國應對非法進行性別鑑定的醫務人員實施更嚴厲的裁處。〈商業內幕〉

impose 強制實行 **harsh** 嚴厲的、苛刻的 **punishment** 懲罰、處罰 **conduct** 實施
sex determination test 性別鑑定 **legislature** 立法機關

常用語 102

女權的落實還有改善空間。
There is room for improvement in women's empowerment.

empowerment 可以翻成「賦權、使有能力」，意指賦予 power（權力、能力），women's empowerment 可以表示「女權的落實」。「（在……方面）還有改善的空間」我們可以用搭配詞「there is room for improvement (in ～)」表示，把這個用法記下來，經常派得上用場。加上否定詞 no，形成 there is no room for improvement，意思是沒有改進的餘地，表示高度讚賞。

1 她積極致力於**女權的落實**。
She is passionately committed to **women's empowerment**.

2 雙方都將**婦女賦權**列入議程。
Both sides have put **women's empowerment** on the agenda.

3 多年來**女權的落實**已獲得了進展。
Years of progress have been made on **women's empowerment**.

4 他以各種方式將**女權的伸張**視為優先。
He is prioritizing **women's empowerment** in a variety of ways.

5 **女權伸張**團體蓬勃發展是個好消息。
It's great news that **women's empowerment** groups are flourishing.

Some of the UN's **Women's Empowerment** Principles can help guide businesses to advance gender equality in the workplace and Campbell explains the approach they have been taking.
<Forbes>

部分聯合國的**婦女賦權**原則有助於指引企業在工作場所推動性別平等，而坎貝爾說明了他們已實施的作法。〈富比士〉

principle 原則 **advance** 推動

教育

教育是所有父母最關心的事，但教育現狀仍有許多地方有待改善。公共教育和課外補習的爭議過了幾十年也沒有平息，「貧者越貧，富者越富」的現象也和教育問題密不可分。最近因冠狀病毒引發的線上教育帶來了學習差距，進而更加劇課外補習的現象。除了教育品質外，還有在教育現場遭同儕孤立、罷凌的現象，及社會上學歷主義根深蒂固的問題等，這一切都是教育過熱的產物。事實上，對幾乎沒有天然資源的南韓來說，首要的資源就是人力資源，因此對教育的熱衷和執著是無法避免的事。在這一章，我們將學習在教育議題中不可或缺的一些搭配詞用法。

教育相關主要用語

1. 正規教育 : formal education
2. 公立學校 : public school
3. 私立學校 : private school
4. 托兒所
   : nursery school, pre-kinder(gareten)
5. 幼稚園 : kindergarten
6. 初等教育 : primary education
   中等教育 : secondary education
   高等教育 : tertiary education
7. 國小 : elementary[primary] school
   國中 : middle school
   高中 : high school
8. 大學 : college, university
9. 研究所 : graduate school
10. 課程 : curriculum
11. 文憑、學位證書 : diploma
12. （尤指大學的）學費 : tuition
13. 課外活動
    : extracurricular activity
14. 入學率 : enrollment rate
15. 罷凌 : bullying
    同儕壓力 : peer pressure
16. 死記硬背 : rote memorization
17. 自學 : self-education
18. 私人家教 : private tutoring
19. 技職教育 : vocational education
20. 面對面教育 : face-to-face education
    非面對面教育 : non face-to-face education

公共教育**落後**私立教育。

Public education **lags behind** private education.

表達「落後」的常用搭配詞有 fall behind、lag behind，以及 trail behind，這些不僅可以用在和教育相關的文章脈絡中，在所有競爭狀況下都經常使用，一定要學起來。「（在落後的情況下）趕上……達同樣水準」是 catch up with ～。「領先、超越、超過（競爭者）」是 get ahead of ～或 overtake ～。

1 日本的實用英語能力**落後**韓國。
Japan's practical English skills **lag behind** those of Korea's.

2 泰國的數學實力**落後**韓國。
Thailand's mathematics proficiency **lags behind** that of Korea's.

3 美國學生的平均成績**大幅落後**韓國學生。
The average GPA (Grade Point Average) of American students **lags far behind** that of Korean students.

4 由於需等待正式通報，世界衛生組織的確診病例統計**落後於**各國公布的統計數據。
The WHO's tally of confirmed cases **has lagged behind** those of individual countries because it has to wait for formal notification.

5 雖然我們現在**位居落後**，但透過對教育的集中投資和研究，我們一定可以迎頭趕上已開發國家。
Although we currently **lag behind**, we can surely catch up with advanced nations through concentrated investment and research in education.

However, an annual report from the Education Policy Institute has found disadvantaged pupils in English schools **lag behind** their more affluent peers by the equivalent of 18.1 months of learning by the time they finish their GCSEs.
<The Independent>

然而，教育政策研究院的一份年度報告發現，英國學校的貧困學生在完成中等教育資格考試（GCSE）時，比家境較富裕的同級生**落後** 18.1 個月的教育程度。〈獨立報〉

disadvantaged 社會地位低下的、貧困的
affluent 富裕的
peer 同輩、地位、能力等同等的人
equivalent 相等的、相同的

能力主義勝過學歷至上主義。
A meritocracy outweighs elitism.

meritocracy 是表示「實力主義、能力主義」或「實力主義社會、能力主義社會」，而「學歷至上主義、菁英主義」是 elitism。學歷至上主義又被稱為「亡國病」之一。我們的社會風氣對於學歷過於執著，學校出身引起的問題也不少，發生學歷偽造事件的案例也屢見不鮮。此外，elite 的發音必須是 [i'lit]，母語者才聽得懂，不能發成 [e'lit]。outweigh 大致上有「比……重」和「比……更有影響力」等兩個意思。

1 目前仍沒有跡象顯示未來**學歷至上主義**會消失。
There are no signs yet that **elitism** will disappear in the future.

2 這次事件再次令我想到困擾韓國社會的**學歷至上主義**痼疾。
This case reminded me again of the specter of **elitism** that is plaguing Korean society.

3 在**學歷至上主義**盛行的韓國社會，學校聯盟的力量相當龐大。
In Korean society in which **elitism** is widespread, the power of school affiliation is enormous.

4 **學歷至上主義**是學校採用私立學院宣傳方法的主要原因。
Elitism is the main reason why schools are adopting promotional methods used at private institutes.

5 **能力主義**信奉者會說，地位高升的人是因為才能、努力工作和他們的表現。
Meritocracy believers would say people who progress up the ladder do so thanks to talent, hard work and their performance.

This type of **elitism-charge** has been used very effectively, particularly in US politics. George W. Bush made a career out of presenting himself as an affable man of the people who turns against haughty elites.
<CBS>

這種對**學歷至上主義的指控**在美國政治中特別有效地被使用。在喬治・布希的職業生涯中，他把自己塑造成一個人民心中友善的人，願與傲慢的菁英為敵。〈哥倫比亞廣播公司〉

effectively 有效地　**make a career** 謀求發跡、開創事業
affable 友善的、和藹可親的　**turn against** 與……為敵　**haughty** 高傲的、傲慢的

常用語 105 英語實力**可提高競爭力**。

English proficiency **hones one's competitive edge.**

「競爭力」的英文是 competitiveness 或 competitive edge（edge 是「銳利的邊緣」）。和「磨練、磨鋒利」的動詞 hone 結合後，形成重要搭配詞 hone one's competitive edge/competitiveness，表示「磨練、鍛鍊競爭力」。除了 hone 之外，也可以和 sharpen、boost、strengthen 等動詞一起使用，表示「提升、強化競爭力」。此外，「國家競爭力」是 national competitiveness，「價格競爭力」是 price competitiveness。

1 最終目標是**提升英語競爭力**。
The ultimate goal is **boosting the English competitive edge.**

2 學會片語動詞在**提高英語競爭力**上扮演重要角色。
Acquiring phrasal verbs plays a significant role in **honing the English competitive edge.**

3 新的文化中心預計將有助於**提升**居民的**英語競爭力**。
The new cultural center is expected to contribute to **boosting the English competitiveness** of residents.

4 我們計畫透過新的課程**強化**學生的**競爭力**，並著重在提升他們的職業技能。
Through the new curriculum, we are planning to **boost the competitive edge** of students and focus on boosting their career skills.

5 如果政府能創意思考，放寬規定，並採取**提高競爭力**的政策，就能吸引國內外人才和資金。
If the government thinks outside the box, eases regulations, and adopts policies **to hone the competitive edge**, it can attract talented people and money from home and abroad.

Hence, organizations that can provide upskilling programs along with guaranteed placement are not only the knight in the shining armor for the learners but also **have a competitive edge** over others.
<BW People.in>

因此，那些能提供技能提升計畫及保證安排就業的機構，對學習者來說不僅是夢寐以求的對象，而且還比其他業者**更具競爭力**。〈BW People.in〉

upskilling 提升技能　**guaranteed** 有保證的、擔保的　**placement** 介紹就業
knight 騎士　**armor** 盔甲　**knight in the shining armor** 白馬王子、救世主

常用語 106

這所學校不常見**同儕壓力**。

Peer pressure is very rare in this school.

同儕壓力（peer pressure）是如果不與同學合作就會被欺負，如害怕被罷凌、被孤立而去做一些自己不想做的事。因此，同儕壓力和罷凌問題密切相關。罷凌是 bullying，動詞 bully 的意思是「欺負弱小、以強凌弱」，bullying 是名詞形，意思是「欺凌弱者、恃強欺弱的行為」。相關詞彙有 outcast（被排擠者、孤立者）、be ostracized（被排擠、被放逐）。

1 他分享自身承受**同儕壓力**的個人經歷，深深打動觀眾的心。
He shared his personal episode of **peer pressure** and touched the hearts of the viewers.

2 造成**同儕壓力**和罷凌文化的正是人身攻擊和污衊。
What created the culture of **peer pressure** and bullying is none other than character assassination and disparagement.

3 我將與當地居民一起努力，培育一個沒有暴力和**同儕壓力**的教育社會。
I will also work with the local residents to nurture an educational society free from violence and **peer pressure**.

4 一項研究結果發現，遭受**同儕壓力**的孩子具有陷入幻覺和妄想的高度風險。
A study found that kids who suffer from **peer pressure** have a high risk of falling victim to hallucination and paranoia.

5 大家都說大學決定了你將成為什麼樣的人，但他們沒提到的是，**同儕壓力**不會在高中消失。
Everyone says college determines who you become, but what they fail to mention is that **peer pressure** does not die in high school.

It is disturbing enough for adults to make poor choices regarding their health. But children, prone to **peer pressure**, often are not sufficiently mature to comprehend the dangers inherent in steroid use.
<Boston Globe>

成年人在健康方面做出不良選擇已足夠令人不安。但是易受**同儕壓力**的孩子們往往還不夠成熟，無法理解使用類固醇造成的危險性。〈波士頓環球報〉

disturbing 令人不安的　**regarding** 關於……　**prone to** 易於……
sufficiently 足夠地　**inherent in** 內在的、固有的

CHAPTER 5

事件與事故

新聞最常播報的題材就屬事件與事故。事實上，事件與事故佔據了新聞絕大篇幅，甚至令人懷疑沒有這些事件內容，新聞節目就無法存在的地步。政治、經濟界的事件、火車衝撞事件、食品污染事件等，各種事件與事故吸引觀眾的注意力，觀眾藉此獲得情報消息。新聞的正面功能之一是在報導事件與事故的同時，還可以將其背景一起傳達給我們。不僅事件與事故的外在呈現，其發生的背景、契機和造成的影響等也都一併傳達給觀眾，使觀眾可以多面相地獲得知識和資訊。在這一章，我們將學習和事件與事故相關的主要搭配詞用法。

事件與事故相關主要用語

1. 指控、主張 : allegation
2. （在公共場合的）騷動 : disturbance
3. （意見的）衝突 : collision
4. 爭執 : argument, dispute
5. 指控、控告 : accusation, charge
6. 感染 : infection
7. （戰爭、事故、疾病等）爆發 : outbreak
8. 食物中毒 : food poisoning
9. 傷亡 : casualty
10. 災難 : disaster
    自然災害 : natural disaster
11. 浩劫、災禍 : catastrophe
12. 竊盜、破門竊盜 : burglary
13. 搶劫 : robbery, mugging
14. 蓄意破壞 : vandalism
15. 肇事者 : perpetrator
16. 縱火 : arson
    縱火犯 : arsonist
17. 貪汙 : embezzlement
18. 詐騙 : fraud, swindle
19. 洗劫 : looting
20. 暴行 : assault, violence

兩輛客車**迎面對撞**。

Two passenger cars **collided head-on**.

交通事故每天都在發生，表達汽車「迎面對撞」可用動詞 collide（相撞、碰撞）形成的搭配詞 collide head-on，這裡的 head-on 是副詞，表示「正面地」。「正面衝突」的名詞是 head-on collision，這裡的 head-on 是形容詞，表示「正面相撞的」。此外，追撞事件也就是從後面撞上的事件，則使用形容詞 rear-end，意思是「後端的、後部的」，形成 rear-end collision 搭配詞。多車追撞事故的說法是 pile-up，在連環車禍現場常看到多輛汽車推擠在一起，形容車子 pile up（堆積）的模樣。輕微的衝撞事故稱為 fender bender，意思是車子側面的擋泥板些微變形。

1 **迎面對撞**導致兩名駕駛和八名乘客全部死亡。
The head-on collision left the two drivers and all eight passengers dead.

2 在國道 24 號上，一輛貨車和一輛當地公車**正面對撞**。
On the National Highway number 24, a van and a local bus **collided head-on**.

3 警方表示週三下午五點左右，兩輛車在 13 號公路上**迎面對撞**。
Police say the two cars **collided head-on** along Route 13 at about 5 p.m. Wednesday.

4 **部分正面衝撞測試**結果顯示，國產汽車的安全性比進口汽車高。
A partial head-on collision test revealed that domestic cars had a higher safety level than imported cars.

In the recent tragedy, one person was killed and 30 others injured when the truck jumped the central verge near Lajpat Nagar on Ring Road and **collided head-on** with the bus on the opposite carriageway.
<The Times of India>

最近一起悲劇事件造成一人死亡，三十人受傷。事故發生在外環道路近拉吉帕特納加爾，當時卡車越過中央分隔島，與對向車道公車**迎面相撞**。〈印度時報〉

verge 路邊、路肩
carriageway 車道、（兩線道以上的同向大型道路）行車道

常用語 108

保險桿**可緩解撞擊**。

The bumper **cushions the impact.**

汽車保險桿扮演緩解衝擊的角色。cushion 除了當名詞「緩衝墊」之外，也可作動詞，像吸收衝擊的墊子一樣「緩和衝擊、起緩衝作用」。說到「衝擊」，我們通常想到 shock，但 shock 是用在心理上、醫學上的衝擊，而強烈的影響或衝擊、物理性的強烈撞擊則是用 impact 表示。因此 cushion the impact 的意思是「緩解撞擊」。

1 這個箱子是為了**緩解撞擊**而設計。
This case is designed to **cushion the impact**.

2 這個政策未能**緩解**強化法律後帶來的**衝擊**。
The policy failed to **cushion the impact** of the strengthened law.

3 公司為了**緩解**經濟不景氣帶來的**衝擊**而被迫貸款。
The company is forced to take out a loan **to cushion the impact** from the recession.

4 政府補助金期望能**緩解**新冠肺炎對經濟造成的**衝擊**。
The government subsidies are hoped to **cushion the impact** of COVID-19 on the economy.

5 安全氣囊**有效緩解撞擊**，因此司機和乘客都存活了下來。
The airbags **effectively cushioned the impact** and, as a result, the driver and passengers survived.

South Korean President Moon Jae-in has expressed his wishes to continue inter-Korean economic cooperation **to cushion the impact** of sanctions against North Korea, despite the recent military threats from it. <Donga.com>

儘管最近有來自北韓的軍事威脅，南韓總統文在寅仍表示，**為了緩解**制裁北韓帶來的**衝擊**，希望繼續推動南北韓間的經濟合作。〈東亞日報網〉

sanctions 制裁

他**推卸**事故**責任給**對方司機。

He **passed the buck** of the accident **to** the other driver.

「責任」的英文除了 responsibility 之外，還有 accountability、buck 等。在 19 世紀，撲克牌在美國相當受到歡迎，據說莊家的順序以旋轉 buck-knife（一種刀柄材質是雄鹿角的刀）的方式決定，以防止作弊。這就是 pass the buck 的由來，意思是「推卸責任」。「把責任推卸給……」要用 to 表示，形成 pass the buck to ～。「把 A 的責任推卸給 B」的用法是 pass the buck of A to B。

1 這家網路購物商城**把**配送失誤的**責任推卸給**買家。
The online shopping mall **passed the buck of** the delivery mix-up **to** the buyer.

2 這家公司**把**電子設備爆炸事故的**責任推卸給**消費者。
The company **passed the buck of** the electronic device explosion **to** the consumer.

3 哈先生不滿公司管理階層企圖**把責任推卸給**售貨員的態度。
Mr. Ha disapproved of the management's attitude of trying to **pass the buck to** just the salesman.

4 國會議員們猛烈指責該部長企圖**把**事故**責任推卸給**基層官員。
The lawmakers blasted the minister for trying to **pass the buck of** the accident **to** working level officials.

5 由於公務員的冷漠和**責任推卸**，導致許多當地居民暴露在交通事故的風險中。
Due to the indifference and **buck passing** of civil servants, a lot of local residents are exposed to the risk of traffic accidents.

Many of us are irked by our fellow employees who **pass the buck** whenever possible and try to take the easy way out.
<CNN>

我們當中很多人都對那些盡可能**推卸責任**，和想盡量用簡單方式解決問題的職場同事感到厭煩。〈有線電視新聞網〉

irk 使厭煩、使苦惱
take the easy way out（為擺脫困境）選擇簡單的方式

他**對**他的不當行為**負責**。
He **was held accountable for** his misconduct.

「負責」有很多種表達方式，其中有一種是使用形容詞 accountable。accountable 的字義是「有責任的」，be held accountable 是被動式，語意上是「被認為應該負責的」，也就是「負起責任」的意思。想表達「對……負責」，可以用 be held accountable for ～。

1 他**必須為**令人髮指的罪行**負責**。
He **has to be held accountable for** the heinous crime.

2 最後沒有人**對**這些死亡**負責**。
In the end, no one **was held accountable for** the deaths.

3 人們無法理解為什麼那名政治人物**不用負起責任**。
The people couldn't understand why the politician **was not held accountable.**

4 他們**為**洩漏個資**負起責任**。
They **were held accountable for** the leakage of personal information.

5 法官駁回了指控，因此沒有人**該對**這起謀殺事件**負責**。
Nobody **was held accountable for** the murder because the judge dismissed the charges.

In the aftermath of the financial crisis, the prevailing view is that nobody on Wall Street **was held accountable for** the damage caused to the economy and millions of Americans. But the fact that prosecutors have not claimed a big-time scalp in the financial crisis obscures the issue of prosecuting companies themselves and the complications such prosecutions raise.
<The New York Times>

在金融危機的餘波中，普遍觀點認為華爾街沒有人**要對**經濟和數百萬美國人遭受的損害**負責**。但是檢察官在金融危機中沒有立下大功的事實，遮掩了起訴公司本身的議題及這些指控所引起的複雜問題。〈紐約時報〉

aftermath 餘波、後果、後遺症　**scalp**（勝利的）標誌、戰利品　**obscure** 遮掩

CHAPTER 6

天氣

生活中沒有比天氣更常用也更重要的新聞。由於對生活和經濟影響深遠，天氣行銷和天氣保險商品等也相當受到關注。天氣晴朗時，心情跟著好起來，事情也順利許多，不是嗎？或許正因為如此，英語中有很多和天氣相關的比喻用法，例如 feel under the weather（感覺不太舒服、不愉快）、take a rain check（改天再說）、Every cloud has a silver lining.（雨過總會天晴。）天氣與氣候變化及自然環境息息相關，對社會經濟的影響也相當廣泛。在這一章我們將學習與天氣有關的用法。

天氣相關主要用語

1. 陣雨 : shower
2. 暴雨 : heavy rain
3. 雷雨 : thunderstorm
4. 大雪 : heavy snow (fall)
5. 薄霧 : haze
6. 冰雹 : hail
7. 微風、和風 : gentle breeze
8. 強風 : gale
9. 颱風 : typhoon
   cf) hurricane, cyclone
10. 潮溼的 : damp and humid
11. 悶熱的 : muggy
12. 酷暑期 : the dog days of summer
13. 中暑 : heat stroke
14. 熱帶夜（現象）
    : tropical night (phenomenon)
15. 熱浪 : heat wave
16. 降水（量） : precipitation
17. 寒流 : cold wave
18. 體感溫度
    : wind chill factor, real temperature
19. 警示 : advisory, warning
20. 警報 : alert

明天將是個**晴朗和煦的天氣**。

Tomorrow will show **clear and sunny weather**.

形容天氣的代表性形容詞有 clear（晴朗的）、sunny（和煦的）、rainy（多雨的）、cloudy（多雲的）等。通常人們第一次見面時，為了打破尷尬（break the ice），很容易就聊起天氣。因為是不敏感的共同性話題，人們對天氣的討論永遠不嫌多。

1 全國預計迎來**晴朗和煦的天氣**。
The nation can expect to see **clear and sunny weather**.

2 **晴朗和煦的天氣**正適合出遊。
The clear and sunny weather will make it great for an outing.

3 連續三天**晴朗和煦的天氣**後，明天將會下雨。
It will rain tomorrow after three days of **clear and sunny weather**.

4 首都將迎來伴隨微風的**晴朗和煦天氣**。
The capital can enjoy **clear and sunny weather** along with moderate winds.

5 下週一陣雨前，週末將是**晴朗和煦的天氣**。
The weekend will show **clear and sunny weather** before showers on Monday.

Today's weather is expected to be **clear and sunny**, with highs reaching a balmy 18°C inland, or 14°C closer to the water.
<Vancouver Sun>

今天天氣預計**晴朗和煦**，內陸最高溫達舒適的 18 度，沿岸附近則為 14 度。〈溫哥華太陽報〉

highs 最高氣溫　**balmy** 溫和宜人的

明天**氣溫將驟降**。
The mercury will plunge tomorrow.

「驟降、暴跌」是形容急遽下降的情況，常用的單字有 tumble、plunge、plummet 或 nosedive。反義字 soar、surge、skyrocket 則常用來形容「劇增、飆升」。氣溫、溫度是 temperature，但我們也會用「溫度計的水銀柱往下掉」來表示氣溫下降，因此 mercury（水銀柱）也有「氣溫、溫度」的意思。此外，最低氣溫稱為 lows，最高氣溫稱為 highs，因此晨間最低溫的說法是 morning lows，白天最高溫是 afternoon highs。

1 夜晚**氣溫預計將驟降**。
The mercury is forecast to plunge overnight.

2 **氣溫將驟降** 10 度左右，使天氣變得寒冷。
Temperatures will plunge about 10 degrees making it chilly.

3 隨著深夜降雪，**氣溫預計將驟降**。
With snowfall late at night, **the mercury is expected to plunge**.

4 強風伴隨從昨日開始的降雨，**氣溫驟然下降**。
Along with the strong winds and the rain from yesterday, **the mercury plunged**.

5 昨天**驟降的氣溫**預計將逐漸回升。
Temperatures that plunged yesterday are expected to gradually climb back up.

Heavy rain will also fall from 6 pm tomorrow and last until 9 pm on Tuesday. Brits across the country had snow and very cold weather to contend with last week, **as the mercury plunged to -9.6C** on Thursday night into Friday.
<Mirror>

明日晚間 6 點也將開始降下暴雨，一直持續至週二晚間 9 點。由於上週四晚間至週五**氣溫驟降至攝氏零下 9.6 度**，英國全國上下人民上週經歷與冰天雪地及冷冽氣候的搏鬥。〈鏡報〉

Brit 英國人　**contend with** 為……搏鬥、奮鬥

常用語 113

氣象廳**發佈寒流警示**。
The weather service **issued a cold wave advisory.**

當暴雨、大雪、酷熱、颱風等極端氣候（extreme weather events）發生時，氣象廳會發佈預報或警報。「警示」通常用 advisory 或 warning 表示，「警報」則用 alert 表示。氣候異常經常伴隨著生命財產的損失（damage to property and human lives），即使在科學發達的今天，仍令人感到戒慎恐懼。

1 三天前**發出的寒流警示**至今仍然有效。
The cold wave advisory issued 3 days ago remains in effect even now.

2 氣溫預計在夜間驟降，國家氣象局對全國大部分地區**發佈寒流警示**。
The state weather agency **issued a cold wave advisory** for most areas of the country as the mercury is expected to plunge overnight.

3 韓國氣象廳於今早**發佈寒流警示**，並於今日晚間 8 點升級為寒流警報。
The Korea Meteorological Administration **issued a cold wave advisory** this morning and upgraded it to a cold wave alert as of 8 p.m. today.

4 韓國氣象廳在今年**已經發佈了**五次**洪水警示**。
The Korea Meteorological Administration **has issued a flood advisory** 5 times so far this year.

5 韓國氣象廳於今日下午 4 點**發佈氣候乾燥警示**。
The Korea Meteorological Administration **issued a dry weather advisory** as of 4 p.m. today.

A cold wave advisory is issued when the morning low is expected to be more than 10 degrees lower than the previous day or is expected to be lower than minus 12℃ for more than two straight days.
<Yonhap News Agency>

當晨間最低溫預計低於前一日 10 度以上，或預估將連兩日低於零下 12 度，就會**發佈寒流警示**。〈聯合通訊社〉

若考慮到**體感溫度**，現在是攝氏零下 20 度。
It is minus 20 degrees Celsius given the wind chill factor.

冬天感受到的體感溫度（風寒指數）稱為 wind chill factor。字典上的解釋是「風速冷卻指數 / 風寒指數」，但應稱為「（寒風造成的）體感溫度」才能明確傳達字義。體感溫度的另一個說法是 real temperature，在韓英字典上稱為 sensory temperature，但語感上感覺比較生硬，因此建議使用 wind chill factor。

1 有個計算**體感溫度**的公式。
There is a formula to calculate **the wind chill factor**.

2 寒風使**體感溫度**急遽下降。
The chilly winds sharply brought down **the real temperature**.

3 現在中部地區的**體感溫度**在攝氏 0 度左右，比昨日略微上升。
At present, **the real temperature** of the central region is around 0 degrees Celsius, up slightly from yesterday.

4 如果解開領帶，**體感溫度**約會下降攝氏 2 度，可減少能源浪費。
If you lose the neck tie, **the real temperature** goes down about 2 degrees Celsius serving to reduce energy waste.

5 濟州島颳起每秒 10 公尺的強風。因此選手們必須在**體感溫度**將近零下氣溫的天氣中繼續比賽。
On Jeju island, gales blew at 10 meters a second. So the players had to continue in weather where **the wind chill factor** made it feel like almost sub-zero temperature.

We have experienced torrential rain over the past week, 60-degree weather on Sunday, and 10-degree weather with **the wind chill factor** early Wednesday morning. The wind is calm as we await a major storm over the next day or so.
<Vineyard Gazette>

過去一週我們經歷了暴雨、週日華氏 60 度高溫，及週三清晨 10 度的**體感溫度**。現在是風平浪靜的狀態，預計明日左右將迎來大風暴。〈葡萄園公報〉

torrential rain 暴雨

常用語 115

極端氣候事件日益頻繁。
Extreme weather events are increasing in frequency.

在氣象新聞中，氣候異常或極端氣候是 extreme weather events，其中包括暴雨 (heavy rain)、大雪 (heavy snowfall)、洪水 (flood)、局部豪雨 (concentrated downpour)、熱浪 (heat wave)、乾旱 (drought)、颱風 (typhoon) 等。頻繁的氣候異常伴隨而來的是自然災害 (natural disaster)。在英文當中，經常將嚴重的自然災害比喻為 the wrath of Mother Nature（大自然的憤怒）。

1 乾旱、洪水、熱浪及其他**極端氣候事件**都是自然發生的。
Droughts, floods, heat waves, and other **extreme weather events** happen naturally.

2 **極端氣候事件**影響假期並擾亂全球運輸時程表。
Extreme weather events affect holidays and disrupt global transport schedules.

3 由於氣候變遷，**極端氣候事件**造成的危險正在惡化。
The dangers of **extreme weather events** are worsening as a result of climate change.

4 **那些極端氣候事件**將對貧窮階層與老弱者不利。
Those extreme weather events would take a toll on poor, weak and elderly people.

— take a toll on～ 對……不利

5 **極端氣候事件**越來越常見，且其不可預測性似乎也在增加。
Extreme weather events have become more common, and unpredictability looks set to increase.

But why do we seem to be getting more storms and **extreme weather events**? One factor in this is climate change: 2020 is on track to be one of the warmest years on record for the planet.
<iTV>

但為什麼我們似乎經歷著更多風暴和**極端氣候事件**呢？其中一個因素是氣候變遷。2020 年很可能是地球歷史紀錄中最溫暖的一年。〈獨立電視〉

factor 因素　**be on track** 在進行中、在正軌上

PART 4

興趣、健康

興趣

興趣有助於維持身心健康，是同時帶給我們專注力和快樂的休閒活動。在無聊或辛苦的日常現實中，興趣成為一個健全生活的出路。閱讀或玩樂不像工作或念書那樣辛苦，讓人可以全心投入，或許正因為如此才有沉浸於閱讀的「讀書三境界」之說。然而，凡事有度，過猶不及，必須適可而止才不會成癮，過度運動也會引起運動傷害，必須小心適量。我的興趣是看電影和看美國新聞報導，不僅可以學習生活中的英語，也有助於了解母語者的想法和興趣，是我個人非常享受的休閒活動。各位的興趣是什麼呢？希望大家多從事紓解壓力的興趣活動，並熟練在這一章學習到的搭配詞，在接觸到時事用語時可以多加利用。

興趣相關主要用語

1. 休閒 : leisure
2. 興趣、嗜好
   : hobby, pastime, avocation
3. 娛樂、消遣 : recreation
4. 愛好者、迷 : enthusiast
5. 看電影 : watching movies
   看 YouTube : watching YouTube videos
6. 聽音樂 : listening to music
7. 看演唱會 / 戲劇 / 音樂劇
   : watching concerts/plays/musicals
8. 繪畫 : drawing, painting
9. 攝影 : photography,
   taking photos[pictures]
10. 演奏樂器
    : playing musical instruments
11. 工藝 : arts and crafts
12. 登山 : hiking
    攀岩 : rock climbing
13. 踢足球 / 打棒球 / 籃球 / 排球 / 桌球 / 高爾夫球
    : playing soccer/baseball/basketball/volleyball/ping-pong/golf
14. 登山 / 游泳 / 打保齡球 / 露營 / 釣魚 / 滑雪
    : go hiking/swimming/bowling/camping/fishing/skiing
15. 海釣 : sea[ocean] fishing
    河釣 : river[freshwater] fishing
16. 料理 : cooking
17. 武術 : martial arts
18. 冥想 : meditation
19. 針織 : knitting
20. 插花 : flower arrangement

你**最喜歡的消遣**是什麼？
What is your **favorite pastime?**

pastime 有「嗜好、消遣、娛樂」等意思，可用來代替 hobby。favorite pastime 和 passionate hobby 的意思一樣。這世上有無數種休閒活動，有室內活動，也有室外活動，有一個人從事的活動，也有多人一起參與的活動。近來觀賞或經營 Youtube 頻道也在短時間內迅速成為一種 favorite pastime。

1 講八卦似乎是時下人們**最喜歡的消遣活動**。
Gossiping seems to be **the favorite pastime** of people today.

2 學生們**最喜歡從事的消遣**是去人氣餐廳。
The favorite pastime for the students is going to popular restaurants.

3 閱讀可能不是你**最喜歡的消遣活動**，但絕對是你應該要做的事。
Reading may not be your **favorite pastime** but it is definitely something you should be doing.

4 有很多**受歡迎的娛樂活動**不必花錢，例如騎腳踏車和和慢跑。
There are so many **favorite pastimes** that don't cost you money. For instance, there are cycling and jogging.

5 經濟蕭條迫使越來越多人放棄購物，而購物對許多人來說是**最佳消遣**。
The economic recession is forcing a growing number of people to quit shopping, **a favorite pastime** for many.

George Oldfield, 72, a longtime Riverside resident and retired UC Riverside entomologist has turned **a favorite pastime** into an extraordinary talent. Oldfield will compete this week at the 36th annual International Whistlers Convention in Louisburg, North Carolina.
<CBS News>

72 歲的喬治・奧德菲爾德把自己**最喜歡從事的消遣**昇華為驚人才能。他長居在河濱市，是加州大學河濱分校一名退休昆蟲學家。奧德菲爾德將於本週在北卡羅萊納州路易斯堡第 36 屆年度國際吹口哨大會上，與對手較量實力。〈哥倫比亞廣播公司新聞〉

retired 退休的、隱退的　**entomologist** 昆蟲學家　**whistler** 吹口哨的人
convention 大會

培養一種嗜好來消除壓力。
Pick up a hobby to blow away stress.

當我們開始一項嗜好時，稱為 pick up a hobby，繼續「維持」這個嗜好叫做 keep a hobby。動詞片語 pick up 有許多用法，除了嗜好之外，表示「（開始）養成習慣」也可以用 pick up，如同接下來這個例句一樣：Pick up a habit of drinking beer（養成喝啤酒的習慣）。

1 不要浪費時間，**培養一種興趣吧**。
Don't waste time and **pick up a hobby.**

2 如果你想戒煙，建議你**培養一種嗜好**。
Picking up a hobby is advised if you want to quit smoking.

3 我知道現在是**培養一項新嗜好**的好時機。
I've realized that now is a good time **to pick up a new hobby**.

4 退休後，他決定**培養**操作模型飛機**的興趣**。
After retiring, he decided to **pick up the hobby** of flying model airplanes.

5 如果想從枯燥乏味的日常生活中尋求解脫，**培養嗜好**不是選擇而是必須。
To find an escape from the daily grind, **picking up a hobby** is not an option but a necessity.

— daily grind 每天必經的枯燥工作

Or even better than giving up a hobby, **pick up a new hobby** that actually generates some income. I took up refereeing youth soccer a couple of years ago.
<The New York Times>

或者，比放棄嗜好更好的是，**培養一個**實際上可以帶來收入的**新嗜好**。我從幾年前開始當起青年足球裁判。〈紐約時報〉

generate 產生、發生　**referee** 擔任裁判、仲裁

常用語 118

她經常從事**刺激的**極限運動。

She often enjoys **adrenaline-charged** extreme sports.

腎上腺素是當我們興奮時體內會分泌的荷爾蒙，體內充滿這種荷爾蒙時，會感到極度興奮，adrenaline-charged 就是用來比喻這種狀況，意指「令人非常興奮的、刺激的」。此外，這個搭配詞也會被翻譯成「驚心動魄的」，這個說法在實際收聽新聞時不容易聽懂，因為重音在第二音節上。adrenalin-pumping[rushing] 可以作為替代詞。

1 這些人以前常在沙漠裡享受**刺激的**奔馳體驗。
The people used to enjoy **the adrenaline-charged** driving experience in the desert.

2 這部新上映的電影是一部**刺激的**犯罪驚悚片。
The newly released movie is **an adrenaline-charged** crime thriller.

3 這部電影極受歡迎，電影中**驚心動魄的**場面成為了傳奇。
The film was a smash hit and **the adrenalin-charged** scenes in the movie became a legend.

— smash hit 大獲成功、極受歡迎

4 在這部**刺激的**電影中，傑森史塔森在接受心臟移植手術後死而復生。
In **the adrenalin-charged** movie, Jason Statham dies but after getting a heart transplant, lives again.

5 作為一名演員，扮演一個完全不同的人向來是一種**令人興奮的**經驗。
As an actor, it is always **an adrenalin-charged** experience to appear as a completely different person.

Some big city post offices still stay open until midnight for tax payers who fancy **an adrenaline-charged** last-minute drive to meet the deadline.
<BBC News>

一些大城市的郵局仍然營業到午夜，以服務那些喜歡趕在最後**刺激**時刻壓底線的納稅人。〈英國廣播公司新聞〉

tax payer 納稅人　**fancy** 想要、想做……　**deadline** 截止、最後限期

這**正好能**緩解壓力。
It is ideal for relieving stress.

大家都知道 ideal 意指「理想的」，它的用法與我們口語上「正好、正好合適的」不謀而合。後面可以接「for +（動）名詞」、「to +動詞原形」。可替代的單字有 superb、wonderful、fabulous 等。有緩解壓力（relieving stress）也有消除壓力（getting rid of stress），兩種說法經常交替使用。

1 聆聽冥想音樂**正好能**放鬆。
Listening to meditation music **can be ideal for** relaxation.

2 瑜伽和伸展運動**最適合**舒緩肌肉不適。
Yoga and stretching exercise **are ideal for** relaxing muscle knots.

3 描述購物狂生活的那部電影**正好適合用來**緩解壓力。
The film showing the life of a shopping addict **is ideal for** relieving stress.

4 這**正好能**緩解壓力，因為它不需要花很多錢，而且你可以和好友吵吵鬧鬧玩得痛快。
This **is ideal for** relieving stress because it doesn't cost a lot of money and you can have rowdy fun with good friends.

— rowdy 吵鬧的、喧鬧的

5 旅行是緩解壓力的**最佳方式**。
Traveling **is the ideal way to** relieve stress.

This low impact exercise **is ideal for** people with osteoporosis, mobility problems, joint problems, poor posture, muscle tone problems.
<The Isle of Thanet News>

這種低衝擊運動**正好適合**患有骨質疏鬆症、行動障礙、關節問題、姿勢不良和肌張力問題的人。〈薩尼特島新聞〉

low impact 對身體的衝擊少的　**osteoporosis** 骨質疏鬆症　**mobility** 活動性、移動性
joint 關節　**posture** 姿勢　**muscle tone** 肌張力

CHAPTER 2

旅行

旅行是很多人喜歡的休閒活動，也是一種「跳脫日常」的方法，可以幫助我們再次充電，成為日常生活的動力，是身心不可或缺的休息時光。說到旅行，讓我想起「離開努力工作的你吧！」這句廣告詞。這句話用英語該怎麼說呢？此時我們應該轉換思路，從理解句中的含意來進行意譯，這是翻譯的必要策略。這句話可解釋為「過去你真的很努力工作，有資格縱身離去，享受片刻的休息時光」，英文可以說成「You have worked really hard. So you deserve to get away from it all.」。在這裡，deserve 是關鍵字，意指「有……資格（權力）」。為了確實說好英語，必須像這樣適當地轉換思維，這是累積知識和經驗，學習自然流利英語的過程。

旅行相關主要用語

1. 一日遊 : day trip, one-day trip
   遠足 : excursion
2. 背包旅行 : backpacking
3. 跟團旅行 : package tour
4. 乘船遊覽 : cruise
5. 國內旅遊
   : domestic trip[travel]
6. 國外旅遊
   : overseas trip[travel]
7. 客製化旅行 : customized tour
8. 停留時間 : length of stay
9. 旅遊景點
   : tourist attraction, tourist hot spot
10. 行程 : travel itinerary
11. 旅行社 : travel agency
12. 旅遊簽證 : tourist visa
13. 單一入境簽證 : single entry visa
    多次入境簽證 : multiple entry visa
14. 飯店贈品 : complimentary
15. 領取行李處 : baggage claim
16. 過境（在機場短暫停留，再搭乘同一班飛機）: transit
17. 轉機（轉搭另一班飛機）: transfer
18. 中途停留（於中途停留地停留 24 小時以上）: stopover, layover
19. 貨幣兌換 : money exchange
20. 海關申報 : customs declaration

旅行社**正值蓬勃發展**。
Travel agencies **are enjoying booming business.**

「繁榮、興旺」的英文是 be thriving 和 be booming，booming 在字典上的解釋是 having a period of great prosperity or rapid economic growth（蓬勃發展或經濟快速成長）。此外，「旺季」是 peak season，「淡季」是 off season 或 low season。需求旺季（season of high demand）時價格往往更高。夏季旅行旺季可以用 peak summer travel season 或 peak summer holiday season 表示。

1 主題公園在中國**正蓬勃發展**。
Theme parks **are enjoying booming business** in China.

2 旅遊業到 2015 年為止**曾經蓬勃發展**。
The travel industry **used to be booming** until 2015.

3 **旅遊業和飯店業的繁榮**正帶動經濟復甦。
The booming tourism and lodging industries are leading economic recovery.

4 由於遺址的觀光需求劇增，**我的事業正蓬勃發展**。
Thanks to the surging demand for the sightseeing of ruins, **my business is booming.**

5 在疫情襲捲全世界以前，觀光旅遊業曾經是**繁榮產業**。
Tourism used to be **a booming business** before the pandemic took a hold on the world.

— take a hold on 掌控

As passenger air traffic has dwindled significantly amid the coronavirus outbreak, cargo flights **are seeing a booming business**.
<Forbes>

隨著航空客運量因新冠病毒爆發而大幅減少，貨運航班**正值蓬勃發展**。〈富比士〉

air traffic 航空交通、航空運輸（量）　**dwindle** 減少　**amid** 在……之中、在……期間
outbreak 發生、爆發　**cargo** 貨物

常用語 121

本次旅行**為期 4 天 3 夜**。

This trip **is scheduled for 3 nights and 4 days.**

從南韓到鄰近的東南亞地區旅行，一週內完成往返是絕對沒問題的。去旅行四天可以說 I am going on a 4-day trip.，如果要具體說出「4 天 3 夜」，可以用 I am going on a trip for 3 nights and 4 days. 表示。

1 蜜月旅行**為期 4 天 3 夜**。
The honeymoon **will last for 3 nights and 4 days**.

2 露營和登山旅行**花了整整 4 天 3 夜**。
The camping and hiking trip **took 3 full nights and 4 days**.

3 這個套裝行程包括在無人島**停留 4 天 3 夜**。
This tour package includes **3 nights and 4 days of stay** at an uninhabited island.

4 由於飛機航班頻繁取消，這次旅行**日程超過 4 天 3 夜**。
Due to frequent flight cancellations, the trip **took longer than 3 nights and 4 days**.

5 **這個 4 天 3 夜的套裝行程**每週五出團，持續到 9 月為止。
This 3 nights and 4 day tour package starts every Friday and runs until September.

The tour duration would be 3 nights and 4 days, while the mode of travelling throughout the package would be train.
<India TV>

旅行期間為 4 天 3 夜，本次跟團行程移動方式是搭乘火車。〈印度電視台〉

duration 期間、持續時間　**mode** 方式、方法

那家旅行社推出**適合**新婚夫妻的套裝行程。
The travel agency unveiled a package **catering to** newlyweds.

特定商品或服務通常是專為特定對象設計的，英文稱為 cater to ～、target ～或 aim at ～。例如，專為年長者設計的孝親旅遊若直接翻譯成 filial piety tourism，外國人恐怕會聽不懂，因為意指「孝道」的 filial piety 對英語母語者來說是相當生硬的學術單字，白話一點地描述 a travel package catering to the elderly 較為適當。我們的母語受漢字影響，字裡行間名詞很多，因此用「白話一點的方式」說明會更有英語的味道。此時必須運用正確的搭配詞，才能更清楚表達想說的話。

1 這家飯店的**目標在於**滿足 20 多歲人們的需要與需求。
The hotel **caters to** the wants and needs of people in their 20s.

2 這項旅遊行程**專為**男女老少**設計**。
This tour package **caters to** men and women both young and old.

3 這家餐廳開發了一份**迎合**外國旅客口味的菜單。
This restaurant developed a menu that **caters to** the tastes of foreign tourists.

4 主要幾家飯店都在本月下旬推出**專為**中國旅客**打造**的促銷活動。
Major hotels are all launching promotions at the end of the month **targeting** Chinese tourists.

5 這個熱門觀光景點提供了**適合**各類遊客需求的資訊目錄。
This tourist hot spot gives out catalogues with information **catering to** the needs of all kinds of travelers.

Our goal is to continue to raise the bar in service excellence and further develop Vietnam as a luxury travel destination **catering to** the discerning travelers. <CNN>

我們的目標是持續提高優質服務的水準，進一步將越南開發成高級旅遊勝地**以迎合**高品味旅客。〈有線電視新聞網〉

raise the bar 提高水準　**excellence** 卓越、傑出　**further** 更進一步
destination 目的地　**discerning** 有眼光的

常用語 123

現在是**廉價航空**的全盛期。

It is the heydays of **no-frills airlines.**

廉價航空在南韓未能斬獲顯著成功，但海外的情況卻迥然不同。在英國，廉價航空帶動國內旅遊和運輸的動力，對地方經濟有極大貢獻。廉價航空的英文說法有 budget airline、low cost airline、low cost carrier 或 no-frills airline，其中 no-frills 是表示「沒有多餘服務的」，也就是「僅有最基本設備和服務的」。

1 **廉價航空**收取昂貴的行李費。
No-frills airlines impose hefty baggage charges.

2 **廉價航空**透過只使用單一機型的飛機來降低成本。
No-frills airlines cut costs by using only one type of airplane.

3 **廉價航空**的超低廉價格很吸引 20 多歲的年輕人。
The super-affordable costs of **no-frills airlines** appeal to those in their 20s.

4 許多**廉價航空公司**正針對特定旅客推動收取額外費用的方案。
Many **no-frills airlines** are pushing to charge extra fare on certain customers.

5 許多**廉價航空公司**正與主要航空公司締結一系列聯盟。
Many **low cost carriers** are concluding a series of alliances with major airlines.

Budget hotels and **no-frills airlines** operate close to capacity all year, tweaking prices to match supply with demand.
<Independent>

經濟型酒店和**廉價航空公司**全年運能都將近滿載，他們正調整價格以平衡供需。〈獨立報〉

budget 低廉的　**capacity**（房間、建築物、交通工具的）容量
tweak 調整、變更

CHAPTER 3

運動

近來在休閒運動方面，登山、健身、皮拉提斯、瑜伽、滑水等項目似乎相當受到歡迎。此外，在家中一個人運動的居家訓練也在實行自我管理的人們之間掀起熱潮。社群網站上可以看到很多照片或影片，記錄人們從擬定運動計畫到身體變化的過程，真正熱衷於此的人，甚至拍攝身體寫真，展現自己健美的腹肌和充滿彈性的身體。想打造彈性靈活的身體，秘訣在於適當地進行有氧運動和肌力運動，同時進行健康飲食，最重要的還是要努力不懈的堅持執行。請大家記住這一點，並在本章學習與運動相關的重要搭配詞和用語。

運動相關主要用語

1. 做運動 : work out, take exercise, exercise
   運動 : workout, exercise
2. 定期運動 : take regular exercise, work out regularly
3. 體能 : physical fitness
4. 有氧運動 : aerobic exercise
5. 無氧運動 : anaerobic exercise
6. 重量訓練 : weight training
7. 徒手訓練 : bodyweight exercise
8. 跑步機 : treadmill
9. 室內（健身）腳踏車
   : stationary (exercise) bike
10. 啞鈴 : dumbbell
11. 舉重 : lifting weights
12. 武術 : martial arts
13. 等長運動 : isometric exercise （對牆壁、桌子等固定物品進行用力推拉的肌力訓練）
14. 核心訓練 : core training （主要以加強腹部和下腹肌肉為目的的運動）
15. 肌耐力訓練 : endurance training
16. 增加心跳速率 : increase heart rate
17. 增加肌肉量
    : increase muscle mass
18. 消耗卡路里 : burn calories
19. 體重減少 : weight loss
    體重增加 : weight gain
20. 肌肉痠痛 : muscle ache

常用語 124

我們來**做輕度運動**。

Let's have a light workout.

英語母語者說到「做運動」時，比起 exercise 更常用 work out 表示。「運動」的名詞是 work 和 out 連著寫的 workout。因此「輕度運動」的說法是 have a light workout，「劇烈運動」是 have a rigorous workout。據說，年輕時挑戰極限（push the limit），從事劇烈的運動最有效，但隨著年紀增長，從事為關節著想的輕度運動則更為理想。

1 這名選手**將**在週六**做輕度運動**，並在週日休息。
The athlete **will have a light workout** on Saturday and take Sunday off.

2 他沒有參加團隊訓練，而是**做了**個人的**輕度運動**。
He did not take part in the team training and **had a light workout** by himself.

3 在受傷之後，建議你盡量**從事輕度運動**。
You are advised **to have a light workout** as much as possible after an injury.

4 我們**將**在明天**進行輕度運動**，為後天的客場比賽做準備。
We **will have a light workout** tomorrow and get ready for the away game the following day.

5 我在悶熱的天氣**從事輕度運動**，在冬天則進行劇烈運動。
I **have a light workout** in sultry weather and a rigorous one in the winter.

Atherley often will divide his team into two units, and **have a light workout** for the players who play regularly and a more strenuous one for the players who don't play as much.
<Bangor Daily News>

阿瑟利通常會把球隊分成兩組，讓定期參賽的選手**進行輕度運動**，不常參賽的選手則進行更激烈的訓練。〈班戈每日新聞〉

divide 區分　**strenuous** 激烈的、費力的

我希望你透過運動**恢復精力**。

I hope you **get recharged** through a workout.

幫電池等「充電」時，使用動詞 charge，前面加上 re 表示「再充電」的「再」，形成 recharge。recharge 可以用來表示幫電池再充電，也可以表示讓身體再次恢復精力，因此「再次恢復（身體的）精力」是 get recharged，用來表達「再次活力充沛」的感覺。get revitalized 可作為替代詞，但語感上給人比較正式的感覺。

1 我想休息一下，讓自己**恢復精力**。
I want to take time off **to get recharged.**

2 小睡片刻並吃過飯後，**讓我再次恢復精力**。
Taking a nap and having a meal **got me recharged.**

3 **為了恢復活力**，他每天都去健身房。
He goes to a gym on a daily basis **to get recharged.**

4 小睡片刻**可以**讓你**恢復精力**，甚至讓你的皮膚變年輕。
You **can get recharged** and even rejuvenate your skin by taking naps.

— rejuvenate 使年輕

5 我想儘快**恢復體力**，回到最佳狀態。
I want to **get recharged** as quickly as possible and get back into top form.

Daytime naps are also natural ways for our body to get some rest and **get recharged**. However, there should be a limit as to how long you can take a nap during the day. Prolonged naps can put your sleep-wake cycle off by affecting nighttime sleep.
<SWAAY>

白天小睡片刻也是讓我們的身體得到休息和**恢復活力**的自然方法。不過，白天睡多久應該也要有時間上的限制。過長的午睡會影響夜間睡眠，打亂你的睡醒週期。〈SWAAY〉

as to 關於⋯⋯ **prolonged** 長期的、延續很久的
sleep-wake cycle 睡眠清醒週期

養成運動的習慣，你就會變得健康。

You will get fit if you make it a habit of exercising.

想變健康就要運動，想看到運動成效，就必須養成每天運動的習慣，這不是選擇而是必須（not a choice but a necessity）。make it a habit of -ing 的意思是「養成做……的習慣 / 使……成為一種習慣」。這個用法的發音很重要，中間要快速連音。另外，get into the habit of -ing（非出於本意地、無意中）的意思是「產生做……的習慣」，在記這兩個片語時應做區分，用法如 He got into the habit of passing the buck.（他不知不覺間產生推卸責任的習慣。）

1 起初**要養成運動的習慣**並不容易。
At first, it was not easy **to make it a habit of exercising.**

2 他**養成**在下水前**做伸展的習慣**。
He **made it a habit of stretching** before going in the water.

3 如果你不**養成運動的習慣**，將無法得到顯著成果。
If you don't **make it a habit of exercising**, you will not get notable results.

4 他**養成運動的習慣**，將體重保持在 70 公斤以下。
He **has made it a habit of working out** and keeps his weight under 70 kilograms.

5 他**養成**在家**運動的習慣**，因為他通常在家工作。
He **made it a habit of working out** at home because he usually works from home.

The Serb, who has 17 Grand Slam titles to his name, **has made it a habit of playing his best** when the stakes are the highest. Novak Djokovic has consistently been able to dig deep in times of adversity and strike back when his opponent least expects it, eventually turning the match on its head. <Sportskeeda>

這位擁有 17 座大滿貫冠軍頭銜的賽爾維亞籍選手，**養成了**在風險最大時**展現最佳球技的習慣**。諾瓦克・喬科維奇在遭遇困境時仍能持續傾盡全力，並在對手最意想不到的瞬間反擊，最終扭轉比賽局面。〈Sportskeeda〉

stakes are high 高危險性、高風險
dig deep 竭盡全力
strike back 反擊
turn ~ on its head 反轉、推翻

CHAPTER 4

疾病

2020 年因為新冠病毒導致全球陷入困境，這將被記載於人類歷史中。如今全人類都經歷了傳染病的恐懼，像新冠病毒一樣的傳染病，引起的因素除了病毒以外，還有細菌、黴菌、寄生蟲等致病的病原體侵入人體。反觀心臟病、高血壓、糖尿病、癌症等疾病則是與外部病原體無關的非感染性疾病。人類從出生到離開這個世界都會與無數的疾病共存。疾病是我們生活中的一部分，許多人最終也因為疾病而結束一生。這一章我們將學習與疾病相關的搭配詞用法。

疾病相關主要用語

1. 慢性疾病 : chronic disease
   急性疾病 : acute disease
2. 不治之症、絕症
   : incurable[fatal] disease
3. 罕見疾病 : rare disease
4. 高血壓 : high blood pressure
5. 心血管疾病 : cardiovascular disease
6. 糖尿病 : diabetes
7. 癌症 : cancer
   惡性腫瘤 : malignant tumor
   良性腫瘤 : benign tumor
8. 肺炎 : pneumonia
9. 過敏性鼻炎 : allergic rhinitis
10. 氣喘 : asthma
11. 胃炎 : gastritis
12. 偏頭痛 : migraine
13. 便秘 : constipation
14. 痔瘡 : hemorrhoid
15. 失智 : dementia, Alzheimer's (disease)
16. 流行疾病 : epidemic
    大流行病 : pandemic
17. 傳染病
    : infectious[contagious] disease
18. 診斷 : diagnosis
19. 預斷 : prognosis
20. （特定疾病的）致死率 : fatality

常用語 127

他小時候**染上了一種病**。

He **contracted a disease** when he was a child.

「染病、得病」的英文是 contract a disease，使用的動詞是 contract。動詞 contract 的重音在第二音節，但這個單字當名詞的時候，意思是「合約」，重音落在第一音節。那麼，得到感冒的動詞也是用 contract 嗎？「得到感冒」是 get a cold 或 catch a cold，已經感冒的狀態是 have a cold。contract 主要用在「染上重病」的時候。

1 他**得了經由水傳播的疾病**。
He **contracted a water-borne disease.**

2 他在十幾歲時**得了這種病**。
He **contracted the disease** when he was in his teens.

3 他在四十多歲時**染上這種致命疾病**，不到五十歲就去世了。
He **contracted the fatal disease** in his 40s and died before he turned 50.

4 這名 56 歲的男性**得了傳染病**，必須進行隔離。
The 56-year-old man **contracted a contagious disease** and had to be quarantined.

5 如果有家人**得到**像阿茲海默症等**疾病**，全家都會陷入困境。
If a family member **contracts a disease** such as Alzheimer's, the whole family goes through hard times.

I don't enjoy wearing a mask any more than others, but I do it to minimize the likelihood I'**ll contract a disease** that may kill me, a member of my family, a friend or a co-worker. I also wear one in case I already have it and could spread it to people I don't know.
<The Sun Chronicle>

我也像其他人一樣不喜歡帶口罩，但這麼做是為了盡量減少**染上**可能導致我自己、我的家人、朋友或同事喪命的**疾病**。帶口罩也是以免自己已經得病，可能會傳染給不認識的人。
〈太陽紀事報〉

likelihood 可能性　**in case** 以免　**spread** 散佈、傳播

她被診斷出得了流感。
She was diagnosed with the flu.

為了知道正確的病名，我們必須透過看診、檢查等過程，接受醫療診斷。「被診斷出……」是 be diagnosed with ～。He was diagnosed with flu. 意思是「他被診斷出得了流感。」如果不是流感，但出現流感症狀，則可以說 He was diagnosed with flu-like symptoms.。此外，如果無法確定診斷，醫生會建議觀察預斷，預斷是醫生根據當前患者狀況，推估疾病未來發展的診斷，英文是 prognosis。

1 這名孩童在**被診斷出得了流感**後死亡。
The child died after **being diagnosed with the flu.**

2 4% 的患者**被診斷出得了流感**。
4 percent of the patients **were diagnosed with the flu.**

3 四分之一的測試者**被診斷出得了流感**。
One in four people tested **was diagnosed with the flu.**

4 起初她**被診斷出得了流感**，後來發展成肺炎。
At first she **was diagnosed with the flu**, which developed into pneumonia.

5 他**被診斷出有類流感症狀**，後來證實該症狀是由新冠病毒變種引起。
He **was diagnosed with flu-like symptoms** that were later found to have been caused by a variant of COVID-19.

At her mother's urging, she went to the doctor and **was diagnosed with flu-like symptoms** and exacerbated asthma. The doctor prescribed a steroid and assured her that she was "through the worst of it" and her symptoms would subside in the next day or two.
<The Hollywood Reporter>

在母親的催促下她去看了醫生，**被診斷出有類流感症狀**和氣喘惡化。醫生幫她開了類固醇，並向她保證她已「度過最壞情況」，且她的症狀在一兩天後就會好轉。〈好萊塢報導〉

urge 催促、極力勸告　**exacerbate** 使惡化　**asthma** 氣喘
prescribe 開立藥方　**assure** 鄭重宣告、擔保、保證
subside 平息、消退

常用語
129

他**被開立**心理諮商和藥物治療**的處方**。
He **was prescribed** both counseling and medication.

「開」藥方或處方的動詞是 prescribe，「被開立處方」是 be prescribed，「處方」是 prescription，「按處方買藥」是 get the prescription filled。和過去不同的是，近來因為壓力和精神健康問題，尋求身心科協助的情況增加。現代人看待心理治療的眼光已不同於以往，就像身體不舒服要去醫院一樣，心理生病了，當然也應該去醫院看病。看身心科時，可能只是去接受諮商（counseling），但很多時候需要同時接受藥物治療（medication）。

1 物理治療**是**膝蓋和關節受傷**的**常規**處方**。
Physical therapy **is** routinely **prescribed** for knee and joint injuries.

2 這種新藥物**是開立**給美國和墨西哥全境的患者。
The new drug **was prescribed** for patients across the US and Mexico.

3 出乎預料的是，抗憂鬱劑**被開立**用來緩解疼痛。
Contrary to expectations, antidepressants **were prescribed** for pain relief.

4 這位青少年患者**被開立**物理治療和藥物治療**的處方**。
The teen patient **was prescribed** both physical therapy and medication.

5 服用**開立**給朋友或家人的藥物，可能導致成癮。
Taking medication **prescribed** to a friend or family member can lead to addiction.

Methadone and buprenorphine are the only opioids that **can** legally **be prescribed** for addiction treatment or maintenance in the United States. <Reason>

美沙冬和丁丙諾啡是美國唯二**可以**合法**開立**，用於成癮治療或管理的類鴉片藥物。〈理性〉

opioid 類鴉片藥物（作用和鴉片相似的合成止痛與麻醉劑）　**legally** 合法地
maintenance 維持、管理

她**住院了**。 She was admitted to the hospital.

她**出院了**。 She was discharged from the hospital.

得了重病或受傷（get injured），必須住院接受治療。「住院」是 get hospitalized 和 be admitted to the hospital，「出院」是 be discharged from the hospital。discharge 是從束縛 / 義務 / 職務等狀況中解放、退伍、出院、解雇等，除了用於「出院」之外，be discharged from the military 的意思是「從軍隊退伍」。相較於「住院」，「去醫院看門診接受治療」是 go see the doctor。此外，社區裡的小診所是 clinic，hospital 是綜合醫院，主要用於「重病」的文意脈絡中。

1 她兩個禮拜前**住院了**。
She **was admitted to the hospital** 2 weeks ago.

2 經過四個禮拜的治療後，我**將**在今天**出院**。
I **will be discharged from the hospital** today after a 4-week-long treatment.

3 十名患者因高燒和呼吸困難而**住院**。
10 patients **were admitted to the hospital** with high fever and breathlessness.

4 她昨天**住院**，現在在加護病房接受治療。
She **was admitted to the hospital** yesterday and is getting treated in the Intensive Care Unit.

5 他三週前因失去意識而**住院**，但沒有人知道他什麼時候會出院。
He **was admitted to the hospital** 3 weeks ago unconscious but no one knows when he will be discharged.

A woman, whose daughter **was admitted to the hospital** in May with Covid-19, said her child was so young that she could not have left her with the health workers in the hospital.
<Hindustan Times>

一名女性的女兒在今年五月因感染新冠肺炎而**住院**，她表示她的孩子還太小，沒辦法把她交給醫院的醫護人員。〈印度斯坦時報〉

他**正在接受**新冠病毒**的治療**。
He is getting treatment for Covid-19.

被診斷出患有某種疾病後，就要接受適當的治療。「接受（疾病的）治療」的句型是「get treated for ＋疾病」或「get treatment for ＋疾病」。treatment 是「治療」，此外也有「待遇」的意思，因此 He was angry with the bad treatment. 的意思是「他對於受到惡劣的對待感到生氣。」epidemic 是「流行疾病、流行性傳染病（地區性疾病）」，指的是 SARS 或 MERS 以及現在遍及全世界的新冠病毒等，而 pandemic 是一種流行病全球性大流行的狀態。

1 他們**正在接受**流感**治療**。
They **are getting treatment for** the flu.

2 她**接受了**三週**治療**卻還沒痊癒。
She **got treatment** for 3 weeks but is still not cured.

3 他**需要為**藥物濫用**接受適當的治療**。
He **needs appropriate treatment for** substance abuse.

4 你的皮膚病**應該**立即**接受治療**，而不是等待。
You **should get treatment for** skin disease right away and not wait.

5 由於已經錯過**接受治療**的適當時機，她耳朵的感染情況變得更嚴重。
Having missed the right timing for **getting treatment**, her ear infection has gotten worse.

If people have health care, they **will get treatment for** chronic conditions. They will have physician assistance in dealing with long-term issues like obesity, tobacco use and sedentary lifestyles.
<Tulsa World>

如果有健康保險，人們**將接受**慢性疾病**的治療**。他們將在醫生幫助下解決諸如肥胖、吸菸及坐式生活型態等長期問題。〈土爾沙世界報〉

health care 醫療服務、醫療保險　**chronic** 慢性的　**physician** 醫師、內科醫師
assistance 幫助、協助　**obesity** 肥胖　**sedentary** 久坐不動的

用出汗戰勝感冒是個好主義。
It's a good idea to **sweat out a cold.**

每個人的體質不同，流汗的量也不同。有些人流的汗比別人多（sweat profusely），有些人即使運動了也幾乎沒流多少汗（hardly break out a sweat）。感冒時，有一種藉由流汗趕走感冒的方法，稱為 sweat out a cold，語氣上感覺是「用汗水排出感冒」。

1 我想**透過流汗戰勝感冒**，結果卻出現脫水症狀。
Trying **to sweat out a cold** left me dehydrated.

2 我想我昨天在三溫暖**用汗逼出了感冒**。
I think I **sweat out a cold** at the sauna yesterday.

3 他們說**流汗治感冒**的想法並沒有根據。
They say that the idea of **sweating out a cold** is a myth.
— myth 神話、無根據的迷思

4 **出汗可以治癒感冒**是相傳已久的觀點。
It's a long-standing idea that you **can sweat out a cold**.

5 幾乎沒有證據可以證明**流汗可以使感冒痊癒**。
There is little evidence to prove that you **can sweat out a cold**.

As for **sweating out a cold** with exercise, hot baths, and lots of blankets, it might not be the best option. Dr. McCoy said it might make you feel better temporarily, but won't speed up your recovery time.
<WFMY News2>

至於透過運動、洗熱水澡、蓋很多被子等**出汗治感冒**的方式可能不是最佳方法。麥科伊博士表示，這也許能讓你暫時感覺好一點，但不會加快感冒復原的時間。〈WFMY News2〉

temporarily 暫時地　**speed up** 加速　**recovery** 恢復

CHAPTER 5

壓力

壓力被視為萬病的根源，標準國語辭典上對壓力的定義是「處在難以適應的環境時，感受到的心理上、身體上的緊張狀態」。長期持續的壓力，將引起各種身體疾病和心理上的副作用。沒有人是無壓力的，但我們應該努力尋求排除壓力的方法。適當的壓力對人類生存是必要的，但過度的壓力會降低免疫力，可能誘發各種疾病，因此大家都應該盡全力管理壓力。現在我們將學習有關壓力的重要搭配詞用法，請大家試著活用看看。

壓力相關主要用語

1. 壓力、負擔
   : pressure, burden, strain
2. 過度焦慮 : overanxiousness
3. 煩躁 : fidgetiness
4. 精神緊張 : mental strain
5. 精神崩潰 : mental breakdown
6. 失調 : maladjustment
7. 極限 : breaking point
8. 失眠 : insomnia
9. 焦慮症 : anxiety disorder
10. 憂鬱症
    : depression, depressive disorder
11. 過度工作 : overwork
12. 過度疲勞 : overexertion
13. 慢性疲勞 : chronic fatigue
14. 過勞 : burnout
    （身體上、精神上的極度疲勞）
15. 倦怠症候群 : burnout syndrome
16. 筋疲力盡 : exhaustion
17. 免疫力 : immunity
18. 發炎 : inflammation
19. 釋放壓力
    : let off stress, blow away stress
20. 皮質醇
    : cortiso（壓力荷爾蒙）

他**患有慢性疲勞**。
He **suffers from chronic fatigue.**

疲勞若不適時消除，日積月累後將造成慢性疲勞。為防止這種情況發生，適當的運動和正向思考相當重要。「慢性的」是 chronic，「疲勞」是 fatigue，「慢性疲勞」是 chronic fatigue，新聞裡常出現醫學名稱 chronic fatigue syndrome（慢性疲勞症候群）。「慢性的」反義詞是「急性的」acute，「急性呼吸疾病」是 acute respiratory disease。在談及病痛時，suffer 和 suffer from 的用法不同，suffer 用於急性疾患，suffer from 用於慢性的長期疾患，例如 suffer a seizure（突然發作）和 suffer from diabetes（患有糖尿病）的用法，不過母語者經常混著使用。

1 多數美國人都**患有慢性疲勞**。
A majority of the US population **suffers from chronic fatigue.**

2 據說有多達 250 萬人**患有慢性疲勞**。
As many as 2.5 million people are said to **suffer from chronic fatigue.**

3 **患有慢性疲勞**的人經常難以入睡。
People **suffering from chronic fatigue** often have trouble falling asleep.

4 **慢性疲勞**迫使他取消旅行，甚至辭掉工作。
Chronic fatigue forced him to call off the trip and even quit his job.

5 **慢性疲勞症候群**經常在夏天惡化。
Chronic fatigue syndrome often worsens in the summer.

With **chronic fatigue syndrome**, rest doesn't take away the fatigue and physical exertion can make the symptoms worse. People can **suffer from chronic fatigue syndrome** for months or years at a time—and about 90% go undiagnosed, according to the CDC.
<Good Housekeeping>

患有**慢性疲勞症候群**的情況是，休息無法消除疲勞，身體過度勞累也會使症狀加劇。根據疾病管制中心統計，人們可能持續好幾個月或好幾年**受慢性疲勞症候群所苦**，且約有 90% 的人沒有被診斷出來。〈好管家〉

exertion 辛苦工作、努力　**diagnose** 診斷
CDC 美國疾病管制與預防中心（**Centers for Disease Control**）

常用語 134

她**壓力很大**。
She is under a lot of stress.

表示「壓力很大」的搭配詞是 be stressed out 或 be under a lot of stress。在英語中，「be under + 名詞」的意思是「正承受（遭受）名詞」的狀態。例如「受到批評」是 be under criticism[fire]，「受到壓迫」是 be under pressure，「施工中」是 be under construction，「遭受攻擊」是 be under attack。be under stress 或 be stressed out 用在主詞是人的時候，若是工作或外部因素造成壓力時，則說那件事情 stressful。

1 她最近**壓力很大**。
She **has been under a lot of stress** recently.

2 如果你**壓力很大**，你可能會得到像蕁麻疹等皮膚問題。
If you **are under a lot of stress**, you can get skin problems like hives.
—hive 蜂巢、蕁麻疹

3 由於病患人數激增，護理師們**壓力很大**。
Nurses **are under a lot of stress** from the surge in the number of patients.

4 公務員們由於過度工作而**飽受龐大壓力**。
Government workers **are under a lot of stress** because they are overworked.

5 一連串的事件**讓我們處於龐大壓力之下**。
A series of events **are putting us under a lot of stress**.

A Beijing student surnamed Fang who will graduate from middle school this year told the *Global Times* that she **is under a lot of stress** due to her upcoming high school entrance examinations but that the boy band's songs and speeches had cheered her up.
<Global Times>

一名今年將於國中畢業的北京方姓學生在接受《環球時報》採訪時表示，即將來臨的高中入學測驗令她**感到龐大壓力**，但這個男子團體的歌曲和演講讓她打起了精神。〈環球時報〉

surname 姓氏　**due to** 由於　**upcoming** 即將來臨的

學生們**正瀕臨過度疲勞**。

Students **are on the brink of overexertion.**

最近的學生似乎因為學習而比過去任何時候更加過度勞累，備受壓力的煎熬。但學習無論如何都不應該對健康造成龐大的負擔（put a huge burden on one's health）才對。「瀕臨某種狀態」的英文是 be on the brink[verge] of ～。brink 的意思是「邊緣」，各位想像一下處於邊緣絕境的危險狀態，就能馬上理解瀕臨某種狀態的意思。

1 只有你自己知道**你是否已瀕臨過度勞累**。
Only you yourself know **whether you are on the brink of overexertion.**

2 **當瀕臨過度疲勞時**，你的身體通常會發出信號。
Your body usually gives out signals **when it is on the brink of overexertion.**

3 保持自己的步伐，你**就不會瀕臨過度勞累**。
By keeping your pace, you **will not be on the brink of overexertion.**

4 連續幾天整夜讀書，他**已經瀕臨過勞**。
Pulling all-nighters for several days, he **was on the brink of overexertion.**

— all-nighter 通宵學習　pull an all-nighter 挑燈夜戰

5 當天氣很熱且你**已瀕臨過勞**時，很可能會導致中暑。
When temperatures are high and you **are on the brink of overexertion,** this can be a recipe for heat stroke.

— recipe 配方、（促成特定結果的）秘訣、方案

According to previous research, 19,070 injuries occurred on construction sites in 2014 with workers **being on the brink of overexertion.** Construction robots can prevent these injuries by taking over repetitive or mundane tasks that could result in overexertion.
<Robotics Tomorrow>

根據過往研究，2014 年有 19,070 起受傷事件發生在建築工地，這是因為工人們**已瀕臨過度疲勞**。施工機器人能夠接手那些可能導致過勞的反覆性或單調性工作，以防止這些受傷事件發生。〈Robotics Tomorrow〉

site 現場、位置、場所　**take over** 接管　**repetitive** 重複的
mundane 單調的、平凡的　**result in** 導致

常用語 136

狂飲**對**你的健康**有害**。

Binge drinking **is detrimental to** your health.

過去香煙盒上寫著警告有害的標語「Smoking is detrimental to your health（吸菸有害健康）」，其中 detrimental 是 harmful 的正式說法。後來警告的強度升高，改成「Smoking kills.」，還會刊登看起來很可怕的照片。有些人為了消除壓力而狂飲，binge drinking 就是「狂飲」的意思。binge 的意思包含無節制地吃喝，和動詞一起使用，binge shop 是「無節制地購物」，binge watch the US TV series 是「狂追美劇」。

1 男女不平等**對**社會**有害**。
Gender inequality **is detrimental to** society.

2 賭博**有害**你的心理健康。
Gambling **is detrimental to** your mental health.

3 劇烈健身**可能對**你的關節**有害**。
Strenuous workouts **can be detrimental to** your joints.

4 不信任政府**有害於**地方社群。
Distrust in the government **is detrimental to** local communities.

5 每天喝超過五杯咖啡**可能有害**你的健康。
Drinking more than five cups of coffee a day **can be detrimental to** your health.

Michael Thor says for the paralyzed community, not going to the gym **is detrimental to** their health and recovery. "Sitting in your chair for months at a time without being able to work out can be deteriorating," said Thor.
<cbs17.com>

麥克・索爾表示，對身體癱瘓的群體來說，不去健身房**有害**他們的健康和康復。他說：「連續數月坐在椅子上沒有辦法運動，可能使狀況更惡化。」〈cbs17.com〉

paralyzed 癱瘓的　**deteriorate** 惡化、變壞

你需要**排解壓力**。

You need to **blow away stress.**

我們必須盡可能地排解、釋放、解除掉壓力，不該把壓力囤積在身上。如同字面上的意思，blow away 是「把……吹走、驅散」，吹散（blow）之後使其遠遠地離開（away）。不過 blow away 的用法不止於此。I was blown away 的意思是「我被吹走了」嗎？這句話的意思是「我深受感動」，也就是俗話說的「樂昏頭了」。不過這麼一來，壓力的確會徹底消失，因此句意上不算完全背離字面的意思。例如 The beautiful scenery blew me away.(美麗的景色令我十分感動。)

1 愉快的音樂會**消除了學生們的壓力**。
The upbeat concert **blew away the students' stress.**

2 炸雞配啤酒是**排解壓力**的最佳零食。
Chicken with beer is the perfect snack **to blow away stress.**

3 香薰有助於**消除壓力**，緩解頭痛。
Diffusers are helpful in **blowing away stress** and relieving headaches.

4 做美甲是**消除壓力**的良方之一。
Getting your nails done is one of the best ways **to blow away stress.**

5 不做激烈運動而進行放鬆冥想，將有助於**消除壓力**。
Relaxing meditation instead of strenuous workouts is helpful in **blowing away stress.**

Also, in modern society, you **can blow away stress** from work or relationships and heal well in temple. I hope you have a good time to look back at yourself in quiet and serene mountain scenery.
<Lotus Lantern International Meditation Center>

此外在現代社會中，你可以在寺廟內**排解**工作或人際關係的**壓力**，並得到良好治療。我希望你能在寧靜祥和的山景之中回顧自我，享受美好時光。〈蓮花燈國際冥想中心〉

serene 平靜的、安祥的、寧靜的　**lotus** 蓮花　**lantern** 燈　**meditation** 冥想

CHAPTER 6

肥胖

過去肥胖好像是美國等其他國家的專利，然而如今南韓也接受西方的飲食文化，導致肥胖人口持續增加。根據統計，南韓每年約增加 40 萬名肥胖患者。目前已證實肥胖使罹患高血壓等心血管疾病、糖尿病等代謝症候群、消化道疾病、女性生殖系統異常、肌肉骨骼系統異常、呼吸道疾病、各種癌症等各項疾病的風險增加，也使疾病惡化，因此肥胖本身已被視為一種疾病。如果我們為健康著想，就必須努力解決肥胖問題，或者一定要預防肥胖的發生。在這一章，我們將學習有關肥胖的搭配詞用法。

肥胖相關主要用語

1. 超重、過重 : overweight
2. 肥胖的 : obese
   肥胖 : obesity
3. 體脂肪 : body fat
4. 啤酒肚、游泳圈 : beer belly（男性），muffin top（女性裙子或褲子上方突出的腰部贅肉）
5. 腰間贅肉 : love handles
6. 身體質量指數 : body mass index
7. 腰圍 : waistline
8. 腹部肥胖 : abdominal obesity
9. 坐式生活型態
   : sedentary lifestyle
10. 代謝症候群 : metabolic syndrome
11. 成人病
    : adult disease, lifestyle disease
12. 高血壓
    : high blood pressure, hypertension
13. 糖尿病 : diabetes
14. 心血管疾病
    : cardiovascular disorders
15. 高脂血症 : hyperlipidemia
16. 嗜食症 : binge eating disorder（進食障礙）
17. 厭食症 : anorexia
    暴食症 : bulimia
18. 體重控制 : weight-control
19. 減重 : weight loss
20. 節食、減肥
    : go[be] on a diet

現在迫切需要**努力對抗肥胖**。
Anti-obesity efforts are urgently needed.

「肥胖」是 obesity，「肥胖的、過胖的」是 obese。肥胖是指體內堆積過量體脂肪的狀態，「過重（overweight）」單純是指體重超出正常體重的 10～19%（可能不是脂肪造成，而是肌肉造成）。「對抗肥胖」的英文是 anti-obesity，「努力對抗肥胖」是 anti-obesity efforts。「迫切」是使用表示「緊急的、急迫的」的副詞 urgently，形成 be urgently needed（迫切需要）的搭配用法。

1 世界各國讚賞韓國為**對抗肥胖所做的努力**。
Countries around the world are praising Korea for its **anti-obesity efforts.**

2 政府的**抗肥胖計畫**並不如預期般成功。
The government's **anti-obesity program** was not as successful as expected.

3 體重減輕 30 公斤反映出**抗肥胖藥**的成功。
The weight loss of 30 kilograms reflected the success of the **anti-obesity pill.**

4 「**抗肥胖嬰兒配方奶**」的想法在科學家間引發質疑。
The idea of an "**anti-obesity baby formula**" has raised eyebrows among scientists.
— raise eyebrows 使人吃驚

5 政府每年編列 1500 萬英鎊預算在**抗肥胖計畫**。
The government allocates 15 million pounds a year in the budget for its **anti-obesity program.**

Despite vast amounts of money spent on research, and many reports published, **anti-obesity efforts** so far have not made a difference. Obesity rates are still increasing and it is clear that a new approach is needed.
<The Conversation>

儘管在研究上花了大量的資金，發表了許多報告，但是**對抗肥胖的努力**至今仍沒有帶來變化。肥胖率依舊持續增加，很顯然地我們需要一種新方法。〈對話〉

vast 許多的、龐大的　**publish** 發佈、發行、出版

常用語 139

許多男女展開**與贅肉的戰役**。
Many men and women wage a battle of the bulge.

我們常說的「贅肉之戰」，英文的說法是 a battle of the bulge，bulge 是指身體凸出、鼓起的肉，語意上指的是和突出的贅肉「展開（wage）戰爭」。另外，字母大寫時，Battle of the Bulge 是指第二次世界大戰時的一場戰役，平常使用時一定要用小寫字母。腹部贅肉的相反是王字腹肌，英文是用六罐罐裝啤酒的包裝單位 six pack abs 表示六塊腹肌，韓文也是用「six pack」表示，這已經成為象徵身體擁有強力核心的代名詞了。

1 60 多歲的女性們正在對抗皺紋，也在**和贅肉作戰**。
Women in their 60s are fighting wrinkles and also waging **the battle of the bulge.**

2 「**贅肉之戰**」計畫包括間歇性斷食。
"The battle of the bulge" plan involves intermittent fasting.

— intermittent fasting 間歇性斷食

3 這種狗飼料將幫助你的寵物狗在**贅肉之戰**中獲勝。
This dog food will help your pet dog win **the battle of the bulge.**

4 全國學校為了遏止兒童肥胖，宣布進行「**與贅肉的對戰**」。
The nation's schools announced **a "battle of the bulge"** to curb child obesity.

5 **與贅肉作戰**似乎令人卻步，但她已經堅持節食三年多了。
The battle of the bulge may seem daunting, but she has stuck to a diet for more than 3 years.

— daunting 費力的、令人生畏的、令人氣餒的

Southern states struggle the most in **the battle of the bulge**. Obesity is more prevalent in some states than in others.
<Market Watch>

南部各州在**與贅肉作戰**上最為艱辛。肥胖在有些州比其他州來得更為普遍。〈市場觀察〉

struggle 奮鬥、掙扎　**prevalent** 普遍的、流行的

不吃正餐可能導致**暴飲暴食**。
Skipping meals may result in **binge eating.**

「暴食」和「暴飲」分別為 binge eating 和 binge drinking。binge 是「無節制的舉動」、「盡情狂歡」的意思，與動詞結合後可用於各種表達。瘋狂追劇等行為稱作 binge watching。節食減肥的人常誤以為不吃一餐（skip meals）可以瘦身，但據說如果跳過一餐不吃，下一餐進食時，身體將盡可能地吸收吃進的養份，以防長時間接收不到營養。因此，不吃飯反而是減肥的敵人，定時定量地進食才是減肥之道。

1 不規律的斷食可能導致**暴飲暴食**。
Irregular fasting can lead to **binge eating.**

2 最近的一項研究認為神經質和**暴飲暴食**有關。
A recent study linked neuroticism to **binge eating.**

3 有些人認為**暴飲暴食**是需要精神治療的失調症。
Some people believe **binge eating** is a disorder requiring psychiatric treatment.

4 有些進行自我隔離的居民已經與**暴飲暴食**奮戰好幾個星期。
Some residents under self-quarantine struggled with **binge eating** for several weeks.

5 **嗜食症**包含了失控地**暴飲暴食**和罪惡感。
Binge eating disorders comprise **binge eating** with a loss of control and a sense of guilt.

I nonetheless find myself growing frustrated by his lack of self-control and even find myself distancing myself from him emotionally when he has been overeating or **binge-eating**, which ultimately leaves me feeling despondent.
<The Guardian>

儘管如此，我發現自己因為他缺乏自制力而感到越來越沮喪。當他過度飲食或**暴飲暴食**時，我甚至發現我在情感上疏遠了他，這最終令我感到心灰意冷。〈衛報〉

nonetheless 儘管如此、不過　**distance oneself from** 疏遠⋯⋯
ultimately 最後、最終　**despondent** 沮喪的、消沈的

均衡的飲食**可擊退**肥胖。
A balanced diet **wards off** obesity.

有句話說「You are what you eat.」，意思是「你吃進的東西決定了你是誰」，這句話無論在古今中外都說得通，字裡行間似乎隱含著相當部分的真理。想要變得健康，就應該擁有健康的飲食生活。想要增進健康、提升精力，均衡飲食（a balanced diet）就不再是選擇而是必須（not a choice but a necessity）。ward off 是「擊退」的意思，是可以運用在多種情況下的重要動詞片語，一定要記住它並多加活用。

1 多攝取全穀類有助於**擊退**糖尿病。
Eating more whole grains helps **ward off** diabetes.

2 堅持均衡飲食**可以擊退**各種疾病。
Sticking to a balanced diet **may ward off** various diseases.

3 超級食物和均衡飲食能有助於**擊退**肥胖嗎？
Can superfoods and a well-balanced diet help **ward off** obesity?

4 健康且規律的飲食習慣顯然有助於**擊退**成人疾病。
A healthy and regular eating habit clearly helps **to ward off** adult diseases.

5 除了均衡飲食以外，服用維他命有助於**擊退**成人疾病。
In addition to a well-balanced diet, taking vitamins can help **ward off** adult ailments.

If eaten often (and in combination), superfoods can also play a critical role in stabilizing blood glucose, help **to ward off** other conditions like certain cancers and heart disease, and simply promote overall healthy eating habits. <WebMD>

如果經常（並且同時）攝取，超級食物在穩定血糖方面也能發揮關鍵作用，幫助**擊退**特定癌症和心臟疾病等其他疾患，簡單來說能促進整體的健康飲食習慣。〈WebMD〉

combination 組合、結合　**stabilize** 穩定　**blood glucose** 血糖
promote 增進

CHAPTER 7

成癮

現今成癮的種類似乎有很多，最具代表性的是智慧型手機成癮，甚至有人 5 分鐘不看手機就感到不安。如果把手機從他們身邊奪走，也可能令他們感到焦慮、無助，狀況嚴重的還會產生憂鬱症。尼古丁成癮則是相當根深蒂固，聽說在超過 10 小時的長途飛行中，當無法滿足尼古丁需求時，還會出現手腳顫抖的戒斷症狀。成癮之所以可怕，在於這些行為讓你無法完成生活中最基本該做的事。現在起，不妨讓自己養成像閱讀、運動、學習英文等就算上癮也無傷大雅的習慣吧！讓我們一起學習一些關於成癮的搭配詞用法。

成癮相關主要用語

1. 成癮 : addiction
   成癮者 : addict
2. 依賴 : dependence
3. 著迷、強烈意念 : obsession
4. 渴望 : craving
5. 習慣化、習慣性 : habituation
6. 節制、戒癮 : abstinence
7. 網路成癮 : Internet addiction
   網路成癮者 : Internet addict
8. 遊戲成癮 : game addiction
   遊戲成癮者 : game addict
9. 工作成癮 : workaholism
   工作狂 : workaholic
10. 賭博成癮 : gambling addiction
    賭博成癮者 : gambling addict
11. 酒精成癮 : alcoholism
    酗酒者 : alcoholic
12. 吸毒成癮 : drug addiction
    毒癮者 : drug addict
13. 藥物濫用
    : misuse and overuse of drugs
14. 中樞神經系統
    : central nervous system
15. 幻覺、幻影、幻聽 : hallucination
16. 戒斷症狀 : withdrawal symptoms
17. 諮商 : counseling
18. 精神療法、心理治療
    : psychotherapy
19. 藥物治療 : medication treatment
20. 認知行為治療
    : cognitive behavioral therapy

常用語 142

網路成癮在青少年中**根深蒂固**。

Internet addiction **is deep-rooted** among teens.

「成癮」的英文是 addiction，「網路成癮」是 Internet addiction，毒品成癮是 drug addiction。不過，酒精成癮（正式名稱是「酒精中毒」）則稱為 alcoholism。「根深蒂固」的英文是 deep-rooted，是 -ed 型態的形容詞，「公部門的貪腐歪風已根深蒂固」可以用 Corruption is deep-rooted in the public service sector. 表示。說到「根」，會想到動詞 root out，意思是「根除」，我們應該根除讓生活疲憊的不良成癮行為。

1 毒品成癮在那個地區**已根深蒂固**。
Drug addiction **is deep-rooted** in that region.

2 成癮是意志力的問題還是一種**根深蒂固的**疾病？
Is addiction a problem of will or a **deep-rooted** disease?

3 **根深蒂固的**網路成癮不只對兒童有害，對成人也有害。
Deep-rooted Internet addiction is harmful not only to kids but also to adults.

4 當他們意識到這已成為問題時，成癮狀況**早已根深蒂固**。
By the time they realize it's become a problem, the addiction **is deep-rooted**.

5 酒精中毒和網路成癮在 20 至 30 幾歲的年齡層**已根深蒂固**。
Alcoholism and Internet addiction **are deep-rooted** among those in their 20s to 30s.

Though a **deep-rooted** addiction can be harder to curb, it is within human capacity to stop downing those sugar-laden treats.
<Telengana Today>

雖然**根深蒂固的**成癮狀況更難控制，但停止攝取那些含糖零食是在人類能力範圍之內的事。
〈泰倫迦納今日報〉

curb 抑制、限制　**down** 吃、喝、吞嚥　**-laden** 充滿……的　**treat** 零食

他**迷上了線上遊戲**。
He got hooked on online games.

據說線上遊戲成癮正在青少年之間成為問題。在中國，為治療線上遊戲重度成癮的青少年，他們被送到類似海軍陸戰隊訓練營的機構，在那裡學習戶外運動和團體紀律，消除戒斷症狀。像這樣對什麼「上癮的人」是 addict，「成癮（症）」是 addiction，「對……成癮」是 be addicted to ～、be/get hooked on ～。be/get hooked on ～的意思是「被……迷住了、沈迷於……」，語氣比 be addicted 弱一些。

1 越來越多青少年**沈迷於線上遊戲**。
An increasing number of teens **are getting hooked on online games**.

2 她**太過沉迷於線上遊戲**，一連玩了 8 個小時。
She **was so hooked on online games** that she played for up to 8 hours straight.

3 雖然他之前強烈否認，但他現在承認自己**迷上了線上遊戲**。
Although he strongly denied it before, he now admits he **is hooked on online games**.

4 舉辦了一場主題為「我該如何面對**沉迷於線上遊戲**的孩子？」的研討會。
A seminar entitled "How should I deal with my child **hooked on online games**?" was held.

5 警方表示，這名被查出**沉迷於線上遊戲**的韓姓男子，承認自己是為了籌錢玩遊戲而犯下罪行。
The police said that the man identified as Han who **is hooked on online games** committed the crime to come up with the money to play video games.

She traded the big city life for her first reporting job in Kalispell, where she shot, wrote and edited her own stories. That is where she fell in love with the outdoors and **got hooked on skiing and snowboarding**.
<CBS>

她放棄大城市的生活，在卡里斯貝爾找到第一份記者工作，在那裡拍攝、撰寫、編輯她自己的故事。在那裡，她愛上了戶外活動，**迷上了滑雪和單板滑雪**。〈哥倫比亞廣播公司〉

reporting job 新聞記者等報導工作　**edit** 編輯

要**一下子戒**煙很困難。
It is tough to **quit** smoking **cold turkey.**

「一下子戒掉……」是 quit ～ cold turkey。火雞的皮濕濕地，有雞皮疙瘩在上面。戒煙或戒毒時，因為戒斷症狀而出現冒冷汗或臉色蒼白等現象，被比喻成冰冷的火雞皮，進而衍生出這個用法。實際上對於突然戒掉某種行為的人，英文形容這樣的人就像冷火雞一樣，以 He looks like a cold turkey. 表示。

1 女神卡卡說：「雖然戒煙很難，但我還是**一下子就戒掉了**。」
Lady Gaga said, "Although it was so hard, I **quit** smoking **cold turkey**."

2 許多吸菸者不想**一下子就戒煙**，而是想慢慢地戒掉。
Many smokers don't want to **quit cold turkey** but rather do it gradually.

3 這位執行長十年前**突然一下子戒**酒，且從此之後滴酒未沾。
The CEO **quit** drinking **cold turkey** 10 years ago and has never had a drink.

4 這些小學生們下定決心，**一下子就戒掉**碳酸飲料。
The elementary school students made up their minds and **quit** soda **cold turkey**.

5 「**一下子戒掉**」意味在沒有事前準備或逐步減少下，突然完全停止做某件事。
To "**quit cold turkey**" means an abrupt quitting of something without preparation or easing out.

Many people opt to **quit cold turkey** because it seems like the easiest method. Simply not smoking is easy, right? Wrong! Smoking isn't just a bad habit, it's an addiction.
<Econotimes>

很多人選擇**一下子戒煙**，因為這似乎是最簡單的方法。只是不抽煙很簡單，對吧？錯！抽煙不但是一種壞習慣，而且還會上隱。〈經濟時報〉

opt to 選擇做……

他長期**受戒斷症狀所苦**。
He **suffered withdrawal symptoms** for a long time.

戒斷症狀（withdrawal symptoms）是在戒掉一種習慣或成癮行為時，身體和精神上出現的不適反應，也可能會經歷直冒冷汗（break out in a cold sweat）、脾氣暴躁（get cranky）或憤怒管理障礙（anger management issues）。在表達「受戒斷症狀之苦」時，「受苦」可用動詞 suffer 表示。此外，要記得 withdrawal 在不同的前後文中，可當做「提款、（軍隊）撤退」的意思。

1 成癮者一定會**經歷戒斷症狀**，這可能引起憤怒問題。
Addicts are bound to **suffer withdrawal problems** that can lead to anger problems.

2 停止服用抗憂鬱藥物的患者中，超過一半的人**受戒斷症狀所苦**。
More than half of patients coming off antidepressants **suffer withdrawal symptoms**.

— come off 停用藥物或戒酒等
— antidepressant 抗抑鬱劑、抗憂鬱劑

3 網路用戶**可能受**類似藥物成癮的**戒斷症狀所苦**。
Internet users **can suffer withdrawal symptoms** similar to an addiction to drugs.

4 工作狂在網路中斷時**會經歷戒斷症狀**。
Workaholics **suffer withdrawal symptoms** when cut off from the Internet.

5 沉浸在閱讀中，我開始克服**戒斷症狀**。
Immersed in reading, I started to overcome **withdrawal symptoms**.

Newborn infants **can suffer withdrawal symptoms** after being exposed to opioids during pregnancy. But the risk can be minimized. <The New York Times>

新生兒在母親懷孕期間接觸類鴉片藥物後**會出現戒斷症狀**。但此種風險可被降至最低。〈紐約時報〉

newborn (infant) 新生兒　**be exposed to** 暴露在⋯⋯　**pregnancy** 懷孕
minimize 最小化

發音好，待遇有差？

從事新聞和廣播工作過程，最常做的事是寫新聞報導、配音和影音編輯，製作出完整的新聞報導（包含畫面、錄音、字幕、採訪等完整版）。

例如，我撰寫「韓國銀行活期貸款利率降低」、「總統於聯合國演說」、「連續暴雨災害」、「傳染病確診」、「防彈少年團的成功神話」、「租金暴漲」等各領域的新聞內容後，要進行幕後錄音。雖然是理所當然的事，但錄製文化新聞的語調必須和活期貸款利率新聞的感覺不同，才能活躍新聞的氛圍，傳達出「有味道」的新聞。

從出生後就開始使用英語的母語者也必須不斷進行適合新聞的傳達練習，才能提高「傳達力」，這是我在新聞現場已多次確認的事實。就如同使用自己國家語言的母語者，也不是所有人都具備播報員水準的明確發音和傳達力。

在南韓，志願當播報員的人，在電視台的合作學校或私立學校做了許多準備後參加招考，雖然攝影試鏡（外貌）也很重要，但合格的重要關鍵在於必須具有令人信賴的明確傳達力（聲音和良好的發音，外加內容扎實的報導）。傳達力必須不斷提升，才能成為龐大的資產。許多記者會吃對嗓子好的食物，為了管理聲帶而不吸菸，也管理體力，不斷努力讓自己擁有最佳的傳達力，培養自己的獨特風格。

對我們而言，英語不是母語，要提高英語的傳達力是非常困難的事，光是從判斷美式發音好還是英式發音好，就已經開始遇到難題。我對於發音的看法是，對南韓人來說，不過於偏重任何一邊（不是德州或都柏林口音）的中間發音最為輕鬆。有些人稱這種發音是標準發音，這種「中立」的發音對美國人更有吸引力，能留下更好的印象，給人有品味且受過高等教育的感覺。

但重要的是必須消除非母語者的發音和語調，增加口語流暢性，為此我們必須矯正發音，平常多做大聲開口說的練習。如果想做得更好一點，可以模仿一位特定的主持人或播報員，在早、中、晚及睡前對著鏡子練習開口朗讀，將很有幫助。

小時候如果在英語圈國家長大，經常接觸英語環境，會話能力和發音自然可以提升到一定的程度。如果在年紀稍微大一點才開始正式學習英文，那時口腔構造已經定型為符合母語的語言，學習起來會非常吃力。

值得注意的是，每個人其實都有自己不擅長發的音，偶爾也會發現連僑胞或母語者都有發不好的音，例如 L 和 R 發音的區別、長母音和短母音的區別、不熟練連音規則等。像是 lips 發音時口齒不清，pass 發成 /path/，sleep 發成 /theep/ 等錯誤發音，或 train 發成 /twain/ 等，每個人都有需要被矯正的發音。

要解決這樣的問題，首先必須正確認識發音，透過母語者釐清自己的問題出在哪裡。母語者聽了我們閱讀 1 分鐘廣播新聞腳本，或訪談對話等內容之後，可以馬上找出奇怪的地方，告訴我們改善方案。

我培訓新進記者時，使用的方法就是讓他們直接寫下文章並大聲讀出來，接著再逐字逐句地，針對每個字句、段落、整篇報導給予評論分析。在整個過程中，經常發現共同的問題。

先不談報導寫得如何，就發音而言，常見的問題有 1) 語調不明確（發音平淡無味）2) 發音不正確 3) 重音或語調運用不足（過於單調）4) 中氣不足等。

電視廣播配音和一般對話的語調及發音雖然不同，但口語式的語言表達仍必須盡可能地明確，也應該多加進行流利發音的訓練，才能使發音到位。

發音練習就像從「樹木」發展到「森林」，首先在每個單字的正確位置加重發音，在生活中就一邊注意發音記號一邊練習發音。先從單字開始練習正確、清晰的發音，之後以片語、搭配詞或句子為單位進行說話練習，接著再練習從頭到尾不中斷地說故事，有「音律感」地朗讀故事書。英語是重音節拍語言（stress-timed language），必須發揮這項特點，使整體傳達力與內容相互融合。

要培養好的發音，多聽、多跟著說（role playing），培養流暢處理搭配詞的聲音是非常重要的。請看下面這個句子。

The star swimmer/ broke/ the Asian/ swimming record/ that he set/ in 2017./
這位明星游泳選手打破了自己在 2017 年締造的亞洲游泳記錄。

在這個句子裡，決定發音順暢與否的地方是「that he set」，字母 h 通常不發音，最後一個單字 set 的 t 是用舌尖頂著上齒齦，在和後面的 in 連音後，整個組合左右了聽與說的流暢度。

除了連音之外，斷句朗讀、強弱調整、速度快慢、抑揚頓挫、語調、節奏感等，皆是決定英語發音的核心要素。

PART 5

文化、演藝

CHAPTER 1

電影

電影、戲劇、演出是深受大眾歡迎的文化休閒活動，其中最能以低廉的價格讓自己暫時「跳脫現實」的文化活動就是電影。用英語可以說「Movie is my favorite escape.」，意味著電影可以讓人解脫，暫時忘記艱苦的現實。全世界每年都製作許多電影，影評人為觀眾寫影評，在廣播、新聞、網路上或文化專欄裡介紹電影。在這一章我們將學習在介紹電影的新聞中經常出現的核心用法。

電影相關主要用語

1. 電影產業
   : movie industry, film industry
2. 電影迷、電影觀眾 : moviegoer
   電影狂 : cinephile
3. 劇情片 : feature film
4. 短片 : short film
5. 獨立電影 : independent film
6. 導演 : director
7. 電影製片人 : filmmaker
8. 攝影指導 : director of photography
9. 大咖演員 : A-list actor
10. 製作費 : production cost
11. 電影發行 : film distribution
12. 電影預告片 : movie trailer
13. 字幕 : subtitle
14. 首映 : opening, release, premiere
15. 票房記錄 : box office record
16. 賣座電影 : box office hit[success]
17. 大片、賣座鉅片 : blockbuster
18. 電影節 : film festival
19. 電影評論家 : movie critic
20. 續集 : sequel

這部電影**由珍妮佛・勞倫斯主演**。
This movie **stars actress Jennifer Lawrence.**

用英文表示「這部電影的主角是……」可以簡單地說「This movie stars actor 演員名字」，這裡的 star 是動詞，意思是「由……主演、擔任主角」。主角是 leading actor、leading actress，配角是 supporting actor、supporting actress。電影節中「獲得最佳男（女）配角提名」是「be nominated for best supporting actor[actress]」。在演員中，電影裡的主角（登場人物當中的主要角色）稱為 leading role、lead character，配角是 supporting role。

1 電影《鋼鐵人》**由小勞勃・道尼主演**。
The movie *Iron Man* **stars actor Robert Downey Jr.**

2 這部電影**由幾位演技派演員主演**。
This movie **stars several talented actors.**

3 電影《鐵達尼號》**由著名的李奧納多・狄卡皮歐主演**。
The movie *Titanic* **stars the famous Leonardo DiCaprio.**

4 一名前籃球選手在這部電影裡**飾演一個黑道**。
A former basketball player **stars as a gangster** in this movie.

5 兩屆奧斯卡最佳男主角得主**湯姆漢克斯將主演這部電影**。
Two-time Academy Award Winner for Best Actor **Tom Hanks will star in this movie.**

Coming this week to DVD/Blue Ray and digital formats is an electrifying crime thriller that **stars Adam Sandler**—not in his usual, comfortable comedic role—but in a film that allows him the rare opportunity to display his talents in a dramatic role. In *Uncut Gems*, Sandler stars as Howard Ratner, a charismatic Jewish jeweler and gambling addict in New York City's Diamond District, whose addiction has left his family and career in shambles and him hundreds of thousands of dollars in debt.
<Herald-Standard>

本週即將以 DVD/ 藍光版和數位格式上市的是一部緊張刺激的犯罪驚悚片，**由亞當・山德勒主演**。一改他慣於演出的舒適喜劇角色，這部電影讓他有難得機會在富戲劇性的角色中展現演技。在電影〈原鑽〉中，山德勒飾演霍華拉特納，一位在紐約鑽石區的迷人猶太珠寶商，同時也是賭博成癮者。嗜賭成性讓他的家庭和事業一團糟，也讓他欠下數十萬美元的債務。〈先驅標準〉

electrifying 令人興奮的　**in shambles** 殘破的、一團糟的

這部電影**根基於**真實故事。
This movie **is based on** a true story.

基於真實故事改編的電影一般會帶給人更大的感動。形容詞 based 是「以……為基礎的」，be based on 的意思是「基於……」，因此「基於真實故事」是 be based on a true story，「基於一本書的內容」是 be based on a book，類似的說法 be adapted from a book（改編自一本書）也是常見的用法。此外，base 作名詞時是「根基、基礎」，作動詞時是「設據點在……」，也可以用來表現所在地。例如，「OECD 本部位於巴黎」可以表示為 The OECD headquarters are based in Paris.。

1 這部電影**根基於** 1930 年代的真實故事。
This movie **is based on** a true story in the 1930s.

2 電影《哈利波特》系列**奠基於**一本小說。
The movie series *Harry Potter* **is based on** a novel.
The Harry Potter movie franchise **is based on** a novel.

3 這部電影**根基於**同名書籍。
This movie **is based on** the book by the same name.

4 這部電影**根基於**一位心理學教授的綁架案。
The movie **is based on** the kidnapping of a psychology professor.

5 電影《老人與海》**奠基於**海明威的書。
The movie *The Old Man and the Sea* **is based on** the book written by Hemingway.

For as long as there have been stories about psychics, there have been stories about the government trying to use psychic abilities. Or, well, that's what the conspiracy theories tell us anyway. *The Men Who Stare at Goats* **is based on** the 2004 book of the same name by Jon Ronson, investigating military experiments into psychic abilities.
<Film Daily>

自從有了關於超能力者的故事，就有了政府試圖使用超能力的故事。至少以陰謀理論來看是這樣。〈超異能部隊〉**根基於** 2004 年強・朗森所寫的同名小說，故事講述藉由超能力來調查軍事實驗。〈電影日報〉

psychic 通靈者、有特異功能的人　**conspiracy** 陰謀

《教父》**以** 1940 年代的美國**為背景**。
***The Godfather* is set in the 1940s in the US.**

這裡的 set 當動詞，意思是「設定戲劇、小說、電影的背景」，這個用法通常以被動形式出現，形成「be set in ～時間 / 場所（以……為背景 /……是背景）」的句型。上面句子是 is set in the 1940s in the US，in 出現了兩次。set 當名詞時，指的是戲劇、電影、連續劇的舞台裝置、演出場地或拍攝場地。動詞 set 可用於許多動詞片語，set ～ up 是「設置、建立……」，set out 是「出發旅行、著手工作」，set off 是「出發」，這些動詞片語（two-word verb、phrasal verb）是母語者常用的語意搭配詞，下次不妨聽聽看、說說看。

1 這部電影**以**奈及利亞**為背景**。
This movie **is set in** Nigeria.

2 電影《魔幻至尊》的**背景是** 19 世紀。
The movie *Illusionist* **is set in** the 19th century.

3 故事**背景發生在** 1980 年代初的芝加哥。
The story **is set in** Chicago **in** the early 1980s.

4 這部電影的**背景設定在**第二次世界大戰爆發前。
This movie **is set in** the period right before the outbreak of World War II.

5 《政治偏執狂》這部電影**以**美國和前蘇聯對峙的冷戰時代**為背景**。
This movie *Political Paranoia* **is set in** the Cold War era when the US and the former Soviet Union were locked in confrontation.

Set in Manchuria, northeastern China bordering North Korea, **in** the 1930s, the story follows three Korean outlaws hunting for hidden treasure and their dealings with the Japanese army and Chinese and Russian bandits. *The Good, The Bad, The Weird*, screened at the Cannes non-competition section this year, is one of the few Korean films to clinch both critical acclaim and commercial success amid the downward trend of the local movie industry.
<Yonhap News Agency>

背景發生在 1930 年代中國東北地區與北韓接壤的滿州，講述三名韓國逃犯尋找失落寶藏，以及他們面對日本軍隊及中俄盜賊的故事。今年在坎城影展以非競賽片上映的《神偷、獵人、斷指客》，是韓國本土電影產業走下坡的情勢中，少數同時獲得好評和商業成功的電影之一。〈聯合通訊社〉

outlaw 不法之徒　**bandit** 盜賊、暴徒　**clinch** 獲得、達成　**acclaim** 讚譽

這部電影**票房大賣**。
The movie **was a box office hit.**

「電影票房大獲成功」是經常出現在新聞頭條的標題，簡單來說就是票房大賣。「賣座電影」可以結合銷售入場券的售票處 box office 和 success，形成 The movie was a box office hit[success]. 的說法，此外也可以說 The film was a huge success.。反觀「票房失利」主要用 a huge failure 或 a flop 表示。另外，有幾個與 box office 相關的電影用語，其中 fizzle at the box office 的意思是「電影票房失敗、票房虎頭蛇尾」。

1 這位導演的新電影**票房大賣**。
The director's new movie **was a box office hit.**

2 現在預測**票房賣座片**還言之過早。
It is too early to predict **a box office hit.**

3 一如預期，這部電影的**票房大賣**。
As expected, the movie **was a box office hit.**

4 很多影評家都預估這部電影**會賣座**。
Many critics expect this movie **will be a box office hit.**

5 《我的高德弗裏》上映後讚譽有佳且**票房大賣**。
My Man Godfrey was released to great acclaim and **was a box office hit.**

There's a reason the film industry doesn't measure the success of modern movies against those of the past—movie ticket inflation isn't an exact science. There are so many factors behind what makes a movie **a box office success** and those factors have changed since the earliest days of cinema. For one, consumers have many more choices of what to spend their money on when it comes to entertainment.
<CNBC>

電影產業不把現代電影與昔日電影兩者間的成功進行比較是有原因的，因為電影票上漲並非單純的精密科學。促成電影**票房大賣**的背後有許多因素，而這些因素自從電影誕生之初就持續改變。首先，對於要把錢花在哪項娛樂上，消費者有了更多選擇。〈國家廣播公司商業頻道〉

measure A against B 將**A**與**B**做比較　**exact science** 精密科學（數學、物理學等）
when it comes to 一說到⋯⋯

票**已售罄**。
Tickets were sold out.

sell 是及物動詞，意思是「出售」，被動式為 be sold，意思是「被售出」。這裡加上 out 之後的 be sold out，意指「全部被售出」，也就是「售罄」的意思。out 含有「完全地、全部地」的意思，因此可解釋為「全部售罄」。還有 a sell-out crowd 的用法，形容表演等活動的入場票全部售出，意指「高朋滿座、座無虛席」。此外，形容「瞬間秒殺」可以說 be sold out in a matter of minutes。

1 每天的票**都售罄**。
Tickets **are being sold out** every day.

2 今日放映的門票**全部售罄**。
All the tickets for today's screening **were sold out**.

3 共 13 場的演出在巡演前**已全數售罄**。
All 13 performances **were sold out** even before the run began.

4 正因為主角是防彈少年團，電影大受歡迎且電影票**全部售罄**。
With just the fact that the star was BTS, the movie was so popular that the tickets **were sold out**.

5 防彈少年團回歸演唱會的門票僅發售 5 小時就**已全數售罄**。
In just five hours since tickets went on sale for BTS's comeback concert, all the tickets **were sold out**.

The San Antonio Zoo has announced it has added more dates for Drive-Thru Experience for those who would like to take the kids out after being cooped up at home. However, you may be paying a bit more. Zoo officials told KPRC's sister station that tickets for the "once-in-a-lifetime" Drive-Thru Zoo Experience for May 1-3 **were sold out** within hours. The zoo will be open daily through May 17.
<Click2Houston>

聖安東尼奧動物園宣布，將為那些之前被關在家，想帶孩子外出的人增加「免下車體驗」的天數。然而你可能需要多支付額外費用。動物園官方告訴 KPRC 姊妹電視台，5 月 1 日至 3 日「絕無僅有」免下車動物園體驗門票在幾小時內就**已售罄**。該動物園將每天開放，一直到 5 月 17 日為止。〈Click2Houston〉

coop up 把……關起來、囚禁

CHAPTER 2

電視

透過電視，我們可以輕而易舉地接觸到新聞、電視劇、綜藝、紀錄片等許多節目和影音內容。最近透過有線電視、衛星電視、網路協定電視（IPTV）等管道，我們可以觀賞國內外各式各樣的節目和無數的影音內容，這個世界已無疑是個電視劇院。影音節目依照播放方式而有不同名稱，有像新聞一樣即時播映的現場直播，或像電視劇、綜藝節目等事先錄製的節目，以及像體育賽事的現場轉播等，種類相當多，別忘了還有重複播放的節目。根據廣播型態，有地面廣播、衛星廣播、網路廣播等，受歡迎的節目則可能在有線電視重播好幾次。在這一章我們將學習有關電視的高頻搭配詞用法。

電視相關主要用語

1. 時事節目 : current affairs program
2. 談話節目 : talk show（美式英語），chat show（英式英語）
3. 綜藝節目 : TV show, variety show
4. 連續劇 : soap opera
5. 真人秀 : reality show
6. 情境喜劇 : sitcom, situation comedy
7. 新聞報導 : news coverage
8. 體育轉播 : sports broadcast
9. 氣象預報 : weather forecast
10. 電視廣告 : commercial, TV ad, advert
11. 收視率 : (viewer) rating, viewership
12. 播出時間 : air time
13. 黃金時段 : prime time
14. 現場直播 : live broadcast
15. 預錄節目 : pre-recorded broadcast
16. 首播 : first airing, first run
17. 重播 : rerun
18. 地面廣播 : terrestrial broadcasting
19. 衛星廣播 : satellite broadcasting
20. 網路廣播 : Internet broadcasting

這則新聞報導**將於**週二晚間八點**播出**。

This news report **is set to air** at 8 p.m. on Tuesday.

151

be set to 是「將……」的意思，air 是動詞，意思是「播出、播映」，字義和 be broadcast 一樣，因此 be set to air 是「將於……播出」的意思，可用 be slated to air 和 be expected to air 替代。be set to 的發音實際聽起來和 be said to（據說……）相同，容易混淆，必須視前後文脈絡意會聽到的是哪一個。

1 本節目**將於**今晚 10 點**播出**。
This program **is set to air** at 10 tonight.

2 首播**預定在**下週**播出**。
The first run **is set to first air** next week.

3 這個電視劇系列**將於**本月 20 日起**播出**。
This drama series **is set to air** from the 20th of this month.

4 南北韓高峰會**將於**今天下午全球**直播**。
The inter-Korean summit **is set to air live** around the world this afternoon.

5 新節目**將於**每週二至週四晚上 9 點至 10 點 30 分在有線電視新聞網**播出**。
The new series **is set to air** on CNN every Tuesday through Thursday from 9 p.m. to 10:30 p.m.

The Cuban-born filmmaker has spent the last five years working on a landmark three-part, six-hour series that chronicles the 500-plus years of Latino contributions to the United States. The series, dubbed *Latino Americans*, **is set to air** nationally on PBS during Hispanic Heritage Month. It will premiere on Tuesday and run through Oct. 1.
<Huffington Post>

這位出生於古巴的電影工作者花了過去五年時間，拍攝一部具有指標性的作品，本作共分三部分，片長六小時，依照年代述說五百多年來拉丁裔對美國的貢獻。這部被稱為《拉丁裔美國人》的節目**將在**拉美裔傳統月期間於公共電視網全國**播出**。該節目將在週二首播，持續播出至 10 月 1 日。〈赫芬頓郵報〉

chronicle 按年代順序記錄　**dub** 稱……為（名字/綽號）　**heritage** 遺產
premiere 首播、首映

所有新聞**都是現場直播**。
All news **is broadcast live.**

所有新聞原則上都是直播，因為新聞必須是迅速且正確的。由於是現場直播，因此經常發生播出事故。「……是現場直播」可以用「～ be broadcast live」表示，這裡的 broadcast 是動詞，意思是「播放……」，而「……被播出」則可用被動型態的 be broadcast 表示。只要在後面加上 live 即可表示「現場直播」，此時 live 是當副詞，意思是「現場直播地」。「現場直播」也可以說 be televised live，televise 是「透過電視播映」的意思。採訪等情況是採事前錄製再播出，此時通常會事先告知觀眾或在畫面上方打上 Pre-recorded 等字樣明示。

1 阿里郎新聞一天**直播**四次。
Arirang News **is broadcast live** 4 times a day.

2 此節目每週五在攝影棚觀眾面前**現場直播**。
The program **is broadcast live** on Fridays before a studio audience.

3 這個節目每週晚上 9 點在電視和廣播上**進行現場直播**。
This program **is broadcast live** every night at 9 p.m. on both TV and radio.

4 韓日棒球比賽將在全國**進行現場直播**。
The Korea-Japan baseball match is expected to **be broadcast live** nationwide.

5 他**上直播節目**以為之前引起眾議的事道歉。
Appearing on **a live broadcast**, he apologized for having created a stir.
— 這裡的live是形容詞，意指「直播的」

Councilman Brian Unger and others want the city to press Comcast to provide funds or technology so that the city council and other meetings **can be broadcast live** and posted on the Web for home viewing on televisions or computers.
<APP.com>

市議員布萊恩・安格和其他議員希望市政府對康卡斯特公司施壓，要求其提供資金或技術，以便市議會和其他會議**能夠進行現場直播**並發佈在網路上，以供家庭在電視或電腦上觀看。〈APP.com〉

councilman 地方議員　**press** 施加壓力　**city council** 市議會

影集《怪奇物語》的收視率**創下新紀錄**。

The viewership of the drama *Stranger Things* set a new record.

經常和高人氣節目一起出現的用語是「收視率創下新紀錄」。「創下記錄」的英文是 set a record，這是個非常重要的搭配詞，可以用在各種文意脈絡中，例如談到運動比賽的紀錄，或 Youtube 訂閱數及觀眾人數等記錄。「創下史上最高記錄」是 set an all-time record，除了「創下記錄」外，還有「打破、刷新、取代記錄」等說法，各為 break the record、renew the record、replace the record。這些都是常用搭配詞，可以記起來並於日後多加運用。

1 這部連續劇的收視率**創下史上最高記錄**。
This drama **set an all-time record in** viewership.

2 《兩天一夜》節目未能**創下新的**收視率**記錄**。
The program *One Night and Two Days* failed to **set a new record in** viewership.

3 這家電視台**創下**足球比賽最長轉播時間**的記錄**。
This TV station **set a record for** the longest airing time in broadcasting soccer matches.

4 去年有超過 1 億人觀看這場比賽，**創下**美國電視節目收視率**紀錄**。
Last year, more than 100 million people watched the game, **setting a record for** viewership for an American television program.

5 《陰屍路》**取代**其上週創下的**收視率記錄**。
The Walking Dead **replaced the viewership record** it had set last week.

Americans **set a record** for the number of votes cast in this presidential election but failed to make history with the percentage of voter turnout, experts said. Curtis Gans, director of American University's Center for the Study of the American Electorate, said Thursday that percentage turnout was lower because Republicans stayed away from the polls.
<CNN>

專家們表示，美國人在這次總統大選**創下**投票數**記錄**，但在投票率上未能締造歷史紀錄。美國大學的美國選民研究中心主任柯帝斯．甘斯週四時表示，投票率較低是因為共和黨支持者沒有參加投票。〈有線電視新聞網〉

votes cast 投票數　**voter turnout** 投票率　**electorate** 選民

這個節目**將**在週末**重播**。

This program **will be rerun** over the weekend.

以前如果錯過想看的節目，會確認重播時間再收看，但最近只要透過網路協定電視，隨時都可以再次收看。rerun 可以當名詞和動詞，意思是「重播」，是在 run（播放、播出、放映照片或影音等）前面加上字首 re- 而形成的單字。用法上可將節目作為受詞，形成 will rerun the program（將重播節目），或將節目當作主詞，動詞以被動型態出現的 the program will be rerun（節目將進行重播）。除了重播之外，該如何表示「收看首播」呢？我們可以用 catch the program when it first airs 或 watch the first airing 表示。

1 這個節目**將**在我們的有線頻道**重播**。
This program **will be rerun** on our cable channel.

2 電視台**重播節目**時可以節省經費。
When broadcasters **rerun programs**, they can save money.

3 《決戰韓國伸展台》第六集**將**在 18 日晚間 11 點**重播**。
The 6th episode of *Project Runway Korea* **will be rerun** at 11 p.m. on the 18th.

4 這部連續劇一次連看 **5 集重播**的人越來越多。
There are a growing number of people who are watching **5 straight reruns of** this drama.

5 錯過首播的觀眾，可以在衛視體育台**收看**將於 3 月 17 日播出的**重播**。
Viewers who missed the first airing can **catch the rerun** that will air on March 17th on the sports channel ESPN.

Jeopardy! **is bringing back reruns** of Ken Jennings' 74-game winning streak from 2004. From May 4 to 15, reruns of select *Jeopardy!* episodes will air in syndication in place of regularly scheduled episodes, which stopped production in March. The two-week-long event will start with a re-airing of Jennings' first game ever, which originally aired June 2, 2004.
<The Wrap>

益智節目《危險邊緣》**預計將重播** 2004 年參賽者肯・詹寧斯創下 74 項遊戲連勝的節目內容。從 5 月 4 日至 15 日，《危險邊緣》精選重播集數將取代 3 月時停止製作的正規集數播出。此為期兩週的活動將從重播詹寧斯第一個益智競賽開始，該集首播日為 2004 年 6 月 2 日。〈The Wrap〉

streak 連續　**in place of ~** 取代⋯⋯

常用語 155 那一幕**被剪掉了**。

The scene **was edited out.**

電視上常看到刪除刺激場面，或為了尊重肖像權而進行馬賽克處理的畫面，我們稱為 edit out（編輯剪除）。只有 edit 一個字時是「編輯」，edit out 的意思則是「刪除」，也可以改用 censor（out）（經審查後刪改）。「（經審查後）被刪除」可以用 be edited out 或 be censored out 表示。因此 an uncensored version 是「未經審查的版本」。此外，用「嗶嗶聲」消除影音中的髒話稱為 bleep out。有時也會有演出者要求不要公開真實姓名的情況，「要求勿公開真實姓名」可以用 ask A not to use one's real name 表示，此時使用的別名稱為 alias。

1 不必要的場面**都被徹底剪掉了**。
The gratuitous scenes **were thoroughly edited out.**
— gratuitous 不必要的、沒用處的

2 這個場景在審查過程中**被刪除**。
This scene **was edited out** during the censorship process.

3 露骨畫面**將**在首播前**被剪掉**。
The graphic scenes **will be censored out** before the first airing.

4 那部電影被禁止輸入國內，但在**刪除**一些場面後，於 2018 年在國內上映。
The film had been banned from domestic import but was later released in 2018 after some scenes **were edited out.**

5 最後決定上映該電影**未經審查的版本**。
In the end, it was decided that **the uncensored version** of the film be released.

After *House of Cards'* lead actor Kevin Spacey was hit with several allegations of sexual misconduct, Netflix put the show's upcoming season on an indefinite hiatus, and word broke that he'**ll be edited out** of his latest movie. <Vice>

在《紙牌屋》的主角凱文·史貝西多次遭指控性侵嫌疑後，Netflix 宣布將無限期中止該劇的下一季播出計畫，更有消息指出他**將**在他最新的電影中**遭到剃除**。〈Vice〉

allegation 嫌疑　**misconduct** 違法、不當行為　**hiatus** 中斷、裂縫
put ~ on a hiatus 暫停……

CHAPTER 3

表演

最近有不少電影被改編成音樂劇或話劇後搬上舞台，這是因為想借助原作的票房口碑獲取商業上的成功。不過我認為，比起大螢幕，表演的舞台更加靠近觀眾，更可以帶給觀眾感動和笑聲，相當具有魅力。有別於安靜地觀看電影，在音樂演出或音樂劇中可以發洩情緒，一起相互呼應，能帶來更具活力的經驗。在這一章，我們將認識與表演有關的各種搭配詞用法。

表演相關主要用語

1. 喜劇 : comedy
2. 悲劇 : tragedy
3. 劇場演員 : theater actor, stage actor
4. 表演藝術 : performing arts
5. 表演藝術產業 : performing arts industry,
   音樂表演產業 : concert industry
6. 演出策劃
   : concert organization
7. 慈善演出
   : charity concert, benefit concert
8. 交響樂團 : symphony orchestra
9. 弦樂器 : string instrument
10. 打擊樂器 : percussion instrument
11. 管樂器 : wind instrument
12. 劇團 : theater company
13. 舞團 : dance company,
    dance group, dance troupe
14. 娛樂經紀公司 : entertainment management company
15. 站席 : standing seat
16. 技術彩排 : technical rehearsal
    (檢查包含燈光、音響等所有技術事項的練習)
17. 劇作家、編劇
    : playwright, dramatist, screenwriter
18. 午後場（下午表演的戲劇、電影等）
    : matinee
19. 總彩排 : dress rehearsal
20. 預訂票券 : book[reserve] a ticket

常用語 156

這部音樂劇**改編自**一部賣座電影。
This musical **was adapted from** a hit movie.

「改編」的英文是 adapt，原意是「遷就、調整、適應」，用法如 We need to adapt ourselves to the weather（我們需要適應天氣）。從原作改編成話劇時，必須配合舞台進行調整，因而衍生出「改編」的字義。也可以和前面學習的類似用法 be based on（基於⋯⋯）互換使用。此外，「改編⋯⋯的作品」可以用 an adaptation of ～表示。

1 這部流行音樂劇**改編自** 1966 年的小說。
The popular musical **was adapted from** the 1966 novel.

2 這部 12 集的電視劇**是根據**一本暢銷小說**改編而成**。
The 12-part series **was adapted from** a bestselling novel.

3 越來越多的音樂劇**是改編自**電影。
More and more musicals **are being adapted from** movies.

4 電影《七龍珠：全面進化》**是根據**日本漫畫原著**改編**。
The film *Dragon Ball Evolution* **was adapted from** the original Japanese comics.

5 **改編自**《哈利波特》小說的系列電影都大受歡迎。
The movie series **adapted from** the book *Harry Potter* were all hits.

It has been hard to escape mention of *Normal People*, the heady, romantic TV series that's captured the attention of millions of viewers around the world. **Adapted from** Sally Rooney's Man Booker Prize-longlisted novel of the same name, the show follows the passionate on-off love story of Irish teenagers Connell and Marianne.
<The Sydney Morning Herald>

要不提到《平常人》這部令人陶醉的浪漫影集是很難的事，因它已吸引全球數百萬觀眾的關注。該劇**改編自**莎莉．魯尼曾獲布克獎提名的同名小說，講述愛爾蘭青少年康奈爾和瑪麗安分分合合的炙熱愛情故事。〈雪梨晨鋒報〉

heady 令人陶醉的　**-longlisted** 入圍的

孩子們**目不轉睛地看著**音樂劇。
Kids **were transfixed by** the musical.

transfix 是「釘住、使無法動彈」，主要以被動式出現，be transfixed by 是「因……嚇得不能動彈」，進而也延伸出「目不轉睛地看著眼前景象」的意思。大受歡迎的動畫片《史瑞克》也被製作成音樂劇，精巧的裝扮和舞台服裝果然受到熱烈歡迎，特別是孩子們好像被迷惑了一樣，表演時間將近 3 個小時，個個仍是看得目不轉睛。像這樣對表演著迷到動彈不得的樣子，就是 be transfixed。另一個形容「對……目不轉睛」的常用搭配詞是 can't take one's eyes off ～。

1 故事發展緊湊，令人**看得目不轉睛**。
The story is so fast-paced that you **are transfixed by** what you see.

2 觀眾們**目不轉睛地看著**演員變身成一頭狼。
The audience **were transfixed by** the transformation of the actor into a wolf.

3 她**目不轉睛地看著**舞台快速地從農場轉變成都市。
She **was transfixed by** the rapid transition of the stage from a farm to a city.

4 我們因為舞台服裝太精緻而**看得目不轉睛**。
We **were transfixed by** the stage costumes because they were very elaborate.

5 女粉絲們陷入瘋狂，她們表示因為防彈少年團太有魅力，**令人目不轉睛**。
Female fans are going wild about BTS saying that they are so dashing that they **are transfixed by** them.

A young boy I took to see the musical **was transfixed by** Shrek and Seraphin didn't even get restless though the musical, based on the famous movie, runs two and a half hours. It's not easy being green. The show cost more than 20 million dollars to stage and having spent some time with the cast, I can certainly see why.
<ABC News>

我帶去看那部音樂劇的小男孩賽拉芬**目不轉睛地盯著**史瑞克，該劇改編自著名電影。儘管演出時間長達兩個半小時，但過程中他一點也不覺得無趣。要扮成綠色的角色不是件容易的事。這部劇的舞台經費超過 2000 萬美元，而在花了些時間與演員們相處後，我完全明白為什麼這部戲如此吸引人。〈ABC 新聞〉

restless 坐立不安的、煩躁的

常用語 158

那場表演**將上演至**下星期。

The performance runs until next week.

在介紹表演時，需要呈現上演的日期、時間、場所、入場費、演出陣容等資訊。時間和場所的英文是 time and venue（或 place），「上演到……為止」是「run until ＋星期 / 日期」，這是經常出現在電視廣告，或介紹表演的報導及海報上的用法。介係詞 by 和 until 都可翻譯成「到……為止」，容易產生混淆。by 是特定時間點的「截止」概念，例如 Hand in the assignment by Friday（星期五之前交作業），until 是該期間內「持續」的概念，例如 He waited for her until she arrived（他一直等到她抵達為止）。表演是持續進行到某個時間點，因此要用 until 表示。

1 這部音樂劇**將持續演出到** 3 月 1 日
This musical **will run until** March 1st.

2 如果演出**持續上演到** 4 月初，今年就不會有加場演出的計畫。
When the performance **runs until** early April, there are no plans for an encore performance this year.

3 《Hard Rock Café》結束**演出至**下週的首爾場後，將進行巡迴表演。
Hard Rock Café will go on a road tour after the Seoul performance **running until** next week.

4 **上演至**本月底的表演預計將吸引許多外國觀眾。
The performance **running until** the end of this month is expected to attract a lot of foreign audience.

The performance consists of no dialogue from the actors. "This can also be a selling point to foreigners as well, since they can easily relate to the performance, and enjoy the multi-colored side of Korean tradition," said Son. This performance **runs until** Oct. 29 at the Jeongdong Theater in central Seoul. Shows are held at 4 p.m. and 8 p.m. There are no shows on Mondays. Tickets cost between 40,000 won ($35.26) and 60,000 won.
<Korea JoongAng Daily>

整場表演沒有任何演員對白。孫表示：「對外國人而言，這也可能成為一個賣點，因為他們可以很容易地與演出連結，感受韓國傳統多采多姿的一面。」表演將在首爾市中心的貞洞劇場，**持續上演至** 10 月 29 日。演出時間在下午 4 點和晚間 8 點，週一沒有演出。票價落在 4 萬韓元（35.26 美元）至 6 萬韓元之間。〈韓國中央日報〉

selling point 賣點　**relate to** 理解、同感、和……有關

音樂會**獲得**觀眾**的熱烈反應**

The music concert **got rave reviews from** the audience.

關於表演，我們經常用「觀眾反應熱烈 / 冷淡」的搭配詞加以形容。雖然也可以說「The response was positive/negative.」，但母語者常用的單字是 rave，作形容詞的意思是「激賞的、熱烈稱讚的」。另外，review 是「評價、批評」，由於觀眾的評價有各式各樣，因此主要以複數型態表示整體評價而非特定者的批評。「從……獲得熱烈反應」可以用「get rave reviews from ～」表示。reviews 的其他搭配詞還有 get bad reviews（得到差評）、get mixed reviews（得到褒貶不一的評價）。

1 防彈少年團的 MV **受到**粉絲們**的熱烈好評**。
The music video by BTS **is getting rave reviews from** fans.

2 她的表演經常**得到一致好評，**使她被視為「扣人心弦」的表演者。
Her performances tend to **get rave reviews** that deem her to be "electric."

3 使用新手法的表演方式**得到**網友們**熱烈好評**。
The performance that uses a new approach **is getting rave reviews from** netizens.

4 兩位大明星的吻戲**獲得**電視觀眾**的熱烈反應**。
The kiss scene between the two top stars **is getting rave reviews from** the TV audience.

5 出乎意料地，傳統舞蹈表演**得到**遊客們**的熱烈反應**。
Contrary to expectations, the traditional dance performance **is getting rave reviews from** tourists.

The new series *A World of Married Couple* airing on Viu on Fridays and Saturdays **is getting rave reviews** on social media **from** Filipinos who are fans of Korean teleserye. *A World of Married Couple* stars Kim Hee Ae in the role of Ji Sun Woo, a doctor whose seemingly picture-perfect family life begins to crumble after discovering her husband has been cheating on her.
<Philippine Entertainment Portal>

每週五和六在 Viu 頻道播映的新影集《夫妻的世界》，**在**菲律賓韓劇迷的社群媒體上**得到熱烈反應**。在該劇中，金喜愛飾演女主角池善雨。身為醫生的池善雨在發現丈夫一直對她不忠後，表面上看起來完美的家庭生活開始崩潰。〈菲律賓娛樂入口網〉

teleserye 連續劇形式的電視劇（菲律賓通用的英語）　**crumble** 崩潰、瓦解

常用語 160

這場表演**在**演出上**採用了新的嘗試**。

This performance **takes a fresh approach to** plays.

比起「平淡無奇（run of the mill）」的方式或「普普通通（mediocre）」的作法，當表演作出新的嘗試時，經常可以得到好評。新鮮的新方法或嘗試又被稱為「清新劑」，英語稱為 a breath of fresh air，也就是比喻為「新鮮的空氣」。類似口吻的「在……採用新的作法（嘗試）」，英文是 take a fresh approach to ～。另外也可以一起認識 an outdated approach 的用法，意思是「過時的方法」。

1 該表演團隊**在**行銷上**採用全新作法**，門票銷售迅速成長。
The performance troupe **took a fresh approach to** marketing and ticket sales took off.

2 她**在**音樂上**作出全新嘗試**，贏得樂迷們的熱烈反應。
She **had taken a fresh approach to** music and this earned rave reviews from music fans.

3 雖然經歷許多曲折，但他不斷地**在**演技上**作出新的嘗試**。
Although there have been lots of ups and downs, he constantly **took fresh approaches to** his acting.

4 觀眾和演員都對這種**新的**表演**方式**表示歡迎。
Both the audience and the actors welcomed **this fresh approach to** the performance.

5 除非**在**演出企劃和經營上**採取新的方法**，否則我們將難以克服這次危機。
Unless **a fresh approach is taken to** the performance planning and management, we won't be able to overcome this crisis.

The performances were selected from 68 candidates across China, created by young and up-and-coming artists. Unlike traditional theaters, these innovative performances **take a fresh approach to** storytelling and artistry. <Shine>

這些表演是從來自中國各地 68 個代表中選出，由年輕有為的藝術家們製作。不同於傳統劇場，這些創新的演出**在**故事性和藝術性上**採取全新的嘗試**。〈Shine〉

up-and-coming 有前途的、新興的

CHAPTER 4

演藝圈

這個世界有跟蹤演藝人員一舉一動的狗仔隊，也有時時刻刻在播報藝人動態的八卦記者，其中最常見的是與 sex 和 scandal 相關的消息。成為名人之後，不得不成為被監視和觀察的對象，私生活遭受侵犯的界線變得模糊，各種謠言也隨之而來。縱然有如此多不便，然而一旦大受歡迎，名利和影響力自然跟著來，可以為生活上的不便帶來補償。因此，在年輕人嚮往的職業中，演藝人員似乎一直都名列前茅。在這一章我們將學習演藝話題常用搭配詞用法。好萊塢也像韓國一樣，藝人相關新聞有很多可預測的部份。儘管如此，這些新聞仍然吸引著我們的注意力，我想正是因為藝人一直是人們的榜樣和憧憬的對象。

演藝圈相關主要用語

1. 名人 : celebrity
2. 電視名人 : TV personality
3. 家喻戶曉的名字 : a household name
4. 一夕爆紅的明星
 : an overnight sensation
5. 只有一首成名曲的歌手
 : one-hit wonder
6. 過氣名人 : has-beens
7. 後起之秀、明日之星 : rising star
8. 夢想當演員的人 : an aspiring actor, an actor wannabe, a would-be actor
9. 明星行列 : stardom
10. 耀眼與魅力
 : glitz and glamour
11. 侵犯隱私 : invasion of privacy
12. 宣傳噱頭 : publicity stunt
13. 專題報導
 : feature story, feature article
14. 獨家新聞 : scoop
 獨家報導 : exclusive
15. 追星的 : starstruck
16. 鼎盛時期 : in one's prime
17. 富貴榮華（名聲與財富）
 : fame and fortune
18. 惡意謠言 : malicious rumor
19. 無根據的傳聞、謠言
 : groundless rumor
20. 迅速傳開 : spread like wildfire

這個新的女子團體**轟動**樂壇。

The new girl group **took** the music scene **by storm**.

新聞頭條常看到「韓流轟動亞洲」、「防彈少年團（BTS）風暴轟動全球」等用語，這是最近越來越常看到的報導。「轟動」就像暴風登場一樣，令人大吃一驚，引起一陣旋風，因此用英文慣用語 take ～ by storm 表示，這意味著人氣或影響力在人群之中或某地區、某特定業界引起風潮。take ～ by storm 可以翻譯成「轟動……」或「人氣火紅、為之傾倒」等。「突襲、搶奪」是完全不同的意思，要注意正確用法。

1 電視劇《河谷鎮》曾經在全國**引起轟動**。
The drama *Riverdale* **had** once **taken** the country **by storm.**

2 最近的復古風**正在襲捲**時尚界。
The recent retro-look **has been taking** the fashion world **by storm.**

3 這個男子樂團的新曲**已轟動**流行樂界數月。
For months now, the new song by the boy band **has been taking** the pop music scene **by storm.**

4 2019 年上映的電影《寄生上流》**轟動了**韓國及全世界。
The movie *Parasite* that was released in 2019 **took** not only Korea but also the world **by storm.**

5 這家剛成立的娛樂公司透過怪物新人來**轟動**音樂界。
The start-up entertainment agency **is taking** the music circle **by storm** with incredible new talents.

Now, with a Rihanna co-sign, an album under her belt, and a freeing label dispute behind her, BIA **is taking** the world **by storm**. But if her elevation to one of music's brightest new stars feels abrupt, you're missing half the story.
<Highsnobiety>

現在，得到蕾哈娜認證，曾發行一張專輯且結束商標糾紛的饒舌歌手 BIA **正轟動**全世界。但如果你以為她是突然躍升為音樂界的最強新星之一，就代表你只了解一半。〈Highsnobiety〉

co-sign 連署保證
under one's belt 已獲得、經歷過（值得驕傲的事物）

那奇怪的傳聞**迅速傳開**。

The strange rumor **spread like wildfire.**

如果沒有傳聞，演藝新聞就不會那麼有趣了。然而現在是網路時代，無論是否是毫無根據的傳聞或謠言，只要一出現，經常就會像野火一樣蔓延到無法控制。英文以 spread like wildfire 表示，因為草原上一旦出現火源，蔓延速度便會非常快速，令人無法控制，傳聞的迅速傳開也和這樣的情景一樣。對於無法控制的狀況，則以 out of control 表示。

1 那位演員突然意外過世的消息**迅速傳開**。
News of the sudden and unexpected death of the actor **spread like wildfire.**

2 那位一線演員的一張不雅照在網路上**迅速傳開**。
An unflattering picture of the A-list actor **spread like wildfire** over the Internet.

3 這段有問題的影片在短短幾分鐘內就在網路上**迅速傳開**。
The video in question **spread like wildfire** over the Internet in just a matter of minutes.

4 隨著醜聞曝光，餘波在好萊塢間**廣泛蔓延**。
As the scandal broke out, the shockwaves **spread extensively like wildfire** in Hollywood.

5 自從 27 日下午相關新聞報導出現後，爭議**迅速蔓延開來**。
Since a related news report was released in the afternoon of the 27th, the controversy **spread like wildfire.**

Bruce is also a well-known social media content creator in the area. He shared his initiative through a video on several social media platforms, including Tik Tok and it **spread like wildfire**. The video has thousands of views and counting. Bruce, known to step to the beat of his own drum, says he has more creative plans in store.
<Spectrum News>

布魯斯也是此領域的知名社群媒體內容創作者。他在包含 Tik Tok 等不同社群媒體平台上以一支影片分享自己的創意，隨後**被迅速傳播開來**。這段影片已有數千次的觀看，現在仍持續增加中。布魯斯以配合自己打鼓節奏的舞步聞名，他表示之後還會有更多的創意計畫。〈波譜新聞台〉

initiative 創意、獨創、計畫

那對巨星承認他們**正在交往**。

The top stars admitted they **are in a relationship.**

有時藝人們會自行公開正在戀愛的消息，有時是秘密戀愛被發現後再承認正在交往。若是後者的情況，出現的新聞標題就會像上方主題句一樣。搭配詞 be in a relationship 是「交往」的意思。偷偷談戀愛的「地下情」是 have a secret date 或 date under the radar。under the radar 是「避開監視網」的意思。此外，have an affair with ～的意思是「與……有曖昧關係」。

1 這家咖啡廳是受**交往中的藝人們**歡迎的約會場所。
This café is a popular dating site for **celebrities in a relationship**.

2 藝人們在**交往**的時候往往會保守秘密。
When they **are in a relationship**, celebrities often keep it a secret.

3 不同於一些媒體所報導，兩人**並沒有在交往**。
Unlike what some media suggest, the two **are hardly in a relationship**.

4 他們**交往了**約一年後在最近分手。
They recently broke up after **being in a relationship** for about a year.

5 美國一項研究顯示，就算**正在交往**，有四分之一的藝人情侶不會對彼此守忠。
A US study says, even if they **are in a relationship**, one in four celebrity couples are not committed to each other.

When Cotillard filmed *Public Enemies* with Depp in 2008, there were rumors that the pair flirted heavily on set and that their chemistry was palpable, despite neither confessing to a relationship, especially as Depp may **have still been in a relationship with** Vanessa Paradis at the time.
<Vanity Fair>

2008 年瑪莉詠‧柯蒂亞和強尼戴普在拍攝〈頭號公敵〉時，謠傳兩人在拍攝現場互動曖昧，明顯可見彼此互有好感，但雙方都沒有承認此段關係，尤其是當時強尼戴普似乎**還在和**凡妮莎‧帕拉迪絲**交往**。〈浮華世界〉

flirt 調情　**palpable** 明顯的、可察覺的、摸得到的

常用語 164

這位巨星**被**跟蹤狂**騷擾**。

The top star **was harassed by** a stalker.

電影中瘋狂粉絲變成跟蹤狂的情結經常在現實生活中上演，這種人在想盡辦法取得聯絡資訊後，便會持續對偶像狂打電話或跟蹤到家，並經常在藝人附近徘徊遊盪等，造成當事人的困擾。「騷擾」是 harass，被動形式的 be harassed by 是「被……騷擾」。harass 的名詞是 harassment，sexual harassment 是廣為周知的詞語，意思是「性騷擾」。

1 那位女歌手經常在家門外**被**一個歌迷**騷擾**。
The female singer **was** often **harassed by** a fan outside her house.

2 如果你是內向的人，在演藝圈**可能會受到**排擠及**騷擾**。
If you are an introvert, you **may be** isolated and **harassed** in show business.

3 大明星 A **被**一個跟蹤狂**騷擾**，最終向警察報案。
Top star A **was harassed by** a stalker and eventually reported the case to the police.

4 演員妮可基嫚在**遭到**跟蹤狂**騷擾**數月後，被迫向法院申請禁令。
Actress Nicole Kidman was forced to file for a court injunction against a stalker after months of **being harassed**.

BBC Radio DJ Gilles Peterson **was harassed by** a stalker who shouted "you will die" at him as he left the corporation's central London HQ, a court heard. Peterson, 55, and his wife Atsuko, 53, were bombarded with abuse by a woman who repeatedly turned up outside their family home, it is said. Thames magistrates' court heard she allegedly struck the renowned DJ and music producer's car with a pole and hurled abuse through the front door.
<Evening Standard>

英國廣播公司電台 DJ 吉爾斯．彼得森**被**一名跟蹤狂**騷擾**。在吉爾斯離開位於倫敦市中心的公司總部時，這名跟蹤狂對他大喊：「你會死！」，爾後法院聞訊審理。據傳，55 歲的彼得森和他 53 歲妻子敦子不斷被一名多次出現在自家門外的女子辱罵騷擾。根據泰晤士裁判法院，這名女子涉嫌用長棍猛砸此著名 DJ 兼音樂製作人的汽車，並在其前門大聲謾罵。〈旗幟晚報〉

hear（在法院）進行審理　**be bombarded with ~**遭受……的轟炸（攻擊）
magistrates' court 裁判法院　**hurl** 激烈地咒罵

CHAPTER 5

網紅

稱 21 世紀是社群媒體的世紀一點也不為過，不論是學生、藝人、想從政的人或是一般民眾，都透過臉書、推特、Instagram、Youtube 等管道宣傳自己，與朋友互動，對大眾產生影響的「網紅」們也越來越受歡迎。網紅成為觀看 Youtube 或 Instagram 的人憧憬的對象和榜樣，帶給他們靈感和正面影響。但另一方面，也有人為了引起關注而上傳挑釁（aggro）、聳動的影像或文字，嚴重時甚至陷入各種誘惑，從事詐騙、逃稅等不法行徑。在這一章我們將學習在時事新聞中，常見的網紅相關搭配詞用法。

網紅相關主要用語

1. 社群媒體 : social media
2. 動態消息 : feed（社群媒體首頁顯示關注用戶的最新消息）
3. 訂閱 : subscribe
   訂閱者 : subscriber
4. 追蹤 : follow
   追蹤者 : follower
   取消追蹤 : unfollow
5. 私訊 : DM (Direct Message)
6. 微網紅 : micro-influencer
7. 個人品牌 : personal branding
8. 聯盟行銷 : affiliate marketing
9. 點擊率 : click-through-rate
10. 點擊誘餌 : clickbait
11. 群眾外包 : crowdsourcing
12. 品牌倡導者 : brand advocate
13. 引領潮流者 : trendsetter
14. 嘗鮮者 : early adopter
15. 煽動性內容
    : provocative contents
16. 口碑 : word of mouth
17. 尋求關注者 : attention seeker
18. （網路內容）互動率
    : engagement rate
19. 影響力 : influence, clout
20. 利用社群媒體趨勢宣傳商品 :
    trendjacking

他終於**成名**。
He eventually **rise to stardom.**

「明星行列、明星地位」是 stardom，「擠身（使自己上升到某種地位）」的動詞是 rise，因此「擠身於明星行列」可以表示為 rise to stardom。rise 當名詞時是「登上」，使用名詞 rise 的 rise to stardom 是指「成名歷程」。英語裡的詞尾 -dom 是表示「狀態」，如 boredom（無聊、無趣的狀態）、wisdom（智慧）、freedom（自由）等，不過 kingdom（王國）和 offcialdom（官僚）則屬於不同用法。

1 他克服許多困難而**擠身於明星之列**。
He **rose to stardom** overcoming many hardships.

2 這部電影描寫那位演員的**成名歷程**。
This movie describes the actor's **rise to stardom**.

— 第 2 ～ 5 句中的rise是名詞，意指「登上」

3 他的**成名歷程**是典型白手起家的故事。
His **rise to stardom** is the typical rags-to-riches story.

— rags-to-riches 白手起家的

4 防彈少年團一躍**成名的歷程**帶給許多想成為歌手的人希望。
BTS's meteoric **rise to stardom** gives hope to many aspiring singers.

— meteoric 一躍成為……的、閃耀的

5 不同於許多人所想的，他的**成名歷程**並不順遂。
Unlike what many people think, his **rise to stardom** wasn't a smooth ride.

Cristiano Ronaldo's **rise to stardom** is one of the biggest rags to riches tales in the modern era. The youngster, who was born to Dolores Aveiro and Jose Dinis Aveiro in the Portuguese island of Madeira, did not enjoy the best childhood. While his mother was a cook, his dad was a gardener, and it is he who introduced Cristiano Ronaldo to football as a young boy. The island of Madeira was one of the poorest neighbourhoods in Portugal at the time.
<Sportskeeda>

克里斯蒂亞諾・羅納度（C 羅）的**成名歷程**是現代最偉大的白手起家故事之一。這位年輕人出生在葡萄牙馬德拉島，父母是何塞・迪尼斯・阿威羅和多洛雷斯・阿威羅，他的童年並不愉快。他的母親是位廚師，父親是位園丁，C 羅在兒時透過父親接觸了足球。馬德拉島在當時是葡萄牙最貧窮的社區之一。〈Sportskeeda〉

她**成為**青少年**的榜樣**。
She became a role model for teens.

在社群媒體上會遇到自己憧憬的人或想要與他看齊（take after）的人，可能是相同興趣領域的專家、充滿魅力的藝人或是減肥成功、個人事業成功的普通人等，我們稱這樣的人為角色模範或榜樣（role model）。「成為……的榜樣」的英文是 become a role model for ～。值得模仿的、成為榜樣的人可以帶給許多人靈感與目標，因此具有重要的意義。

1 他**已經成為**許多長者**的榜樣**。
He **has become a role model for** many old people.

2 你**能成為**別人景仰**的榜樣嗎**？
Can you **become a role model for** others to look up to?

3 金妍兒**成為**下一代女單花式滑冰選手**的榜樣**。
Yuna Kim **became a role model for** the next generation of female figure skaters.

4 防彈少年團成功地利用社群媒體，**成為**想當歌手者**的榜樣**。
BTS **has become a role model for** would-be singers with its successful use of social media.

For me, it hits hard not only because Kobe Bryant was a great basketball player, but he **was a great role model** off the court as well. He was an example to all that even though you fall hard and hit a low in your life, you can overcome it. Kobe was a great father and a great family man to his wife. For me personally, it hits hard because of him growing up here in Los Angeles after he was drafted and traded. I always said he was my favorite player of all time, next to Magic Johnson.
<Los Angeles Daily News>

對我來說，這件事帶給我巨大的衝擊，因為科比．布萊恩不僅是位優秀的籃球選手，在球場外他也是**一位偉大的榜樣**。他是所有人的典範，讓大家看到即使生活中受到重創且遭遇低潮，我們也能夠克服。科比是一位偉大的父親，對他的妻子而言也是位好丈夫。對我個人來說，從他入選球隊並轉隊後就一直留在洛杉磯成長，因此他的逝去對我打擊很大。我總說他一直是我最喜歡的球員，僅次於魔術強森。〈洛杉磯每日新聞〉

hit a low 遭逢低潮、觸底　**draft** 選秀制度

那位 YouTuber **加入**宣傳產品的**行列**。
The YouTuber **jumped on the bandwagon** of promoting products.

167

在南韓，如果有某人或某項潮流大受歡迎，就會有人跟著流行走，試圖搭便車從中獲利，這種借勢跟風的人常被說是在「蹭熱度」。英文當中對於順應人氣或趨勢的行為以 jump on the bandwagon 表示。它的由來可追溯至 18 世紀的美國，據說當時在遊行或集會移動時，一輛載著音樂家的馬車會排在一長串隊伍的前面，很多興致高昂的人會跳上那輛馬車，因此從「跳上領隊馬車」衍生出「順應趨勢潮流」的意思。

1 其他網紅也快速**加入這股潮流**。
Other influencers were quick to **jump on the bandwagon**.

2 最近**加入這波潮流**的是一位健身 Youtuber。
The latest **to jump on the bandwagon** was a fitness YouTuber.

3 此提議的吸引力不足以讓網紅們**加入行列**。
The offer was not attractive enough to get influencers to **jump on the bandwagon**.

4 這家美國廣播公司也**順應趨勢**，簽下翻拍這部電影的合約。
The US broadcaster, **jumping on the bandwagon**, signed a deal to remake the movie.

5 除非**追隨全球社群媒體的潮流**，否則你將缺乏競爭優勢。
Unless you **jump on the global social media bandwagon**, you will lack a competitive edge.

It is not yet possible to do this with Instagram Reels, and although brands can pay to have their videos appear on TikTok's discovery page, many are reluctant to **jump on that bandwagon** due to brand safety concerns. There are, however, two other ways to amplify influencer campaigns and boost performance through media buys.
<Talking Influence>

目前還無法用 Instagram Reels（連續短片功能）做到這一點，且儘管各大品牌可以花錢讓他們的影片出現在抖音的發現頁面上，許多品牌出於對品牌安全性的考量，而不願**追隨此波潮流**。但是還有另外兩種方法可以透過購買媒體來擴大網紅的活動並提高績效。〈Talking Influence〉

amplify 擴大、放大　**boost** 增強

常用語 168

借助於他的人氣，他得到特別優惠。

Backed by his popularity, he got a special discount.

人氣和知名度越高，自然有更多露臉的機會。英文中「借助於……」可用 backed by ～表示，「人氣」是 popularity。因此 Backed by his popularity, he renewed his album contract. 的意思「借助於他的人氣，他續簽了他的專輯合約。」有了人氣，到哪裡都有好事發生，除了個人能力和經歷之外，人氣也會左右事業的發展。backed by one's popularity 可以用在句子的前面或後面，意味著借助人氣等力量扶搖直上，變得更活躍。

1 **借助於居高不下的人氣**，這部電影重新上映。
Backed by huge popularity, the movie was re-released.

2 在電影**高人氣的推波助瀾下**，續集正在開拍。
A sequel is being produced **backed by the popularity of** the movie.

3 **借助於她的超高人氣**，這位女演員簽下 5 個電視代言合約。
Backed by her explosive popularity, the actress signed 5 endorsement deals for television.

— endorsement 名人代言

4 由於在狂熱訂閱者中**擁有高人氣**，他打算開設另一個頻道。
Backed by the popularity among avid subscribers, he is set to open an additional channel.

5 **借助於**電影主角們**的人氣**，周邊商品銷售額增加了一倍以上。
Backed by the popularity of the film characters, sales of merchandise have more than doubled.

In fact, *Avengers: Endgame* (CY2019) grew 67% over *Avengers: Infinity War* (CY2018) in India versus 37% growth worldwide. The report shows a growing market for Marvel superhero movies in India, **backed by the popularity of** a few Hollywood sequels in India and untapped opportunities.
<The New Indian Express>

事實上，在印度《復仇者聯盟：終局之戰》（2019 年）的銷售額比《復仇者聯盟：無限之戰》（2018 年）增加 67%，這與全球銷售額 37% 的增幅形成對比。報告顯示，印度的漫威超級英雄電影市場正在成長，這**得益於**幾部在印度的好萊塢續作以及未開拓作品**的人氣**。〈新印度快報〉

untapped 未利用的、未開發的

訂閱者**對**那名 YouTuber **置之不理**。

Subscribers turned their back on the YouTuber.

169

網紅在受歡迎之後會傳播善意的影響力，但若是做出不好的行為或是捲入醜聞，人們的好感會立即下降，訂閱者和粉絲隨即可能會背離其而去。「對……置之不理」的英文是 turn one's back on ～，意思是「不理睬、迴避、背棄」，人或事物都可以當做受詞。

1 歌迷們**對**那名歌手**置之不理**。
Fans **turned their backs on** the singer.

2 他發誓**絕對不會背棄**他的歌迷。
He vowed he **would never turn his back on** his fans.

3 有影響力的人**不應該對**貧困的人**置之不理**。
Those with influence **should not turn their backs on** the poor.

4 他問：「你**怎能背棄**如此忠心的粉絲？」
He asked, "How **can** you **turn your back on** such loyal fans?"

5 他們說無論她做了什麼，他們**都不會對**她**置之不理**。
They said they **couldn't turn their backs on** her, no matter what she's done.

The 69 year-old took second billing behind Ford in *The Force Awakens* despite only appearing for a few seconds at the very end of the movie, before playing a much more substantial role in *The Last Jedi*. A lot of fans were furious, though, at how Rian Johnson depicted Luke as a bitter old man who **had turned his back on** everything that defined him, one who had no interest in either Rey or the fate of the Order itself.
<We Got This Covered>

儘管這位 69 歲演員在電影《星際大戰：原力覺醒》結尾只出現了幾秒鐘，他受到的關注程度卻僅次於哈里遜．福特。之後他在《星際大戰：最後的絕地武士》中扮演更重要的角色。但是很多粉絲對於雷恩．強森將路克描述成一個**對**定義自己的一切**置之不理**，且對芮或組織本身宿命毫不關心的狠毒老人感到憤怒不平。〈We Got This Covered〉

take second billing（在片尾字幕中）排在第二位（意味著影響力大）
substantial 重要的、實質的

PART 6

體育

CHAPTER 1

足球

還記得「希丁克的魔法」和南韓國家代表隊的鬥志，使南韓全國上下團結一心的 2002 年韓日世界盃嗎？世界杯具有濃厚的國家對抗賽意味，因此也產生「Soccer is a nationalistic sport（足球是一種民族運動）」的說法。兩個球門象徵著兩國的要塞，進球意味著要塞被突破，這樣的比喻似乎很有道理。做為足球發源地的英國，總是對足球宗主國的正統性感到自豪，但由於近來國際化，英超裡的選手大多數是外國人，因此英國內部有保守派觀點認為應該培養更多自己國家的選手。不過，優點是多虧有各國籍選手在英超比賽場中踢球，全世界球迷們才能享受比賽，對足球瘋狂。這一章我們將學習和足球比賽有關的常用新聞搭配詞。

足球相關主要用語

1. 上半場 : first half
   下半場 : second half
2. 總教練 : head coach
3. 助理教練 : assistant coach
4. 隊長 : captain
5. 前鋒 : forward
   中場 : mid-fielder
   後衛 : defender
6. 裁判 : referee
7. 預賽 : preliminary
8. 準決賽 : semi-final
9. 決賽 : the final(s), final match
10. 主力選手 : regular player
11. 球員替補 : player substitution, a change[switch] of players
12. 得分 : goals, scoring goals
13. 開場進球、破門得分
    : first goal, opening goal
14. 扳平比分的得分 : equalizer
15. 致勝球 : winning goal
16. 烏龍球 : own goal, suicide goal
17. PK 大戰 : penalty shoot-out
18. 進球慶祝 : goal celebration
19 強制退場
   : conduct away ~, eject ~, send ~ off
20. 爭議性判決 : controversial decision, questionable call
    不公平判決 : unfair call

常用語 170

我隊**踢進一球**。/ 守門員**被進一球**。

Our team **scored a goal.** / The goalie **allowed a goal.**

足球比賽中，有時是我方進球，有時是對方進球。我們經常看到把 goal 當做動詞來表示「進球」，但正確的說法是 score a goal。這裡的 score 是動詞，意思是「得分」。score 3 goals 是指「踢進三顆球」。一場比賽中，一個人獨進三球稱為帽子戲法（hat trick），以 score a hat trick 表示。和「進球」相反的是「失球、被進球、丟球」，以 allow a goal 或 concede a goal 表示。這些都是談論足球時經常使用的表達方式，一定要記下來。

1 距離他上次**進球得分**已經有一段時間了。
It has been a while since he last **scored a goal**.

2 他和他的兄弟各**踢進一球**。
He and his brother each **scored a goal**.

3 他**踢進兩球**，帶領球隊獲勝。
He **scored 2 goals** leading his team to victory.

4 守門員**被連進三球**。
The goalie **allowed 3 straight goals**.

5 守門員在連續五場比賽中**未曾失球**。
The goalie **didn't allow a single goal** in 5 straight matches.

The New York Times reported that Son Heung-min **scored a goal** with 12 touches and covering 80 yards or 73.122 meters. This is the longest solo-run goal by the South Korean since his debut in the EPL, following his previous record of a 50-meter goal against Chelsea FC in November last year. He contributed to a big 5-0 win by the Spurs by additionally providing one assist, which led to his current record of 10 goals and nine assists in the season.
<The Dong-A Ilbo>

據紐約時報報導，孫興慜在觸球 12 次，奔跑 80 碼或 73.122 公尺後**攻入一球**。這是這位南韓選手加入英超賽以來，獨自帶球得分的最長距離，他上一次創下的紀錄是去年 11 月在與切爾西隊比賽中奔跑 50 公尺後進球。此外他也額外助攻一次，為熱刺隊以 5 比 0 大勝做出貢獻，也為他自己創造了目前本賽季 10 粒進球和 9 次助攻的紀錄。〈東亞日報〉

比賽**進入延長賽**。
The match **went into overtime.**

171

英語的 overtime 表示「加班、超時工作」，也表示體育比賽中的「加時賽、延長賽」。公司裡的「加班工作」是 work overtime，「加班費」是 overtime pay。體育比賽中「進入加時賽」稱為 go into overtime。加時賽也有分上下半場，上半場加時賽是 the first half of overtime，下半場加時賽是 the second half of overtime。當比賽勢均力敵時，必須進入加時賽，沒有劇本的拉鋸戰，往往會出現意想不到的結局。此時就是 The overtime determined the winner（加時賽決定勝利方），句中 the overtime 成為主詞的用法，更具有英語的感覺。

1 不相上下的足球比賽最後**進入了加時賽**。
The closely matched soccer game eventually **went into overtime.**

2 當比賽**進入加時賽**時，地主隊士氣大振。
When the game **went into overtime**, the home team sprang back to life.

3 當比賽**進入延長賽**後，兩隊選手都顯得精疲力盡了。
The players of both teams were notably exhausted when the game **went into overtime.**

4 他因為助攻四次以及在**加時賽**踢進決勝球而被選為最有價值球員。
He was chosen as the MVP because of 4 assists and the decisive goal in **overtime.**

Conclusion of the second half and a scoreless game resulted in the Jacks **going into overtime**. When both teams can't score in two ten-minute periods , then the game ends in a tie. As overtime began, Jacks players began maneuvering the ball down to Monterey Bay's zone. A quick play set up by midfielder Kelsey Bess resulted in Kendal Spencer scoring the game-winning goal, and ending the match with the 1-0 Jacks win.
<The Lumberjack>

下半場在一分未得的情況下結束，使傑克斯**進入延長賽**。如果兩隊無法在兩次各 10 分鐘的加時賽中得分，比賽將以平局結束。隨著加時賽開始，傑克斯隊的球員們開始將球送到蒙特雷灣隊得分區，中場球員凱爾西．貝斯發動快速進攻，幫助肯達爾．史賓賽攻入致勝球，最終傑克斯隊以 1 比 0 獲勝。〈伐木工人〉

maneuver 調動、操控

常用語 172

對手仍**有很長的路要走**。

The opponent still **has a long way to go.**

在談論競賽力、成績、實際成果時，即使已有長足進步（have come a long way），也常說還有長遠的路要走。「還有長遠的路要走」的英文是 still have a long way to go，後面省略了 to catch up with somebody（以追趕上某人）、to reach its goal（為了達成目標）等。各位的英文實力要達到自己設定的目標，是否還有很長的路要走呢？希望大家都能趕上（catch up with）競爭對手，進而超越（get ahead of）他們。

1 新成立的團隊還**有很長的路要走**。
The newly formed team still **has a long way to go.**

2 要與領先隊伍的累積進球數並駕齊驅，我們還**有很長遠的路要走**。
We still **have a long way to go** to rival the aggregate goals of the leader.

3 韓國隊要追上巴西隊**還有很長的路要走**。
Team Korea **has a long way to go** to catch up with Team Brazil.

4 儘管看起來**還有很長的路要走**，但這個不被看好的球隊還是晉升到聯賽的第三名。
Even though it looked like it **had a long way to go**, the underdog rose to the third place in the league.

— underdog 不被看好的一方

Brian Gutekunst, the Packers top personnel decision-maker, selected players in this year's draft that he is hoping will help in the change. But on defense, the Packers **have a long way to go** if they are going to emulate the 49ers defense. The 49ers had the top defense in the NFL last season. If the Green Bay Packers defense is going to improve, they are going to need major contributions from key young players to do so.
<LWOS>

包裝工隊的最高人事決策者布萊恩．古特肯斯特在今年選秀中挑選了球員，他希望這些選手能幫助球隊改變。但是在防守方面，如果包裝工隊想要模仿舊金山 49 人隊的防守，他們**還有很長的路要走**。49 人隊在國家美式足球聯盟上個賽季擁有最佳防守。如果綠灣包裝工隊想改善防守，他們需要關鍵的年輕球員做出巨大貢獻。〈LWOS〉

personnel 人員、人事部門　**emulate** 模仿、效仿　**NFL** 美國國家美式足球聯盟

常用語 173

我隊**取得**出乎意料的**逆轉勝**。

Our team **achieved a** stunning **come-from-behind victory**.

「逆轉勝」是指從落後到追上領先者，最終逆轉領先，用英語來說就是 come-from-behind victory。「反敗為勝」通常用 achieve a come-from-behind victory 表示，動詞可以用 achieve、win 和 make 替換。此外，也可以用 come 作為動詞，例如 Manchester United came from behind to win the game（曼聯隊反敗為勝）。逆轉勝的比賽經常是險勝的狀況，「險勝」是 achieve a narrow victory，「取得壓倒性勝利」則是以 make a landslide victory 或 crush the opponent 表示。

1 他們很幸運地**取得逆轉勝**。
They were lucky to **achieve a come-from-behind victory.**

2 我隊擊敗這支強勁的對伍，**驚險地反敗為勝**。
Our team **achieved a thrilling come-from-behind victory** over the formidable team.

3 韓國隊在加時賽中進了 2 球，**驚人地以 4 比 3 反敗為勝**。
The Korean team scored 2 goals in overtime and **achieved a stunning 4 to 3 come-from-behind victory.**

4 原本落後對方的首爾隊在最後 5 分鐘攻進 2 球**取得逆轉勝**。
Trailing the opposing team and with 5 minutes left, Seoul FC (Football Club) fired 2 goals to **seize a come-from-behind victory.**

Korea got off to a strong start by taking a 2-0 lead in the first half. However, they **allowed a come-from-behind victory** to Turkmenistan in the second half and lost 2-3. This was Korea's first and last loss to Turkmenistan. Again, the two teams met for the second time in February 2008, during the third round of the 2010 FIFA World Cup qualifying matches at Seoul World Cup Stadium. Korea easily redeemed themselves by winning 4-0.
<Korea JoongAng Daily>

韓國隊在上半場以 2 比 0 領先，強勢開局。然而他們在下半場被土庫曼斯坦隊以 2 比 3 **逆轉輸掉比賽**。這是韓國隊首次也是最後一次輸給土庫曼斯坦隊。2008 年 2 月，兩隊在首爾世界盃體育場進行的 2010 年世足預選賽第三輪比賽中再次相遇。韓國隊以 4 比 0 取勝，輕鬆恢復名譽。〈韓國中央日報〉

qualifying match 資格賽　**redeem oneself** 恢復名譽、雪恥

我隊**克服重重困難**贏得勝利。
Our team won **against all odds.**

odds 作名詞時，意思是「（某事發生的）可能性、逆境、困難」。odd 當形容詞時是「奇怪的、古怪的」，和 strange 的意思一樣。against all odds 意指「不顧一切逆境（困難、惡劣條件、劣勢）」，是常用的表達方式。喜歡流行樂的人或許記得 80 年代初期 Phil Collins 發行的一首歌 Against All Odds。against all odds 的應用型態 against heavy odds 具有和 against all odds 類似的意義。此外還有其他的應用，如 The odds are against him（機會對他不利）等。

1 那支隊伍**力抗萬難**，最終獲得勝利。
The team came out on top **against all odds.**

2 不被看好的隊伍**克服一切困難**贏得比賽。
The underdog won the match **against all odds.**

3 **克服了重重困難**，英國隊取得奇蹟般的勝利。
Against all odds, England achieved a miraculous victory.

4 韓國隊**克服萬難**，憑藉自律和鬥志戰勝了日本隊。
Against all odds, the Korean team outperformed the Japanese team with discipline and a fighting spirit.

5 **儘管困難重重**，選手們始終沒有放棄，在比賽剩下 3 分鐘時反敗為勝。
Despite all odds, the players did not give up throughout the end and achieved a come-from-behind victory with just 3 minutes left on the clock.

The chances of a young player from Canada's North making it professional? Slim, for sure. But as professional soccer grows in this country, you can't help but wonder: If Collingwood or Comox can, **against all odds**, produce professional footballers, where will the next geography-defying player come from?
<Canadian Premier League>

來自加拿大北部的年輕球員成為職業選手的可能性有多少呢？肯定是微乎其微。但是隨著職業足球在這個國家的發展，你不禁會好奇：「如果科林塢鎮或科摩克斯鎮能夠**克服萬難**，培養出職業足球選手，那麼下一個反抗地域限制的球員將從何而生？」〈加拿大超級足球聯賽〉

defy 違抗、反抗

CHAPTER 2

棒球

說到棒球，就想起過去南韓在奧運獲得冠軍的那一幕，以及世界棒球經典賽（WBC）在南韓掀起棒球熱潮的事件。若能和英語母語者一起討論棒球等自己喜歡的運動，彼此產生共鳴，或閱讀相關報導，這麼一來英語會不會更有趣、更進步呢？希望各位記住，學習英語不是為了考試分數，而是為了與人溝通，有說服力地表達自己的想法。在這一章我們將學習和棒球比賽有關的常用搭配詞，都是實際生活中經常用得到的動詞片語，學起來後加以應用吧！

棒球相關主要用語

1. 棒球場 : baseball stadium, ballpark
2. 外野 : outfield
   內野 : infield
3. 主場比賽 : home game
   客場比賽 : away game
4. 第～局上半：top of the 數字 th inning
   第～局下半：bottom of the 數字 th inning
5. 攻擊隊 : the team at bat
   防守隊 : the team in the field, the defense team
6. 游擊手 : shortstop
   中外野手 : centerfielder
7. 外野手 : outfielder / 內野手 : infielder
8. 右外野手 : right fielder
   左外野手 : left fielder
9. 先發投手 : starting pitcher
   救援投手 : closing pitcher
   後援投手 : relief pitcher
10. 打擊手 : hitter, batter
    指定打擊 : designated hitter
    捕手 : catcher
11. 裁判 : umpire
12. 完投 : throw the full nine innings
13. 完封 : shutout
14. 安打 : hit, base hit
15. 無安打比賽 : no-hitter, no-hit game
16. 三振出局 : strikeout
17. 滿壘 : full base
    形成滿壘 : the bases are loaded[full]
    滿壘全壘打 : a bases-loaded home run, grand slam
18. 防禦率 : ERA (earned run average)
19. 打點 : RBI (runs batted in)
20. 打擊率 : batting average

常用語 175

那位投手雖然受傷**仍完投**。

The pitcher **threw the full nine innings** despite the injury.

在棒球比賽中就個別選手而言，投手（pitcher）的角色最重要。一場比賽的先發投手（starting pitcher）獨自投完整場比賽，就稱為完投。投手若達成完投或完封（shutout，一名投手完投期間不讓對分得分），會令棒球迷們有一種觸電的感覺。「完投」是從比賽開始投到結束，所以在 full nine innings 加上動詞 throw 或 pitch，形成 throw[pitch] the full nine innings。

1 投手柳賢振在對古巴的比賽中**幾乎完投**。
Pitcher Ryu Hyun-jin **threw nearly the full nine innings** against Cuba.

2 儘管肩膀受傷，他還是設法**完投**。
Despite a shoulder injury, he managed to **pitch the full nine innings.**

3 在一個賽季中，這位王牌投手共投出 15 次**完投**。
In one season, the ace pitcher **threw the full nine innings** on 15 occasions.

4 由於可能會傷到肩膀，因此不建議你**完投**。
It's not advised **to throw the full nine innings** often because you could strain your shoulder.

5 這位先發投手**在完投期間**三振了 6 名打者，失分 2 分。
The starting pitcher struck out 6 (batters) and gave away 2 runs **throwing the full nine innings.**

He allowed 8.5 hits per nine innings and had a solid WHIP of 1.15 last season. If he **had pitched the full nine innings** against Chunichi, he would've potentially allowed 16.2 hits in nine innings.
<Sportsbook Review>

上個賽季中他每 9 局平均被擊出 8.5 支安打，並取得出色的 1.15 WHIP 值（每局被上壘率，Walks and Hits Per Inning Pitched）。如果他在對上中日龍隊的比賽**投出完投**，預測他可能在 9 局中被擊出 16.2 支安打。〈Sportsbook Review〉

solid 堅固的、紮實的

他的紀錄**遠勝**其他選手。

His record **eclipsed** those of other players.

176

lunar eclipse 和 solar eclipse 分別是「月蝕」和「日蝕」。eclipse 作動詞時，有「遮蔽、使黯然失色、遮住……的光、壓倒」等意思。因此，「超越……的紀錄」也可以用動詞 eclipse 表示。例如，花式滑冰的金妍兒選手實力遠勝其他競爭對手（in a league of her own），在超越淺田真央等勁敵時，可以用 eclipse 表示。可替代的單字有 pale、overshadow、dwarf 等動詞。

1 他的防禦率**遠超過**其他投手。
His ERA **eclipsed** those of the other pitchers.

2 其賽季的第一百個全壘打**遠勝**其他選手的紀錄。
The 100th home run of the season **eclipsed** the record of any other player.

3 柳賢振的大聯盟生涯紀錄仍然**遠超過**許多選手。
Ryu Hyun-jin's major league career record still **eclipses** those of many players.

4 我隊目前表現佔有優勢且**遠勝**其他隊伍。
Our team's current performance is dominant and **eclipses** those of other teams.

5 他的得票數**遠超過**其他最有價值球員候選人，因此獲得了這個獎項。
He **eclipsed** the other MVP nominees in the number of votes and took home the prize.

What's become lost in all the years is that Mazeroski's solo home run in the ninth inning, one **eclipsed** in baseball lore perhaps only by Bobby Thomson's "Shot Heard Round The World" in 1951, might not have been the Pirates' biggest homer of the game.
<Los Angeles Daily News>

這幾年被逐漸遺忘的是馬澤羅斯基那支在第九局擊出的陽春全壘打，或許這不是海盜隊史上最精采的全壘打。唯一**超越**此次紀錄的可能是 1951 年鮑比．湯普森擊出的「驚世一轟」逆轉全壘打。〈洛杉磯每日新聞〉

lore 傳統、傳說 **Shot Heard Round The World** 全世界都聽見的巨響、歷史性的事件
homer 全壘打

我隊**接連獲勝**。
Our team **is on a winning streak.**

在運動比賽中連續獲勝或連續失敗的情況，英文的說法各為 be on a winning streak（屢戰屢勝、連勝）及 be on a losing streak（屢戰屢敗、連敗）。streak 是長條的條紋，在體育賽事中意味著連續成功或失敗。當一支隊伍 5 連勝時，可以表示為 The team is on a 5-game winning streak 或 The team won 5 games in a row。有時也可以使用沒有 be 動詞的副詞片語，on a winning steak 是表示「連勝」，on a losing streak 則是「連敗」。

1 這支隊伍**保持連勝**。
The team **is on a winning streak.**

2 這支隊伍**已經連勝 11 場比賽**。
The team **is on an 11-game winning streak.**

3 她**已經連續**三年**獲勝**。
She **has been on a winning streak** for 3 years.

4 尼克斯隊**以連勝之姿**開啟了本賽季。
The Knicks opened the season **on a winning streak.**

5 我加入已經**取得連勝**的隊伍。
I joined the team that **had** already **been on a winning streak.**

Mauch said that, when his team **was on a winning streak**, his job was to pop holes in the inflated egos of his players. When players are winning, they start thinking that they are so awesome that they can never be beaten. They get sloppy.
<Maple Money>

毛赫表示，當他的隊伍**取得連勝**時，他的工作就是去刺破球員們膨脹的自尊心。當選手們贏得比賽，他們會開始覺得自己很了不起，以為自己絕對不會輸，並且變得過於草率。〈Maple Money〉

inflated ego 自尊心過剩　**sloppy** 草率的、馬虎的

在他們反應過來前**已形成滿壘**。

Before they knew it, **the bases were loaded.**

我覺得棒球比賽中，滿壘情況下的逆轉全壘打是最刺激的翻盤，可以比喻成人生的逆轉。「滿壘狀態」可以使用代表滿載的 loaded，形成 The bases are loaded 的句子，也可以說 The bases are full.。「壘包」是 base，「滿壘」是 a full base。口語上有 could not even get to first base 的說法，意思是「連一壘都上不了」，意指談戀愛時，只有牽手沒有接吻的狀態，例如 It has been 6 months since I met her, but I couldn't even get to first base.。

1 第八局下半**形成滿壘狀態**。
The bases were loaded at the bottom of the 8th inning.

2 在兩人出局且**滿壘的狀況下**，投手面臨到最大的危機。
The pitcher faced his worst crisis **with** two outs and **bases loaded**.

3 在**滿壘**且無人出局**的情況下**，中心打者轟出一計戲劇性全壘打。
When the bases were loaded with no outs, the cleanup hitter fired a dramatic home run.

4 韓國隊先失三分後，試圖在一人出局**滿壘的情況下**大量得分。
After preemptively doling out three runs, Korea aimed to score big **as the bases were loaded** with just one out.

— preemptively 先發制人地、預先地 dole out 發放

5 打擊者面對一個**滿壘**的絕佳機會。
The batter faced a great chance with **a full base**.

I remember screaming at the television. I couldn't believe my eyes. This was it—a chance at real baseball history, and not just the trivial kind. The etched-in-marble kind. **The bases were loaded**, and it was Daniel Nava's debut, and the pitch came in on rails, and I waited for deliverance. I'm still waiting. <Over the Monster>

我記得我對著電視大聲喊叫，簡直無法相信自己的眼睛。這是締造真正棒球歷史的機會，不是枝微末節的那種，而是深刻在大理石上的那種。**在滿壘的情況下**，丹尼爾・納瓦首次上場比賽，投球正如預期地進行，我等待著解脫。我仍在等待著。〈Over the Monster〉

deliverance 得救、拯救

常用語 179

球隊老闆和總教練因薪資問題**鬧翻**。

The team owner and the head coach **had a falling out** due to salary issues.

在任何一個組織當中，領導與跟隨對成功而言都至關重要。帶著多少信任與情義，需要多相信部屬和上司，又該如何進一步導向成功之境，儼然已成為人們研究的課題。不僅在棒球上，在人際關係上也常發生因意見不和而關係疏遠的情況。「因意見不合而鬧翻」可以用 have a falling out 表示，此外也可以用 relations turn sour、relations become estranged。相反地，「關係融洽」可以用 have cozy[warm] relations 表示。

1 這兩名選手**鬧翻了**，後來各自分道揚鑣。
The two players **had a falling out** and later parted ways.

2 由於經常起爭執，這兩名選手**關係決裂**。
The two players **had a falling out** from frequent arguments.

3 為什麼長期合作的投手和捕手，這對夥伴**會鬧翻呢**？
Why **did** the pitcher and the catcher, long-time partners, **have a falling out**?

4 球隊老闆和總教練為了選手的聘用**鬧翻**。
The team owner and the head coach **had a falling out** over recruiting issues.

5 這位明星球員的所屬球隊和國家代表隊之間因為利益衝突**鬧翻**。
The star athlete's affiliated team and the national team **had a falling out** because of a conflict of interest.

This special makes it seem as though Bill Veeck, who took over as White Sox owner in Caray's sixth season with the club, hired him. There's no hint of how —and why—Caray and subsequent Sox owner Jerry Reinsdorf **had a falling out** that greased his departure for the Cubs ahead of the 1982 season. <Chicago Tribune>

此特別待遇似乎使比爾・維克雇用了卡雷。比爾・維克在卡雷簽下第六季合約時接任白襪隊老闆。沒有任何跡象顯示卡雷和白襪隊的繼任老闆傑瑞・藍斯道夫是如何又為什麼會**鬧翻**，而這促使他在 1982 年賽季前離開轉往小熊隊。〈芝加哥論壇報〉

grease 塗上油脂（潤滑油）、促使、飛快地

CHAPTER 3

籃球

回想起過去曾經風靡一時的籃球皇帝麥可・喬丹，當時我深深被他各種個人技巧、瞬間爆發力和強大能力所吸引。他的才能真的可以用鶴立雞群來形容，英文是 outstanding，是從動詞片語 stand out 演變而來的形容詞，可解釋為「卓越的、傑出的」。相反地，才華平庸是 mediocre，意思是沒那麼出色，「（才華）平凡的」。不管怎麼說，籃球必須仰賴緊密的團隊合作和個人技巧，是冬季室內運動的代名詞，球迷們可以在觀賽的同時，透過大聲加油吶喊讓心情更加放鬆。在這一章我們將學習和籃球有關的搭配詞用法。

籃球相關主要用語

1. 控球後衛 : point guard（在球場上負責組織進攻並指揮管理隊伍的球員）
2. 大前鋒 : power forward（能發揮絕佳的中鋒或後衛能力，並兼具出色的得分能力）
3. 空心命中（空心球） : swish
4. 三分球 : three pointer
5. 快攻（逆襲） : fast break （在對方回防以前快速進攻）
6. 籃外空心球 : air ball （麵包球，沒有碰到籃框或籃板的未得分球）
7. 擦板球 : bank shot（撞擊籃板後入網的球）
8. 助攻 : assist （球員傳球給另一個球員後得分，傳球的球員計一次助攻）
9. 空中接力 : Alley-Oop（攻擊時甩開對方的防守，在空中接球直接扣籃）
10. 投籃出手數 : field goals attempted（比賽中罰球以外的投籃次數）
11. 掩護戰術 : screen play（阻止對方選手前進的行為）
12. 全力拼戰 : hustle play（不惜代價用身體激烈攻防的表現）
13. 阻攻、蓋火鍋 : block （進攻方投籃時，防守方用手封阻投向籃框的球）
14. 帶球撞人 : charge（進攻的選手碰撞防守的選手）
15. 罰球 : free throw （被犯規的選手站在罰球線後面，在不受干預的情況下投籃，進一球得一分）
16. 攻守轉換 : turnover （攻擊手的失誤，使球權轉移到敵隊，或因傳球失誤而被奪走進攻權）
17. 二次運球 : double dribble（運球時將球用雙手抓住後又再次運球，或以雙手運球的犯規行為）
18. 卡位 : box out （在籃下區域阻擋防守方的球員）
19. 區域聯防 : zone defense （各個選手防守指定區域的策略）
20. 名人堂 : HOF (Hall Of Fame)

常用語 180

球隊的賽季**不樂觀**。

The team's season **was hanging in the balance.**

hang in the balance 是「處於危機中、處於極度不安的狀態、懸而未決的狀態、兩種可能性中難以預料結果的狀態」。想像一下天平不確定往哪一邊傾斜、懸在半空中的狀況，那是一種懸而未決又危險不安的狀態。可以用來替換的用法是 be in an unstable[precarious] situation「處於不穩定（岌岌可危）的狀態」。此外，源自撞球的慣用語 be behind the eightball（處境危險不利）也是類似的意思。

1 延長賽現在**正陷入膠著**。
The playoffs **are** now **hanging in the balance.**

2 在落後 10 分的狀況下，這一隊的**處境相當危險**。
10 points behind, the team **was hanging in the balance.**

3 洛杉磯湖人隊這個賽季**並不樂觀**。
The season for the LA Lakers **was hanging in the balance.**

4 甚至到了第四節，比賽**仍懸而未決**。
Even in the 4th quarter, the game **was hanging in the balance.**

5 這支隊伍出乎意料地勝出，使巡迴賽結果**難以預料**。
The team's unexpected win left the series **hanging in the balance.**

What looked like an easy win **was hanging in the balance**, but unlike the Liberty—a team with seven rookies on the roster—the Fever have veterans like Candice Dupree and Natalie Achonwa who have a wealth of knowledge to pull from in the clutch.
<IndyStar>

看似輕鬆取勝的比賽變得**岌岌可危**。但與名單上有 7 名新人的自由人隊不同的是，狂熱隊有像康迪斯・杜普里和納塔莉・阿喬恩瓦等老將，擁有豐富知識可以在危急時發揮所長。〈印第安納波利斯星報〉

roster 選手名單、執勤表　**clutch** 危機、（比賽的）緊要關頭、關鍵時刻

他的才華**在關鍵時刻**嶄露頭角。
His talent shines **in the clutch.**

clutch 是指「（運動比賽中的）緊要關頭、重要瞬間」，所謂重要的瞬間就是一不小心便非勝即敗的緊要關頭，因此 in the clutch 可以解釋為「在重要的瞬間、在緊要關頭、在危急時刻」，也可換成 at a critical moment。His talent shines in the clutch. 的意思是在危機中發揮才能。通常在關鍵的危機時刻，有經驗的人（people with experience）總是比沒有經驗的人更具爆發力，更能展現出才華或本領。

1 柯比．布萊恩總是**在危機時刻**有出色的表現。
Kobe Bryant was always remarkable **in the clutch.**

2 他總是**在關鍵時刻**失誤，令球迷感到失望。
He often chokes **in the clutch**, disappointing fans.
— choke 因為緊張而失敗、搞砸

3 他又再次**在緊要關頭**讓隊友和球迷失望。
He let teammates and fans down **in the clutch** again.

4 她因成功克服**危機時刻**為球隊做出貢獻而聞名。
She is renowned for success **in the clutch**, contributing to the team.

5 在此次**關鍵時刻**命運並沒有眷顧她，她的球隊因而輸了比賽。
Fate did not support her **in the clutch** this time and her team lost the game.

In a close encounter with the Thunder, the Rockets couldn't perform **in the clutch** as they ended losing in the fourth quarter thriller.
<Essentially Sports>

在與雷霆隊激烈交戰中，火箭隊**在危機時刻**表現不盡理想，最終在驚險萬分的第四節輸球。〈Essentially Sports〉

他**擺脫了候補球員的身分**。

He graduated from being a bench warmer.

不能經常上場比賽，只能坐在板凳（bench）上的選手被稱為 bench warmer，意思是屁股持續坐在板凳上，使板凳溫度變得溫熱，稱為「候補球員」或「替補隊員」。想表達「擺脫候補的身分」可以使用「從……畢業、克服」的 graduate from ～，形成 graduate from being a bench warmer，意思是「不再是候補球員」。

1 我必須很遺憾地說，我不認為他**能擺脫候補球員的身分**。
I am sorry to say I don't think he **would ever graduate from being a bench warmer.**

2 經過十年的職業生涯，他終於**不再是個板凳隊員**。
10 years into his professional career, he finally **graduated from being a bench warmer.**

3 只要能進入職業聯賽，他不介意**成為候補球員**。
As long as he makes it into the professional league, he doesn't mind **being a bench warmer.**

4 如果長期持續**作為替補球員**，你的選手生涯註定短暫。
If you keep **being a bench warmer** for a prolonged time, your shelf life as an athlete is bound to be short lived.

5 他快速**從候補球員躍升為**頂尖選手。
He rapidly **emerged from being a bench warmer to** being the top player.

Dudley, who **has been a bench-warmer** for most parts of the season, has no shame in being so. He is happy to contribute to the team in the best way the organization sees fit. And his recent activity on social media is proof of that. <Essentially Sports>

此賽季大部分時間**都是候補隊員**的達德利並不為此感到丟臉。他很樂意以組織認為最佳的方式為團隊做出貢獻。他最近在社群媒體上的活動就是證明。〈Essentially Sports〉

他和其他隊員**沒什麼默契**。
He **has little chemistry** with the other players.

曾經是美國真人秀節目《誰是接班人（The Apprentice）》主持人的唐納·川普在「解雇」某參加者時曾說：「You broke the chemistry of the team and Andrea you are fired.（你破壞了團隊的默契，所以安德里亞你被淘汰了。）」chemistry 也被用來表示和異性契合與否，或與組織、團隊的默契或團隊合作。若遇到合得來的異性，就會發生「化學反應」，因此 have little chemistry 意思是「合不來、沒默契、無法團隊合作」，更糟的情況可以用 bad chemistry 形容。相反地，have good chemistry 的意思是「八字很合（來電）、很有默契」。「與……之間的契合度 / 默契 / 團隊合作」可以用 chemistry with ～表示。

1 我們輸了今天的比賽，因為**團隊默契不佳**。
We lost today's game because of **bad chemistry within the team**.

2 那位王牌選手和其他選手**沒什麼默契**，所以經常被排擠。
The ace is often shunned because he **has little chemistry** with the other players.

3 我應該更常去和球員們一起訓練，因為目前我**和他們沒什麼默契**。
I should train more with the players because I **have little chemistry** at the moment.

4 我相信在這個賽季**我們球隊的默契比**其他任何球隊**都要強大**。
I believe **our team chemistry has become stronger than** any other team this season.

The Heat asked Dragić to move to the bench this season, to be their Manu Ginóbili, after Jimmy Butler's arrival. He responded by **building strong chemistry** with Butler that has kept him in Coach Erik Spoelstra's preferred lineup to close out games.
<The New York Times>

在吉米・巴特勒加入後，熱火隊要求卓吉奇在本賽季轉換為候補球員，成為他們的馬努・吉諾比利。卓吉奇表示將與巴特勒**建立強大的默契**，這使他被列入艾瑞克・史波爾史特拉教練優先上場的選手陣容並得以終結比賽。〈紐約時報〉

馬努・吉諾比利：阿根廷球員，唯一在歐洲籃球聯賽、奧運、NBA獲得冠軍的非美籍球員。

lineup 陣容、隊伍　**close out** 結束……

CHAPTER 4

高爾夫球

除了我們前面提到的運動項目之外，還有很多其他的運動。一國的國力和運動競賽冠軍數成比例，但也有例外的時候。有些項目是南韓選手的特殊強項，例如射箭、短道速滑、跆拳道、摔角、柔道等許多項目，但其中絕對不能不提高爾夫球。這項運動曾經被認為只有有錢人才能享受，但最近高爾夫球受歡迎的程度幾乎已成為國民運動，也有好幾個高爾夫專門的電視頻道。特別是以朴世莉選手為首的南韓女性選手，已多次佔據世界最頂尖的地位，為南韓宣揚國威（raising the prestige of the country）。高爾夫球有許多專門術語，我們將學習一些在日常生活中常用的搭配詞用法。

高爾夫球相關主要用語

1. 高爾夫球場 : golf course
   會員制高爾夫球場 : private golf course
2. 高爾夫會籍 : golf club membership
   高爾夫會籍轉讓 : issue[sell] membership
3. 高爾夫練習場 : driving range, (golf) practice range
4. 發球檯（開球區）: teeing ground, tee box（口語）
5. 開球精準度 : driving accuracy
6. 長草區 : rough（高爾夫球場裡草長度長，不容易擊球的區域）
7. 水障礙 : water hazard
   （比賽場上的海、湖、池塘、河川、溝渠、地面排水溝等區域）
8. 沙坑 : bunker（由沙子構成的障礙區）
9. 短洞 : par 3 hole
10. 長洞 : par 5 hole
11. 狗腿洞 : dog leg hole
12. 桿數 : number of strokes
13. 標準桿 : par（標準桿數）
14. 柏忌 : bogey（總杆數高於標準桿 1 桿）
15. 雙柏忌 : double-bogey
    （總杆數高於標準桿 2 桿）
16. 三柏忌 : triple-bogey
    （總杆數高於標準桿 3 桿）
17. 小鳥球 : birdie（總杆數低於標準桿 1 桿）
18. 老鷹球 : eagle（總杆數低於標準桿 2 桿）
19. 信天翁 : albatross（總杆數低於標準桿 3 桿）
20. 一桿進洞
    : make a hole in one
    （一桿直接將球擊入球洞）

他在美國名人賽**有很好的開局**。
He **is off to a great start** in the Masters Tournament.

比賽開始若順利，出現好結果的機會就大。get off to a great start 的動詞使用 get，強調狀態的「變化」，意思是不同於以往地順利出發，若是使用 be 動詞的 be off to a great start，意思就是配合順利出發的「狀態」，現在出發的狀態良好。I hope you get off to a great start in studying with this book and keep it up.（我希望你學習這本書時有好的開始並且持續下去！）

1 這次賽季她**有很好的開局**。
She **got off to a great start** this season.

2 去年排名墊底的球隊，今年**有好的開始**。
Last year's bottom ranked team **is off to a great start** this year.

3 對於剛轉為職業球員的那位選手來說，今年**有很好的開始**。
This year **is off to a great start** for the player who just turned pro.

4 這位選手**開局極佳**，希望他繼續保持這樣的氣勢。
He **got off to a great start** and hopes to keep the momentum going.

5 教練告訴球員們：「我希望你們這週**有很好的開始**。」
The coach told the players, "I hope your week **is off to a great start**."

India's Shubhankar Sharma **got off to a great start** with birdies on the first two holes but could not maintain the tempo and slid to tie in 110th place in the 2020 English Championship in Hertfordshire on Thursday.
<Scroll.in>

在週四於赫特福德郡舉行的 2020 年英國錦標賽上，印度的蘇班卡・夏馬在前兩洞打出小鳥球，**開局狀況極佳**，但由於無法保持節奏，排名下滑到並列第 110 名。〈Scroll.in〉

常用語 185

兩位選手**並列第二名**。

The two players **were tied in second place.**

在高爾夫球錦標賽中，成績排名上上下下，過程中經常出現與他人排名並列的情況。單獨領先當然是最好的狀況，但如果是取得並列第二，選手總是難免感到遺憾。在比賽過程中「並列第二」的英文是 be tied in second place。值得注意的是，在表示「排名」時，名次前面不加冠詞 the。比賽結果「平手、不分勝負」則以 finish in a tie、end in a draw 表示。

1 兩名選手在上個賽季經常**並列第二**。
The two players **were** often **tied in second place** last season.

2 直到第 9 洞為止，兩名高球選手**一直並列第二**。
The two golfers **have been tied in second place** until the 9th hole.

3 韓國和英國高球選手以低於標準桿 5 桿的成績**並列第二**。
The Korean and British golfers **are tied in second place** with 5 under par.

4 兩名選手在過往連續三場錦標賽中**排名並列第二**。
The two players **were tied in second place** in the last three straight tournaments.

5 這三名新秀在這三天的人氣排行榜上**並列第二**。
The three rookies **were tied in second place** for three days in the popularity ratings.

England's Eddie Pepperell carded a superb 5-under 67 to take a one-shot lead at the Dubai Desert Classic on Friday. Pepperell moved to a shot clear of defending champion Bryson DeChambeau, who **is tied in second place**, after the Englishman made seven second-round birdies to lead at 8 under for the tournament.
<ESPN>

英國選手艾迪．佩波瑞爾在週五舉行的杜拜沙漠菁英賽上打出卓越的 67 桿成績，低於標準桿 5 桿並以一分之差位居領先。佩波瑞爾在第二輪比賽擊出 7 個小鳥球，並以低於標準桿 8 桿的成績在錦標賽中暫居領先，比**並列第二的**衛冕冠軍布萊森．德尚布多出一分。〈衛視體育台〉

card 計分　**defending champion** 衛冕冠軍

她因為打出柏忌而受挫。

She suffered a stumble with a bogey.

高爾夫的標準桿數稱為「par」，多一桿稱為「柏忌（bogey）」。如果高爾夫選手打出「bogey」，將打斷比賽進行節奏，因為成績停滯不前而在比賽中遭遇挫折。「受挫」的英文是 suffer a setback，類似的搭配詞有 suffer a stumble。suffer a stumble with a bogey 是「因為打出柏忌而受挫」。也可以用動詞 stumble，簡單地以 stumble with a bogey 表示。相反地，沒有打出任何一支柏忌時，比賽將進行地非常順利，此時可以用 without any bogey（沒有任何柏忌）表示。

1 在關鍵回合中，他**因打出柏忌而受挫**。
He **suffered a stumble with a bogey** in the crucial round.

2 她開局打得很好，卻**因打出柏忌而遭受挫折**。
She got off to a great start but **stumbled with a bogey.**

3 他在第三回合**打出雙柏忌而遭遇挫折**。
He **stumbled with a double bogey** in the third round.

4 在四回合中，他打出 5 個小鳥球，**沒有任何柏忌。**
Over 4 rounds, he carded 5 birdies **without any bogey.**

5 **在沒打出任何柏忌的情況下**，她以低於標準桿 20 桿，總桿數 196 桿的成績贏得冠軍。
Without any bogey, she won the tournament with 20 under-par 196.

Ranked 73rd in the world, Lahiri **stumbled with a bogey** in his opening hole. He recovered quickly with a birdie on the second but was pegged back again by another two bogeys on holes four and five. Birdies on seven and 12 then brought Lahiri to even-par.
<Business Standard>

世界排名第 73 的拉希瑞在第一洞**因打出柏忌受挫**。他很快地在第二洞打出一個小鳥球，但又在第四和第五洞打出雙柏忌而遭到阻礙。在第七和第十二洞打出的小鳥球幫他拉回平標準桿。〈商業標準報〉

peg ~ back 使……無法獲勝
even-par 平標準桿（規定擊球桿數與選手擊球桿數一致）

常用語 187

他在去年賽季**贏得豐厚獎金**。

He **earned a hefty paycheck** in last year's season.

成為職業選手後，一旦在比賽中獲勝，就能得到獎金。職業足球或籃球選手的年薪之高令人瞠目結舌，在世界級收入的選手中，屬於個人項目的高爾夫球選手所得尤其多。根據專業經濟雜誌《富比士》報導，史上最富有的運動員中，排名第一的是麥可．喬丹，第二是老虎．伍茲，第三是阿諾．帕瑪，第四是傑克．尼克勞斯等，第二名到第四名都是高爾夫球選手。在大賽中勝出就能獲得可觀的獎金，英文稱 earn a hefty paycheck（贏得豐厚獎金）。hefty 是「可觀的、鉅額的」，paycheck 原指「薪資」或「報酬」，和 hefty 一起使用時有獎金的意思。此外「獎金」的英文是 prize money。

1 出乎意料地，她**獲得豐厚的獎金**。
Bucking expectations, she **earned a hefty paycheck**.

2 他在錦標賽中獲勝，**贏得豐厚獎金**。
He **earned a hefty paycheck** by winning the tournament.

3 他在美巡賽中首次獲勝，**得到豐厚的獎金**。
He **earned a hefty paycheck** with his first PGA Tour victory.

4 她**贏得**勝利的榮譽和**豐厚的獎金**。
She **earned** both the honor of victory and **a hefty paycheck**.

5 她**獲得了**高達一百萬美元的**豐厚獎金**。
She **earned a hefty paycheck** that was raised by 1 million dollars.

The veteran is nearly seven years removed from his lone Tour title in Puerto Rico, but he **earned a hefty paycheck** thanks to a bogey-free back nine as he carded 68 for the third straight day.
<Golfchannel>

這位老將在將近七年前於波多黎各得過唯一的巡迴賽冠軍，但由於他這三天皆打出 68 桿，且後面九洞沒有打出柏忌的緣故，這次他**贏得了豐厚獎金**。〈美國高爾夫頻道〉

CHAPTER 5

奧運

不論是現在或 80、90 年代，每四年舉辦一次的亞運會、世界盃和奧運，都是萬眾矚目、眾所期待的體育盛會。我也是從 1988 年首爾奧運會起，觀看每四年一次的奧運比賽。1980 年在德國巴登巴登舉辦的奧運大會中，我清楚記得當時國際奧委會（IOC）主席薩馬朗契，在宣布 1988 年奧運舉辦地時高呼：「首爾！」各國從被選為奧運舉辦地的那日起，就成為人們關注的焦點，國家代表選手們為了自己和國家而全力以赴的模樣，引起人們的共鳴與感動。對運動選手來說，奧運是一生一次的機會（once-in-a-lifetime opportunity），令人捏冷汗的勝負是一部沒有劇本的電視劇。夏季奧運、帕奧、冬奧等是運動選手們夢想中的最高舞台。在這一章，我們將學習與奧運相關的必備搭配詞和用法。

奧運相關主要用語

1. 夏季奧運 : Summer Olympics
2. 冬季奧運 : Winter Olympics
3. 帕拉林匹克運動會（身障奧運）: Paralympics
4. 國際奧運委員會 : International Olympic Committee (IOC)
5. 奧運會旗 : Olympic flag
6. 奧林匹克憲章 : Olympic Charter
7. 奧運聖火 : Olympic torch
8. 點火儀式 : torch-lighting ceremony
9. 傳遞聖火 : torch relay
10. 開幕式 : opening ceremony
    閉幕式 : closing ceremony
11. 獎牌數排名 : medal ranking
    獎牌總數排名 : overall medal tally
12. 獎牌頒獎儀式 : medal award[awarding] ceremony
13. 國歌 : national anthem
14. 藥物檢測 : doping test
15. 取消資格 : disqualification
16. 主辦電視台 : host broadcaster
17. 主辦比賽 : hosting of the games
18. 男子十項全能 : decathlon
19. 冬季兩項（越野滑雪與射擊混合競賽）: biathlon
20. 決賽 : final games, finals

常用語 188

奧運會是**為期兩週的全球體育盛會**。
The Olympics is **a 2 week-long global sports gala.**

奧運會是為期兩週的世界性體育盛會，英文「為期兩週」是 a 2 week-long，可以改變時間長度加以活用，例如 This is a 3 hour-long movie（這是一部片長 3 小時的電影）、It was a 4 day-long seminar（這是為期 4 天的研討會）。重點是，即使前面有數字，後面 week、hour、day 等表示時間單位的名詞仍必須用單數，2-weeks long 或 3 hours-long 是錯誤的寫法。gala 是指「節慶、運動賽事盛會」。

1 **為期兩週的體育盛會**將在下週四晚間七點開始。
The 2 week-long sports gala will kick off at 7 p.m. next Thursday.

2 **為期兩週的全球體育盛事**進入倒數計時。
The countdown has begun for **the 2 week-long global sports gala.**

3 平昌冬季奧運是**為期兩週的全球體育賽事**。
The PyeongChang Winter Olympics was **a 2 week-long global sports gala.**

4 坦尚尼亞希望舉辦奧運會，這是**一場為期兩週的全球體育盛會**。
Tanzania is hoping to host the Olympics which is **a 2 week-long global sports gala.**

5 在**為期兩週的全球體育賽事**期間，企業花費鉅額資金宣傳自己的品牌。
Businesses spend huge amounts of money to promote their brands during **the 2 week-long global sports gala.**

Samsung Electronics Co. unveiled its limited edition Galaxy S7 Edge smartphone on Friday designed to celebrate the upcoming Rio Olympic Games. The South Korean tech giant said it will begin the sale of the special version in South Korea, Brazil, China, the United States and some other selected nations on July 18. Samsung is a long-time sponsor of **the quadrennial global sports gala**.
<Yonhap News Agency>

三星電子公司在週五公開為慶祝即將到來的里約奧運會，而設計的限量版 Galaxy S7 Edge 智慧機。這家南韓科技巨頭表示，7 月 18 日將在南韓、巴西、中國、美國和其他特定國家開始銷售此特別版產品。三星是此**四年一度全球體育盛會**的長期贊助商。〈聯合通訊社〉

quadrennial 四年一度的

兩國**將**在決勝戰**正面交鋒**。
The two countries **will go head to head** in the final match.

比賽中「激烈對決、正面交鋒」的英文是 go head to head。想像兩頭羊互相抵撞的模樣，就很容易記住這個搭配詞。面對面的對峙也被稱為 face off，另外 face off 也可以指「開始比賽」。kick off 也有「比賽開始」的意思，不過 face off 的主詞是人，kick off 的主詞是競賽。

1 冠軍和挑戰者**將**在晚間 6 點**正面交鋒**。
The champion and contender **will go head to head** at 6 p.m.

2 這兩名對手在地區足球預賽中**對決**。
The two rivals **went head-to-head** in the regional football preliminaries.

3 兩名國家選手**將**在電視直播的比賽中**正面交鋒**。
The two national athletes **will go head-to-head** in a live televised match.

4 韓國國家代表隊和日本國家代表隊**將正面對決**。
The Korean national team **will go head to head** with the Japanese national team.

5 澳洲和紐西蘭這兩個老對頭**將**在奧運決賽中**正面交鋒**。
Old rivals Australia and New Zealand **will go head to head** in the final match in the Olympics.

China PR and Korea Republic **will go head-to-head** for the region's last berth. The two-legged showdown is scheduled to be played in early 2021. The last ticket to Tokyo will go to either Cameroon, runners-up in the African qualifiers, or Chile, runners-up at the Copa America.
<FIFA.com>

中國和南韓**將**為了該地區的最後一個晉級名額**正面對決**。雙方比賽預定在 2021 年初舉行。前往東京奧運的最後一張門票將屬於非洲預賽亞軍喀麥隆或美洲盃亞軍智利。〈國際足球總會網〉

berth 停舶處　**showdown** 最後決戰　**runner-up** 第二名、亞軍
qualifier 預賽、資格賽、入圍者

那支弱隊**出乎眾人預料**。
The underdog **bucked expectations.**

當不具冠軍相的弱隊出乎意料地獲勝時，格外令人感動與激動。buck 是「用腳踹開」的意思，buck expectations 是「推翻預期」。此外，與期待有關的用法有「達到預期」的 meet expectations、「未達期望」的 fall short of expectations、「超出預期」的 exceed expectations。這些都是常用搭配詞，可以記起來並多加利用。

1 他的勝利**出乎球迷意料之外**。
His win **bucked fans' expectations.**

2 那位不知名的運動員**推翻所有觀眾的預期**。
The unknown athlete **bucked all the audience's expectations.**

3 **出乎意料地**，韓國獎牌總數排名第五。
Bucking expectations, Korea ranked 5th in the overall medal tally.

4 這場比賽的結果**推翻**全世界觀眾**的預期**。
The outcome of the match **bucked the expectations** of audiences worldwide.

5 優於預期的分數**出乎**專家們**的意料**。
The better-than-expected score **bucked the expectations** of experts.

The 34-year-old, who was part of the Team GB side who won silver at the Rio Olympics, has played 91 times on the World Series circuit since 2008. The former Mosley player **bucked expectations** from when he failed to make the first-year rugby team during his time at the University of Birmingham. <The Telegraph>

這位 34 歲的英國奧運足球隊選手在里約奧運得過銀牌，自 2008 年以來參加過 91 次世界巡迴賽。這位前莫斯利選手因在伯明罕大學時期的第一年未能進入橄欖球隊，**而出乎人們的意料之外**。〈電訊報〉

韓國的**獎牌總數排名第九**。

Korea **ranks ninth on the overall medal tally.**

在奧運期間，每天的新聞都會介紹各國的獎牌競爭以及各國的獎牌統計，此議題儼然成為人們關注的焦點。神奇的是，各國的獎牌總數排名與國家的經濟實力大多成正比。「獎牌總數排名第……」可以用「rank 序數 on the overall medal tally」表示。rank 作為動詞時，意指「排列（名次）」。tally 是「紀錄」，medal tally 是獎牌數（排名），overall medal tally 是「獎牌總數（排名）」的意思。

1 韓國**獎牌總數排名第八**，僅次於俄羅斯。
Korea **ranked eighth on the overall medal tally** behind Russia.

2 南韓以十枚金牌的成績，**獎牌總數排名第十**。
South Korea **ranked 10th on the overall medal tally** with 10 gold medals.

3 美國在 1988 年首爾奧運的**獎牌總數排名第一**。
The US **ranked number one on the overall medal tally** at the 1988 Seoul Olympics.

4 韓國的目標是**獎牌總數排名在前五名以內**。
Korea aims to **rank in the top five on the overall medal tally.**

5 **在獎牌總數排名上**，印度保持在第三名的位置。
On the overall medal tally, India holds on to the third position.

Australia **has finished sixth on the overall medal tally** with 33 gold, 9 silver and 14 bronze medals. The 15-strong Taekwondo team made history when they won every single weight division entered in Samoa, coming home with 15 gold medals.
<The Australian Olympic Committee>

澳洲以 33 枚金牌、9 枚銀牌、14 枚銅牌的成績，**在獎牌總數排名第 6**。由 15 強組成的跆拳道代表隊締造了歷史，他們在薩摩亞參加的每一個單項量級項目都獲得冠軍，帶回了 15 枚金牌。〈澳洲奧委會〉

練習連續說話的能力，培養口語表達流暢度

我認為，在 EFL（English as a Foreign Language，英語作為外語）的環境下，學好英語就像一門學問一樣困難。如果南韓的環境是 ESL（English as a Second Language，英語為第二語言，即英語不是母語但卻是主要語言或主要語言之一），相信許多學習者可以不用那麼辛苦。換句話說，如果英語成為通用語言，大家就不會對英語過度執著，不會出現英語幼稚園、低齡留學、大雁爸爸等社會現象。

想說出一口流暢的英語，需要具分析性且有耐力的訓練。不久前，有位準大學生問我有關英語聽寫的問題。這位學生向我訴苦，他聽不清楚沒有重音的單字，如介係詞、冠詞、關係詞等。我做了以下的回應。

「平常必須多加學習搭配詞和片語動詞，確實熟悉會一起出現的單字，才能在聆聽的過程盡量減少漏掉的部份。必須如此訓練，才能憑直覺抓住整組字的聲音。如果打好英語的基礎，也就是具備相當程度的聽說讀寫實力後，『耳朵的速度』會和自己『說話的速度』一致。一旦達到這樣的境界，就能發揮整體英語實力。」

最近的社會已經不分學校英語或成人英語，英語好的高中生實力甚至比一般大學生好。實際上，英語實力似乎和年紀、學習幾年無關。在輔導學生之後，我發現學生更能理解關於「速度」的比喻，我想對此多做一些說明。

如果聽到什麼就能說、讀、寫，讓這種語言能力徹底成為屬於自己的，進而能夠持續累積新的知識，是否等於已經精通英語了呢？為了做到這樣的地步，就算現在起步有些晚，也應該努力大聲說出來，把句子寫出來看看。建議大家能夠多寫短句，試著多說話，多做迅速表達的訓練。如果能多把一些用語掛在嘴邊，表達的速度肯定會越來越快。

之前有位同事告訴我，他的外國朋友來韓國留學，在和很多韓國學生交談後發現「Koreans like to make proclamations.」。也就是說，與其說出自己的意見，韓國人更喜歡用一、兩個句子表達普通的陳述句，就好像在發表宣言一樣，以至於無法用英語與對方交流溝通、進行對話。

大部分的人說話都缺乏流暢性，如果想用英文表達些什麼，也都是說「Korea is a homogeneous society.」、「Koreans eat rice as a staple food.」或者「Unlike the U.S., Korea has a high literacy rate and almost everyone strives to enter university.」等，以這種宣言式的口吻說話。

上面這些話當中，可以看出第三句話是經過思考後，努力事先在腦中想好英文句子再說出口。但是共同的問題是，當這些話說出口之後，就是一陣「沉默」，無法繼續說下去。如果能夠事先想好自己想說的主題，先做好「準備」，就能說出三句話以上，引起對方的關注。如果有這樣的準備，不僅可以進行良好的溝通，相信也可以更有自信地參加 TOEFL iBT 考試。

以上面的句子為例，讓我們試著練習「接著說下去」。

1. Korea is a homogeneous society. So it has a great sense of unity and togetherness. The amazing mass cheering for the national soccer team in front of city hall during the 2002 World Cup is a good example.

2. Koreans eat rice as a staple food. This is a common diet of Asians. There are many side dishes like kimchi and bulgogi to supplement rice in our daily meal.

3. Unlike the U.S., Korea has a high literacy rate and almost everyone strives to enter university. As a result, there is intense competition to get into the school of one's choice. SKY is an acronym of the most prestigious schools. They stand for Seoul National, Korea and Yonsei Universities. Interestingly, you can say Korean students try hard to reach for the SKY.

像這樣，我們可以用大家都知道的話題和素材多造幾個句子，再整理成檔案，就能加以互換或併用，在適當的時候多做運用，之後還可以加油添醋寫成文章。不要只整理單字、慣用語和例句，要像上面的例子一樣，訓練自己寫作，這是具體呈現所學知識的好方法。希望大家丟掉焦急躁進的心態，別忘記「慢工出細活」的道理。

在學習過程中，用文字表達的英語和口語表達的英語，兩者之間的界線可能變得模糊。不過，寫作更加傾向執筆者的特定意識，且由於文字具有留下紀錄的特性，必須使用具有一定難度的字彙才能寫出熟練、出色的文章。此外，寫作也同樣必須努力按照主題，整理出連續書寫的內容，所寫之物才會有邏輯性與連貫性。

若希望「耳朵聽懂的速度」和「口語說話的速度」一致，個人的發音、流暢性、背景知識等都必須和新聞主播的能力相似。為了培養這種語言的熟練度和流暢性，我們必須脫離填鴨式的教育習慣，喚醒並激發意識狀態中的英語能力。處於「英語是外語」的環境下，學習者要做的事非常多。希望大家不要再把英語區分成聽寫、語彙、閱讀理解等類別。為了提升英語實力，大家必須應用「母語 = 英語」的「詞組搭配」，活用各種「搭配詞用法」，同時進行有深度的口語表達和寫作。

PART 7

環境

CHAPTER I

污染

近幾年，各地新聞經常出現的環境污染新聞有許多是空氣污染，其中又以細懸浮微粒的消息佔最多版面。細微灰塵是 fine dust 或 micro dust，超細粉塵是 ultrafine dust。新聞中將細微灰塵等懸浮微粒稱為 PM10，超細粉塵等細懸浮微粒稱為 PM2.5，PM 是 particulate matter（懸浮微粒），PM10 和 PM2.5 的粒徑分別是 10 微米和 2.5 微米以下。除了空氣污染之外，水質污染、土壤污染等也都是嚴重的問題。環境污染威脅著人類和地球上生物的生存，我們不能忽視其嚴重性。各位可以一邊回想在新聞上看到的內容，一邊學習這一章的用語。

污染相關主要用語

1. 空氣污染 : air pollution
2. 細微粉塵（懸浮微粒）: fine dust, micro dust, particulate matter
   超細粉塵（細懸浮微粒）: ultrafine dust
3. 水質污染 : water pollution
4. 土壤污染 : soil pollution
5. 放射性污染
   : radioactive contamination
6. 環境污染 : environmental pollution
7. 環境破壞 : environmental destruction
8. 環境保護（保存）: environmental protection[conservation, preservation]
9. 環境保護運動 : environmental protection campaign
10. 環保的 : environment friendly, eco-friendly, green
11. 互利共生 : symbiotic coexistence
12. 潔淨技術 : clean[green] technology
13. 允許數值 : permissible level
14. 永久性（在不破壞環境下可持續進行的）: sustainability
    永續發展 : sustainable development
15. 污染物質 : pollutant, contaminant
    有害物質 : harmful substance
    有毒物質 : toxic material
16. 減少排放 : reduction of emission
17. 除污 : decontamination
18. 污染者付費原則
    : Polluters Pay Principle (PPP)
19. 環境淨化 : environmental clean-up
20. 環境復育
    : environmental restoration

常用語 192

環境污染太嚴重了。

Environmental pollution has gone too far.

環境一旦遭到破壞，就會發生無法挽回（irrevocable）的災難，屆時人類和地球上的生物都將無法正常生活。因此全世界正如火如荼地發起環境保護運動，為留給後代子孫良好的生活環境而大力倡導環保。然而環境污染（environmental pollution）依舊日益嚴重，污染情況似乎越來越無法挽回。go too far 就是「太超過」的意思。

1. 工業廢棄物造成的**環境污染**太過嚴重。
   Environmental pollution from industrial waste has gone too far.
2. **環境污染**已經過於嚴重，令人忍無可忍。
   Environmental pollution has gone too far and can no longer be tolerated.
3. 這家公司的負責人因**污染環境**而遭到判刑。
   The company's president was sentenced for **environmental pollution**.
4. 這類型的**環境污染**在沿海地區很常見。
   This sort of **environmental pollution** can easily be seen in coastal regions.
5. 這個工業都市最近因為**環境污染問題**上了頭條。
   The industrial city has recently made leading news for **environmental pollution**.

Environmental racism refers to the way in which minority group neighborhoods are burdened with a disproportionate number of hazards such as toxic waste facilities, garbage dumps, and other sources of **environmental pollution**.
<Seacoast Online>

環境種族主義是指讓少數族群生活的區域被迫承受不成比例數量危害的作法，例如有毒廢棄物設施、垃圾場，以及其他**環境污染**源等。〈Seacoast Online〉

environmental racism 具種族歧視的環境保護政策
disproportionate 不成比例的、不相稱的
garbage dump 垃圾場

生態破壞是個嚴重的問題。
Ecological destruction is a serious problem.

生態的英文是 ecology，生態破壞是 ecological destruction。導致生態破壞的原因有颱風等自然因素（natural causes），以及臭氧層破壞等人為因素（artificial causes）。生態遭受破壞後，不僅只是食物鏈（food chain）受到影響，還可能使動物瀕臨絕種，極端的情況也可能威脅人類的生存。因此，各國正採取一切措施以保護海洋、陸地的動植物物種，以防止生態遭受破壞。

1 **生態破壞**的主要原因是工業發展。
The main cause of **ecological destruction** is industrial development.

2 這些社區在面對**生態破壞上**處理地特別好。
These communities are handling **ecological destruction** exceptionally well.

3 大型火災不僅造成**生態破壞**，更會使疾病更加惡化。
Not to mention **ecological destruction**, the blazes will exacerbate illnesses.

4 示威者呼籲停止會導致**生態破壞**的企業活動。
Protestors called for a stop to corporate activity that causes **ecological destruction**.

5 建設這項設施是為了提高對於人類活動造成**生態破壞**的意識。
This facility was built in order to raise awareness about human activity causing **ecological destruction**.

You do not need to be an economist or climate scientist to understand the simple reality that unfettered growth on a finite planet can only lead to **ecological destruction** and climate collapse.
<The Guildford Dragon News>

你不需要成為一個經濟學家或氣候科學家，也能理解一個簡單的事實：在有限的地球上無限制地發展，只會導致**生態破壞**和氣候崩潰。〈The Guildford Dragon News〉

unfettered 不受限制的、自由的

常用語 194

汽車造成**空氣污染**。
Automobiles cause **air pollution.**

造成空氣污染（air pollution）的主要因素是二氧化碳（carbon dioxide）等溫室氣體的排放（emission of greenhouse gases）。引發溫室效應的二氧化碳排放量稱為碳足跡（carbon footprint），目前各國正在響應努力減少碳足跡。此外，全世界最大的溫室氣體排放國（the biggest emitters of greenhouse gases）是美國和中國。

1 數十年來的**空氣污染**導致空氣品質惡化。
Decades of **air pollution** have led to worsened air quality.

2 政府提出一項抑制**空氣污染**的法案。
The government has come up with a bill to control **air pollution.**

3 眾所周知，交通運輸業是造成**空氣污染**的主要原因。
It is widely known that the transportation sector is a major contributor to **air pollution.**

4 **空氣污染**和氣候變遷是兩個最嚴重的環境問題。
Air pollution and climate change are a couple of the most serious environmental problems.

5 用瓦斯爐料理所造成的室內**空氣污染**導致呼吸道疾病增加。
Indoor **air pollution** caused by cooking with a gas stove has led to an increase in respiratory diseases.

Air pollution in India resulted in 1.67 million deaths in 2019—the largest pollution-related death toll in any country in the world—and also accounted for $36.8 billion (US) in economic losses, according to a new study led by researchers from the Global Observatory on Pollution and Health at Boston College, the Indian Council of Medical Research, and the Public Health Foundation of India. <News-Medical.net>

2019 年，印度的**空氣污染**造成 167 萬人死亡，這是世界各國因污染引起的死亡人數中最多的一次。此外，由波士頓學院全球污染與健康觀察所、印度醫學研究理事會及印度公共衛生基金會研究員主導的一項新調查顯示，此災害當時也造成了 368 億美元的經濟損失。〈News-Medical.net〉

death toll 死亡人數　**account for**（數量上）佔⋯⋯、說明

消費者正在減少使用**一次性產品**。
Consumers are cutting down on **disposable products**.

隨著環境保護 / 保存（environmental protection[conservation, preservation]）的意識抬頭，減少一次性產品運動（campaign to cut down on disposable products）十分活躍。「一次性（拋棄式）產品」是 disposable products，「減少」是 cut down on。在連鎖咖啡店使用個人保溫杯點飲料可享有折扣等活動，顯示了企業都在積極響應環保。據說，在南韓只要減少 10% 的一次性用品，一年就能節省數千億韓元。比起費用，更重要的是減少因一次性產品造成的垃圾及可能對環境帶來的破壞。

1 使用可重複利用的物品是減少**一次性產品**的好方法。
Using reusable items is a good way to cut down on **disposable products**.

2 **一次性紙吸管**的市佔率正在減少。
The market share of **disposable paper straws** is going down.

3 請養成習慣拒絕餐廳外帶的**拋棄式餐具**。
Make it a habit of rejecting **disposable cutlery** from takeout restaurants.

4 醫院病服等**一次性用品**的使用量正在急遽減少。
The use of **disposable products** like hospital gowns is declining sharply.

5 德國政府通過一項禁止使用**拋棄式塑膠製品**的法案。
The German government passed a bill that bans the use of **disposable plastic products**.

The carrier says it is adopting a policy of "single tray, single main course, no table cloth and no beverage menu" for all cabin classes. All cutlery are single-use **disposable products**.
<Business Traveller>

該航空公司表示，他們對所有等級的客艙都採取「單一餐盤、單一主餐、無桌巾、無飲料菜單」的政策。所有餐具都是供單次使用的**一次性產品**。〈商務旅行誌〉

carrier 航空公司　**cutlery** 刀子、叉子、湯匙等餐具

常用語 196

那設施造成**放射性污染**。

The facility caused **radioactive contamination.**

所有污染當中，放射性污染（radioactive contamination）會對周圍環境造成大範圍的損害（extensive damage）。我們在新聞當中可以看到核能發電廠的事故案例，外洩的放射性物質足以摧毀方圓百里內所有環境，並對人體造成嚴重傷害。具代表性的案例有 1986 年蘇聯烏克蘭的車諾比核電廠發生放射性物質外洩事故，以及 2011 年東日本大地震引起福島核電廠放射性物質外洩事故。這是環境污染當中最致命的污染。英文 pollution 泛指其他污染，但放射性污染要用 contamination 表示。

1 當地居民因**放射性污染**遭受無法挽回的損失。
Local residents suffered irrevocable damage from **radioactive contamination.**

2 有關當局宣稱沒有任何傷亡或**放射性污染**。
The authorities announced that there were no injuries or **radioactive contamination.**

3 遭受**放射性污染**的受害者人數達數萬人。
The number of victims from **radioactive contamination** ranged in the tens of thousands.

4 國際原子能總署派遣調查員前往**放射性污染**地區。
The International Atomic Energy Agency has dispatched inspectors to the site of **radioactive contamination.**

5 放射性廢棄物的不當處理被懷疑是造成**放射性污染**的原因。
The improper disposal of radioactive waste is suspected to have caused the **radioactive contamination.**

Radioactive contamination of ground and surface water, air and soil near a uranium mining site is also a great concern. Uranium mining has not taken place in Queensland since 1982 and has been effectively banned by the State Government since 1989.
<NEWS.com.au>

鈾礦附近的地下水、地表水、空氣和土壤中的**放射性污染**也相當令人憂心。自 1982 年起昆士蘭就不再開採鈾礦，1989 年後州政府更明令禁止採礦。〈澳洲新聞網〉

effectively 實際上

CHAPTER 2

全球暖化

全球暖化是指地球表面平均溫度上升的現象。數十年來全球暖化成為環境問題最主要的議題。由於全球暖化，炎熱的天氣提前到來，引起各種氣候異常現象。全球關於這方面的報導與討論相當多。全球暖化的議題不僅會在日常對話中出現，在商務場合也經常遇得到。希望大家可以在對話中加入關鍵的搭配詞用法，主導對話的進行。

全球暖化相關主要用語

1. 全球暖化 : global warming
2. 氣候變遷 : climate change
3. 化石燃料 : fossil fuel
4. 溫室氣體 : greenhouse gas
   二氧化碳 : carbon dioxide
5. 溫室效應 : greenhouse effect
6. 氟氯碳化物（氯氟烴）: chlorofluorocarbon
7. 碳足跡（人類在活動或生產、消費商品的過程中，直接或間接產生的溫室氣體總量）: carbon footprint
8. 碳中和（進行相當於溫室氣體排放量的環保活動，使實際排放量淨零）: carbon neutral
9. 冰冠 : icecap
   冰川 : glacier
10. 永凍土層 : permafrost
11. 氾濫、淹水 : inundation
12. 海平面上升 : sea level rise
13. 砍伐森林 : deforestation
14. 沙漠化 : desertification
15. 臭氧層破壞 : ozone depletion
    臭氧層 : the ozone layer
16. 極端氣候事件 : extreme weather event
17. 海洋酸化 : ocean acidification
18. 人為災害 : manmade disaster
19. 溫室氣體排放減量 : reduction of geenhouse gas emission
20. 聯合國氣候變化綱要公約 : UN Framework Convention on Climate Change

常用語 197

那個社區**正在減少碳足跡**。

The community **is reducing carbon footprints.**

碳足跡（carbon footprint）是指個人、企業或國家等團體在生產、消費商品或進行其他活動的全部過程中產生的溫室氣體，特別是二氧化碳的總量（aggregate amount of carbon dioxide）。碳足跡可以看做是導致地球暖化的罪魁禍首，大家為了減少二氧化碳的產生量而開始使用這個用語。

1 **減少碳足跡**的簡單方法就是少開車。
A simple way **to reduce carbon footprints** is to just drive less.

2 重複使用及回收再利用物品對**減少碳足跡**有很大的幫助。
Reusing and recycling items greatly helps **reduce carbon footprints.**

3 以省油汽車取代老舊車輛肯定能**減少碳足跡**。
Replacing old vehicles with fuel-efficient ones definitely **reduces carbon footprints**.

4 該公司必須解釋如何幫助消費者**減少他們的碳足跡**。
The company has to explain how it is helping consumers **reduce their carbon footprints**.

5 **碳足跡最重**的國家最不可能支持潔淨能源計畫。
Countries with **the heaviest carbon footprints** are less likely to support clean energy initiatives.

— initiative 計畫、決斷力、措施

Next, people should also think about their utilities. One of the ways that people create a larger **carbon footprint** than they should is through excess power usage.
<Nature World News>

其次，人們應該考慮到水、電、瓦斯等。過度用電是人們產生比平常更多**碳足跡**的其中一種方式。〈自然世界新聞報〉

utility （電、煤氣、鐵路等）公共設施

那家工廠**排放大量溫室氣體**。
The plant **emits large amounts of greenhouse gases.**

溫室氣體是 greenhouse gas，「散發、排放（光、熱、氣體、聲音等）」是 emit。「排放溫室氣體」是 emit greenhouse gases，「排放大量溫室氣體」是在 greenhouse gas 前面加上 a large amount of 或 large amounts of 表示「大量的」。此外，排放（光、熱、氣體、聲音等）的名詞主體是 emitter，「排放」是 emission。可替代 emit 的字彙有 let out 或 release。

1 燃煤發電的火力發電廠**排放大量的溫室氣體**。
Coal-powered thermal power plants **emit large amounts of greenhouse gases.**

2 這些公司**排放大量的溫室氣體**，例如二氧化碳。
These companies **emit large amounts of greenhouse gases** like carbon dioxide.

3 土地使用的轉換**可能會排放大量溫室氣體**。
Converting land **can release large amounts of greenhouse gases**.

4 **排放大量溫室氣體**的企業將被課徵更高的稅金。
Companies **emitting large amounts of greenhouse gases** will be imposed with higher taxes.

5 建築業**產生大量溫室氣體**，對環境和社會帶來負面影響。
The construction industry **generates large amounts of greenhouse gases**, which negatively impact the environment and society.

Consequently, large-scale paper mills usually have cogeneration systems that supply both electricity and steam for the papermaking process. In China, almost all these cogeneration systems in paper mills are powered by coal combustion, which consumes a large amount of energy and **emits large amounts of greenhouse gas**.
<Journal of Cleaner Production>

因此，大型造紙廠通常有汽電共生系統，為造紙過程提供電力和蒸汽。在中國，幾乎所有造紙廠使用的汽電共生系統都是靠燃煤運轉，不僅消耗大量能源，也**排放大量的溫室氣體**。
〈清潔生產雜誌〉

cogeneration systems 汽電共生系統　**combustion** 燃燒

臭氧層的破壞正在加速。
Ozone depletion is accelerating.

被拿來作為髮膠、冰箱和冷氣冷卻劑等用途的氟氯碳化物（chlorofluorocarbons）如果過度排放到大氣中，臭氧密度就會降低並遭到破壞。臭氧層（the ozone layer）扮演地球大氣的屏蔽功能，一旦遭到破壞，通過大氣的大量紫外線將加劇皮膚癌和白內障等病症。「臭氧層破壞」可表示為 ozone depletion、the ozone layer depletion，depletion 原指「減少、消耗」。

1 隨著溫室氣體排放量的增加，**臭氧層破壞**速度加劇。
Ozone depletion is accelerating with the increased emission of greenhouse gases.

2 除非我們減少使用化石燃料，否則**臭氧層破壞**將會加速。
Unless we cut down on the use of fossil fuels, **ozone depletion** will accelerate.

3 回收的冰箱再利用會釋放冷媒，這是**破壞臭氧層**的罪魁禍首。
Recycling refrigerators releases CFC-11, which is the biggest cause of **ozone depletion**.

— CFC-11三氯氟甲烷（用來作為冷媒、噴霧劑、發泡劑等）

4 地球暖化及**臭氧層破壞**等環境議題已成為全球關注的焦點。
Environmental issues such as global warming and **ozone depletion** have already become a global concern.

5 **臭氧層的破壞**將必然導致越來越多的太陽紫外線進入大氣層。
The depletion of the ozone layer will inevitably lead to increased amounts of ultraviolet rays from the sun entering the atmosphere.

The ozone layer depletion, first identified to be a potential problem in the early 1970s, is quite often thought of as a "solved environmental problem." Is it really?
<Down to Earth>

1970 年代初期，**臭氧層破壞**首次被認為是一個潛在的問題，而現在經常被視為「已解決的環境問題」。然而果真如此嗎？〈Down to Earth〉

北極**冰冠正在融化**。
Arctic **ice caps are melting.**

ice cap 是指覆蓋於氣溫極低的高山頂和極地地區的萬年冰雪，降雪量比融雪量多，因此一年到頭都有積雪。冰冠和冰川（glacier）不同。隨著地球暖化日益嚴重，冰冠和冰川正在快速融化，海平面也因此逐漸上升，對生態環境的破壞造成了龐大威脅。

1 自 1979 年起，**冰冠一直**以平穩的速度**在融化**。
Since 1979, **ice caps have been melting** at a constant rate.

2 由於全球暖化導致氣候變遷，**極地冰冠正在融化**。
The polar ice caps are melting as global warming causes climate change.

3 根據最新研究，**極地冰冠的融化速度**比 1990 年代快了六倍。
The polar ice caps are melting six times faster than in the 1990s, according to the latest study.

4 除了南極以外，全世界的**冰川和冰冠正在**加速**融化**。
With the exception of Antarctica, the world's **glaciers and ice caps are melting** at an accelerating rate.

5 由於氣候變遷，導致地球表面溫度升高，海平面上升，**冰冠融化**。
Due to climate change, the earth's surface temperatures are increasing, sea levels are rising and **ice caps are melting**.

As a result of global warming, climate scientists say, **the polar ice caps are melting**, causing a significant rise in ocean levels. Extreme weather—hurricanes, heat waves, flooding and droughts—is another less quantifiable effect.
<New Jersey Monthly>

氣候科學家表示，由於全球暖化，**極地冰冠正在融化**，導致海平面明顯上升。極端氣候如颶風、熱浪、洪水和乾旱，是另外一個難以計量的影響。〈紐澤西月刊〉

quantifiable 可量化的

常用語 201

海嘯**釀成災難性後果**。
The tsunami **had catastrophic consequences.**

「災難」的英文是 disaster，「浩劫」是 catastrophe，常被翻譯成「慘事」。要注意此單字的拼字、發音和重音，其重音落在第二音節。形容詞 catastrophic 的發音同樣也不容易，和名詞不同的是，此時的重音落在第三音節。海嘯是地震引起的強大海浪，英文是 tsunami。「帶來浩劫」可以用 have catastrophic consequences 表示，字面上的意思是「帶來災難般的結果」，這意味著「帶來浩劫」。

1 冰冠的融化**可能帶來災難性影響**。
The melting of ice caps **can have catastrophic consequences.**

2 全球暖化和氣候變遷**可能**為全世界**帶來浩劫**。
Global warming and climate change **may have catastrophic consequences** for the whole world.

3 颱風和海嘯等自然災害**可能**為所有城市**帶來浩劫**。
Natural disasters like typhoons and tsunamis **can have catastrophic consequences** for whole cities.

4 如果不將緊急議題放在首位，**有可能釀成**環境污染等**災難性後果**。
Unless urgent issues are given priority, this **may have catastrophic consequences** such as environmental pollution.

The ambitious target to reach net zero carbon by 2030 means Sky has committed itself to supporting the United Nations Global Compact's Business Ambition of limiting global warming to no more than 1.5 centigrade above pre-industrial levels. Scientists warn that anything above that level **will have catastrophic consequences** for the planet and the people living on it. The United Nations Global Compact is a non-binding United Nations pact to encourage businesses worldwide to adopt sustainable and socially responsible policies. <Sky Sports>

天空體育制定了到 2030 年要實現碳排放淨零的遠大目標，這意味著天空體育承諾支持聯合國全球盟約的企業目標，也就是將全球暖化控制在不超過前工業化標準的攝氏 1.5 度。科學家警告，任何高於此標準的暖化情況都**將**為地球和生活在其中的人類**帶來浩劫**。聯合國全球盟約是一項不具約束力的聯合國公約，目的在於鼓勵世界各地的企業導入永續且對社會負責的政策。〈天空體育台〉

net zero 淨零排放（人類活動過程所排放的溫室氣體量達到零的目標）
pre-industrial level 前工業化水準　**no more than** 最多　**non-binding** 無約束力的

PART 8

網路、智慧型手機

CHAPTER 1

網路

南韓是名副其實的網路強國，網路普及率堪稱世界第一。無線網路 WiFi 和 5G 技術位居領導地位的南韓，是許多國家和企業爭相效仿的對象。網路的發達使人類的生活變得更加便利與豐富。然而網路並非只有好的一面。由於網路具有匿名性，各種惡意留言，以及無中生有的不負責任謠言常如野火般四處蔓延（spread like wildfire）。這讓我想起俗語說「明與暗，雙刃劍（a double-edged sword）」。我們每天上網好幾小時，但卻不太懂相關的英語用法，因此在這一章我們將學習經常在新聞和報導中出現的網路相關搭配詞用法。

網路相關主要用語

1. 網際協定位址
   : IP address (Internet Protocol)
2. 統一資源定位符 : URL (uniform resource locator)
3. 無線網路（無限保真）: WiFi (Wireless Fidelity)
4. 網路服務供應商
   : Internet service provider
5. 電子商務 : e-commerce
6. 精通網路者
   : cybersavvy
7. 網路連線 : Internet access
8. 網路搜尋 : search the Internet
9. 網路購物 : shop online
10. 海外直購
    : overseas direct purchase (ODP)
11. 發佈惡意內容
    : post malicious contents
12. 網路酸民 : Internet troll
13. 匿名 : anonimity
    受匿名保護 : under the cloak of anonymity
14. 發佈 YouTube 影片
    : post YouTube videos
15. 經營 YouTube 頻道
    : run a Youtube channel
    訂閱 YouTube 頻道
    : subscribe to a YouTube channel
16. 物聯網 : IoT (Internet of Things)
17. 數位落差 : digital divide
18. 網路審查 : Internet censorship
19. 潛水者（只看文章不發表評論的人）: lurker
20. （線上遊戲或網路社群的）菜鳥、新手 : noob

韓國是**世界上網路普及率最高的國家**。
Korea is **the world's most wired country.**

韓國是國內外公認網路普及率世界居冠的國家。wired 是「連接到網路」的意思，「網路普及率最高的」可以簡單用 most wired 表示，也可以說 most connected。「網路普及率」的說法是 Internet penetration，因此也可以用 have the highest Internet penetration 表示「網路普及率最高」。順道一提，「網路連結性」是 Internet connectivity。

1 韓國是**世界上網路普及率最高的國家**。
Korea has **the highest Internet penetration in the world.**

2 挪威是**世界上網路普及率最高的國家之一**。
Norway is **one of the most wired countries in the world.**

3 因著**超高速網路普及率**和各種線上服務，韓國獲得「資訊科技強國」的稱號。
Due to **the ultra-high speed Internet penetration rate** and various online services, Korea has earned the nickname "IT powerhouse".

— powerhouse 強國、強大集團

4 多虧了科技開發和「再快一點」的性格，韓國成為**世界上網路普及率最高的國家**。
Thanks to technology development and the "hurry, hurry" temperament, Korea emerged **on top of the world as the most wired nation.**

Japan has a population of around 126 million people with **a high Internet penetration** of 91%. eCommerce revenue is predicted to reach $99,130 million by the end of 2020, amounting to an annual growth rate of 5% (CAGR 2020-2024). While this means that digital marketing is now important for any brand, affiliate marketing is an exception because it allows advertisers to pay based on performance. <Acceleration Partners>

日本約有 1.26 億人口，**網路普及率高達** 91%。到 2020 年底，電子商務收入預計將達 991.3 億美元，年成長率總額為 5%（2020-2024 年均複合增長率）。這意味著現今數位行銷對任何品牌都很重要，但聯盟行銷是個例外，因為廣告商可以根據實際績效付費。〈驅動夥伴〉

amount to 總數達……　**affiliate marketing** 聯盟行銷

他已獲得授權，現在**可以上網**。

He got authorization and now **has access to the Internet.**

多虧了網路技術，讓我們可以靠點擊滑鼠就獲得知識、新聞和各種資訊。現代就如同活在資訊的洪流之中，但要達到對每個人來說真正有意義的資訊化，我想還有很長的路要走。have access to ～是指「使用⋯⋯、具有使用⋯⋯的權限」，因此「可以使用網路（上網）」是 have access to Internet。access 當做動詞使用時，不需要介係詞 to，直接用 access the Internet 表示。

1 所有公立學校**都可以上網**。
All public schools **have access to the Internet.**

2 在 2003 年以前，伊拉克人**無法使用網路**。
Iraqis before 2003 **didn't have access to the Internet.**

3 有三分之一的學生**不能上網**。
A third of the students **don't have access to the Internet.**

4 據估計，約有 6 億中國人**可以使用網路**。
An estimated 600 million Chinese **have access to the Internet.**

5 目前僅有約 3 0% 的肯亞人**可以上網**。
Only around 30% of Kenyans currently **have access to the Internet.**

"While most residents in Ontario **have access to the Internet**, the speed, quality, and cost vary significantly across the province. There are coverage gaps in rural and northern communities, as well as some urban areas," the letter continued. "Existing Internet connectivity gaps prevent many elementary and secondary students from accessing the same learning made available to all other Ontario students, affecting education equity."
<CP24 Toronto's Breaking News>

「雖然安大略省大部分的居民**都可以上網**，但其速度、品質和費用在全省各地相差甚遠。在農村、北部社區和部分城市地區存在著覆蓋率的差距。」信上接著說。「目前的網路連結差距，使很多小學生和中學生無法獲得其他安大略省學生擁有的相等學習資源，這影響了教育的公平性。」〈CP24 多倫多即時新聞〉

coverage 普及、（報紙、電視、廣播）報導、（研究、報導、採訪）範圍
equity 公平、公正

常用語 204

網路**安全系統被攻破**。
The cyber **security system was breached.**

隨著網路日益發達，網路安全系統、社群媒體或雲端遭駭的現象也成為嚴重的問題。「遭駭、被駭客入侵」的英文常以 be hacked 表示，但在較正式的媒體中會使用 be breached，意指「遭攻破、遭違反（契約等）」。「安全系統」是 security system，「網路安全系統被攻破」是 The cyber security system was breached.。

1 該公司主要的網路**安全系統被攻破**。
The company's major cyber **security system was breached.**

2 線上**安全系統被**惡意攻擊**攻破**。
The online **security system was breached** by a malicious attack.

3 該電子商務網站的線上**安全系統被**多次**攻破**。
The e-commerce site's online **security system was breached** several times.

4 由於網路**安全系統遭到攻破**，導致個資大量外流。
The online **security system was breached** and personal information was massively leaked.

5 電腦**安全系統遭到破壞**，當局正採取額外的安全保護措施。
The computer **security system was breached** and authorities are taking additional security safeguards.

The Bernards Township's computers **were breached** by a ransomware attack discovered Monday night that caused the township's website to go offline, the mayor and administrator said. Such a breach typically involves data being seized or locked, and it's not released until money, a ransom, is paid. <Government Technology>

市長和行政官員表示，週一晚上發現柏納德鎮的電腦遭勒索軟體攻擊並**被攻破**，導致鎮上的網站離線。這類攻擊事件通常包含資料的扣押或鎖定，必須支付贖金才能被釋放或解鎖。〈政府技術〉

breach 駭客攻擊、違反、破壞　**ransom** 贖金、罰款

常用語 205

不登出將**對個人身分盜用造成威脅**。

Not logging out poses a threat to personal identity theft.

很多人知道 pose 作不及物動詞時是「擺姿勢」的意思，但在新聞裡更常被用來表示「成為⋯⋯」，例如 pose a threat 是「成為威脅」的意思。近來人們對雲端的依賴度增加，常常不做登出的動作，這樣的習慣似乎構成個人身分遭盜的威脅（a threat to personal identity theft）。最近增加許多文字網路釣魚（phishing）的詐騙手法，Let's not have social media or scammers pose a threat to personal identity theft.（我們不要讓社群媒體或詐騙者成為個人身分遭盜用的威脅。）

1 人工智慧**可能對**人類**構成威脅**。
AI **may pose a threat to** humans.

2 他**不會成為**任何人**的威脅**。
He **doesn't pose a threat to** anyone.

3 線上金融交易**可能對個人身分遭盜用構成威脅**。
Online financial transactions **may pose a threat to personal identity theft.**

4 潛在的破口**可能對**數百萬客戶的**個人身分盜用造成威脅**。
A potential breach **may pose a threat to the personal identity theft** of millions of clients.

5 社群媒體或聊天應用軟體**正對**數百萬人的**個人身分遭盜用構成威脅**。
Social media and chatting apps **are posing a threat to personal identity theft** for millions of people.

Once scammers get what they can from the company, they may set their sights on employees and customers by selling their personal data, which puts them at risk of **personal identity theft**, Harrison adds. Business identity theft probably happens more frequently than we know because many business owners don't want potential customers to know they've been a victim. <creditcards.com>

哈里森補充說，詐騙者一旦取得可以從企業得到的資料，就會把目標瞄準員工和顧客並出售他們的個人資訊，這將使這些人處於**個人身分被盜用**的風險中。企業資訊遭盜可能比我們所知來得更常發生，因為許多企業不想讓他們的潛在客戶知道他們已經成為受害者。〈creditcard.com〉

scammer 詐欺者、騙子　**set sight on** 以⋯⋯作為目標（瞄準⋯⋯）

此網路銀行系統使用**最先進的技術**。

This Internet banking system uses state-of-the-art technology.

科技和網路相關用語中，常用到表示「先進」的用語，最具代表性的是 state-of-the-art，意指「十分先進的」。art 是令人感到驚奇的藝術，具有「先進」的概念。這個單字搭配詞在加快發音時會產生連音，在聆聽時容易不小心就忽略掉。常用的同義詞是 cutting-edge（最尖端的、銳利的），形容尖端的、最新的。

1 這台網路電視是**最先進的**。
This Internet TV is **state-of-the-art**.

2 此物聯網應用軟體使用了**最先進的技術**。
This IoT app uses **state-of-the-art technology**.

3 **先進技術**將與線上行銷結合。
State-of-the-art technology will be incorporated into online marketing.

4 他們已經開發了**最先進的雲端解決方案**並準備進行商品化。
They have developed **state-of-the-art cloud solutions** and are about to commercialize it.

5 耗資 10 億美元開發的**先進互聯網驅動技術**備受矚目。
State-of-the-art Internet-enabled technology that cost 1 billion dollars to develop is grabbing attention.

Little by little, SpaceX has managed to set a benchmark for affordable space travel with **state-of-the-art technology**. However, it isn't the only one with the dream to get humanity into space. Jeff Bezos's Blue Origin, Richard Branson's Virgin Orbit are some of the other contenders that are trying to compete in the "Billionaire space race".
<India Times>

SpaceX 成功利用**先進技術**，逐步地為人們負擔得起的太空旅行設定基準。然而這家公司並不是唯一夢想將人類送上太空的公司。傑夫・貝佐斯的藍色起源和理查・布蘭森的維珍軌道是試圖參與「億萬富翁太空競賽」的其他競爭者。〈印度時報〉

set a benchmark 設定基準

CHAPTER 2

智慧型手機

手機在 2008 年出現世代交替，在被智慧型手機取代的同時也掀起了數位革命。從基本的撥接電話，到相機、MP3 播放器、網路、行動商務，再到各種應用軟體等，智慧型手機已成為我們生活中不可或缺的一部分。有人一不查看手機就產生焦慮症，推特、Instagram 等各種社群媒體中毒的現象也很普遍，因為看手機而發生的駕駛或步行事故更是層出不窮，甚至出現「數位排毒」等語詞。由於已經深入我們的生活當中，和智慧型手機相關的用語非常多，在這一章我們將學習一些必備用語和搭配詞用法。

智慧型手機相關主要用語

1. 來電顯示 : caller ID
2. 未接來電 : missed call
3. 鈴聲 : ring tone
4. 通知音效 : notification tone
5. 背景桌布 : wallpaper
6. 螢幕鎖定 : lock screen
7. 密碼鎖 : lock password
8. 圖形鎖 : lock pattern
9. 及時通訊應用軟體
   : mobile messaging app
10. 簡訊（文字訊息服務）
    : short message service
11. 多媒體簡訊（整合文字、聲音、影像等訊息服務）
    : multimedia messaging service
12. 傳送簡訊
    : send a text message, text
13. 滑動解鎖畫面
    : slide to unlock
14. 設定手機為震動模式
    : put on one's phone on vibration
    設定手機為靜音模式
    : put one's phone on silent mode
15. 安裝應用軟體
    : install an app(lication)
16. 自拍 : take a selfie
17. 螢幕截圖
    : take a screenshot
18. 電池低電量
    : battery is running low
19. 電池沒電 : battery is dead,
    battery[phone] is out of juice
20. 智慧型手機充電
    : recharge a smartphone
    智慧型手機快速充電
    : fast-charge a smartphone

他們**目不轉睛地盯著手機**。

Their **eyes were glued to the smartphone.**

各位也曾經目不轉睛地盯著手機看嗎？「目不轉睛盯著手機」的英文是 be glued to the phone，好比用膠水把眼睛貼在手機上。glue 的意思是「用膠水黏合」。孩子們喜歡的人物一旦出現在電視上，就會目不轉睛地盯著看，這種狀況可以用 be glued to the TV 表示。be glued to 後面可以是電視、手機、書本、電動等各種無法移開目光、耳朵、手的東西。

1 孩子們的**眼睛**經常**目不轉睛地盯著手機**。
Kids' **eyes are** often **glued to the smartphone**.

2 他開車時**一直在講電話**。
He kept driving **with his ears glued to the mobile phone**.

3 為了在餐廳訂位，他**打了**三個小時的**電話**。
He **was glued to the phone** for three hours trying to reserve a table at the restaurant.

4 她整個週末都**目不轉睛地看書**。
She **was glued to the book** the whole weekend.

5 她**目不轉睛地看電視**，狂追這部美劇。
She **was glued to the TV** binge watching the American TV series.

— binge watch 連續觀看（連續劇、影集）

In the coronavirus ad world, heroes are broadly defined. In plenty of commercials, the central figure is not a supermarket checker or a health care worker but someone stuck at home, **glued to the phone**.
<The New York Times>

在新冠病毒的廣告世界中，對英雄的定義很廣泛。在許多商業廣告中，主角不是超市的收銀員也不是醫護人員，而是那些困在家中**黏著手機**的人。〈紐約時報〉

health care worker 醫療從業人員　**stuck** 被困住

他**將手機轉為靜音模式**。

He **put** his smartphone **on silent mode.**

在活動會場或展覽等場合，為了維護秩序，常聽到「請將手機設定為震動或靜音模式」等提醒，英語是 Please put your phone on vibration or silent mode。動詞片語 put A on B mode 有多種用途，意思是「把 A 設定成 B 狀態」，也可以用 be on B mode 表示，意思是「設定成 B 狀態」。近來手機可以設定密碼，以確保是自己使用，此時可以用此搭配詞形成 put the phone on password mode 的句子。

1 我的手機**設定為靜音模式**。
My smartphone **is put on silent mode**.

2 請將手機關機或**調成靜音**。
Please turn off your cell phone or **put it on silent mode**.

3 上課時手機必須**轉為靜音模式**，不能在課堂上使用。
Cell phones are to **be on silent mode** and not used during class.

4 在三個小時的考試期間，他的手機**必須設定為靜音模式**。
His mobile phone **had to be put on silent mode** throughout the 3-hour exam.

5 他在電影院時忘記**將手機調成靜音**，當鈴聲響起時，他嚇了一大跳。
He forgot to **put his cell phone on silent mode** in the cinema and was startled when it rang.

For two hours the mobile phones **were put on silent mode** and the morning was dedicated to play, one of the most important things that we can do with our children.
<Tenterfield Star>

在兩個小時當中手機**被設定為靜音模式**，整個早上都用來玩耍，這也是我們能和孩子們做的最重要的事情之一。〈坦特菲爾德之星〉

他**傳了一則簡訊**作為提醒。
He **sent a text message** as a reminder.

reminder 是「使⋯⋯想起忘記的內容」，因此 send a text message as a reminder 的意思是「發送一則簡訊作為提醒」。send a text message 是「發送簡訊」，不過 text 也可以當做動詞，意指「傳簡訊」。美國有些州明令禁止在駕駛過程中使用手機傳簡訊（texting while driving is banned by law in some states），也有 No texting while driving 的口號。雖然近來很多人改用藍牙耳機撥打電話，但駕駛期間因不專心引起的交通事故仍是有增無減。

1 他們**傳送簡訊**表示支持該名候選人。
They **sent a text message** expressing support for the candidate.

2 我**可以**在社群媒體上**發送訊息**給我所有的關注者。
I **can send a text message** from social media to all my followers.

3 他一瞬間就**發送訊息**給員工和主管。
He **sent a text message** to the staff and executives in a blink of an eye.

4 我們公司**會寄送簡訊及電子郵件**給我們的客戶。
Our company **will send both a text message and e-mail** to our clients.

5 只有當你**發送**而不是收到**簡訊**時會被收取費用。
You are billed only when you **send a text message** and not when you get one.

Did you know that, on average, **6 billion SMS messages are sent** every day in the U.S. alone? That's 180 billion each month and 2.27 trillion each year. Globally, 4.2 billion people **are texting** worldwide. No doubt you're one of 'em—which means you fire off approximately 67 texts a day. That's a lot of "LOL"s.
<Popular Mechanics>

你知道單是在美國，平均每天有 **60 億則訊息被發送**嗎？一個月就有 1800 億則，一年就有 2 兆 2700 億則。全球有 42 億人**在發送簡訊**。毫無疑問地，你也是其中之一，這意味著你每天大約傳了 67 則訊息，其中包含了很多「哈哈哈」。〈大眾機械〉

fire off 寄發、開槍射擊

我的商務電話**塞滿了垃圾訊息**。

My business phone **is flooded with spam messages.**

我們每天都會收到幾則垃圾簡訊或幾通垃圾電話，往往在加入某個網站後，就會收到更多的垃圾簡訊與電話。英文將這些不請自來的訊息或電話稱為 unsolicited messages/calls，簡稱 spam，並以 spam message（垃圾簡訊）、spam call（垃圾電話）和 spam e-mail（垃圾郵件）表示。當手機湧入垃圾簡訊時，可以說 be flooded with spam messages。flood 除了「洪水」的意思之外，也可作動詞使用，意指「被水淹沒、充斥……」，be flooded with ～是表示「被……淹沒、蜂湧而至」。

1 他們的社群媒體在短短兩天內就**被垃圾簡訊淹沒**。
Their social media **were flooded with spam messages** in just two days.

2 他們的手機裡**塞滿**遊說低利貸款的**垃圾簡訊**。
Their smartphones **are flooded with spam messages** pitching loans at low interest.

3 在下載一個應用軟體後，他的手機**湧入大量的垃圾訊息**。
After downloading an app, his phone **is being flooded with spam messages**.

4 在競選期間，他的手機**被垃圾電話和簡訊淹沒**。
During the election campaign, his phone **was flooded with spam calls and messages**.

5 你有沒有在打開手機後**被垃圾簡訊淹沒**的經驗？
Have you ever **been flooded with spam messages** after turning on your smartphone?

The DM filters is now available for all Twitter users on their Android smartphones and web platforms. Hopefully, this will lessen the stress on those that keep getting all those horrible DMs as well as **being flooded with spam messages**.
<Android Community>

現在所有使用安卓智慧型手機和網路平台的推特用戶，都可以使用私訊過濾器。希望那些不斷收到討人厭私訊和手機**被塞滿大量垃圾簡訊**的人能因此減輕壓力。〈安卓社群〉

horrible 令人不快的、可怕的

用英文多樣化地表達想法

世上大部分人，不論是誰都能自然地靈活運用母語進行溝通。然而根據說話的對象及對話的處境，我們可以使用時下流行語，也可以文雅禮貌地進行表達。即使是同一個人，語言表達和文字表達的方式也大不相同。文字寫作比口說時更有意識地多做「檢視」，寫作也分為寄給朋友的電子郵件、工作上的貿易書信、求職申請書的自我介紹等種類，不同種類的用字遣詞猶如天差地別。

為了滿足如此多種不同類型的說話和寫作需求，我們需要大量閱讀、大量書寫和大量思考，我認為中國文學家歐陽修所主張的「三多」，意即「多讀、多作、多商量」是絕對必要的。

用母語進行有效溝通需要練習和訓練，要用英語這個外語來有效論述自己的意見更是一件非常困難的事。不久前，有位口譯研究所準考生來找我諮商，他說：「我用英語只能表達出 10% 程度的母語。」實力具有某種程度的學生做出如此感嘆，那麼目前國人平均的英語表達能力水平又是如何呢？

只有在國內學習英語的人大致上都是根據學校課程，專注在閱讀和聽力，理解能力和分析能力相當出色，但是表達能力卻顯然跟不上學習的步伐。由於接觸英語的機會稀少，沒什麼機會使用英語，會有這樣的落差是可想而知的。

但是我確信，任何人都能喚醒「沈睡中的英語」，讓自己進入可以說英語的狀態。

以前我在阿里郎電視台作節目時，曾經翻譯「街頭採訪」的英文字幕。該「街頭採訪」是指一名節目工作人員在街上訪問一般民眾，詢問當週的主要新聞內容，再將錄影內容安排在節目中播出。

在這個採訪中，我們可以看到男女老少，以及幼兒等社會中各種不同族群實際使用的語言。我想介紹兩個特別有趣的實際採訪。越是未經整理過的說話內容，在翻成英語的過程更應該練習掌握核心主旨，才能抓住字裡行間的細微差異，巧妙地轉換成英語。這麼做對未來實際運用英文，以及對翻譯和口譯的工作有很大的幫助。

1.　「新聞說天氣會變很冷，還說會下雪，但一開始沒有想像中的冷。後來突然變冷了，真的好冷啊！」

這句話核心的語意是什麼呢？「因為一開始不冷，心態上放鬆了，結果在完全沒有防備之下，遇到令人凍僵的寒流，因而飽受苦頭」是本句表達核心，對吧？必須把這些含意作為句子主軸，確立英語寫作方向。根據所掌握的核心要旨，可以想出多種英語表達的方式。

以下是幾種英語翻譯的示範。

1) There was much hype about a sudden cold snap and snowfall. That was a false alarm. But then the weather really froze up.

2) Weather forecasters were warning about a plunge in temperature and heavy snowfall. That didn't happen. However, all of a sudden, it got really cold.

（從原文推測受訪者所謂的「新聞」是「氣象預報」。）

3) Reports strongly suggested a dip in the mercury and heavy snow. But it didn't feel that cold. But that all changed overnight.

（這裡將「新聞」改成「報導」，並用「水銀柱」mercury 比喻「氣溫」。overnight 常用來表示「突然地、一夜之間」。）

我將受訪內容翻成三種版本。一旦掌握原文的意思，我們就能靈活運用自己知道的詞彙，表達出各種說法的英文。我相信經過這樣的訓練並接受糾正後，在某一瞬間，我們「沈睡中的英語」就會突然甦醒。

以下是在另一次街頭採訪時某位市民朋友說的話。

2. 「聽說 6 國高峰會將在這個月 8 日舉辦，雖然這花了很長的時間，我們也有充分的經驗，但不能抱太大的希望。我覺得這會花很長的時間。」

這句話雖然條理不明，但能理解受訪者的想說的意思。（事實上，一般人的口語常常像這樣沒有條理。）其核心是「看不到結局的拔河會談又要開始了，不能抱什麼希望」，這讓我想起韓國有句俗諺說：「人家還沒打算給你年糕，你卻開始喝起泡菜湯。（意指自作多情）」

做完這樣的判斷後，這句話同樣也可以用英文翻譯成不同的說法。

1) The 6-way talks will resume on February 8th. We've had plenty of time to experience what it was like. We should not have high expectations. Again it would probably take a long time.

2) The 6-way talks will restart on February 8th. The previous talks had been drawn out with little progress. Given such a track record, we should not keep our hopes high. It will be another long and tedious process.

(這裡使用了原文沒有的 drawn out「拖延很久的」和 little progress「毫無進展」，代表翻譯時已經「聽懂弦外之音」reading between the lines，故這些詞彙在此是合理的假設用法。)

比起直譯，像這樣掌握句意後轉換成英語的練習方法，能夠提高英語的實際運用能力。

在解析英語句子時，一般都是以「這是句型四，直接受詞是真正主語……」等檢視文法的方式來解讀，但如果想超越理解的階段，讓自己能夠實際運用發揮，就應該掌握箇中「意義」，思考英語的表達方式，並以一長串轉換過後的聲音充分展現出來。

PART 9

社論、評論

CHAPTER 1

正面評價

新聞報導中，社論和評論會反映出許多個人的意見。一般新聞都是「報導事實」和「引用意見」，但在社論和評論當中會加入論調、邏輯、主張證據及例證等，和一般新聞的性質不同。由於內容包括正面的評價、批判的評價、要求、質疑等，會對讀者或觀眾造成影響或引起共鳴。我覺得閱讀英語社論或評論宛如參加一場豐富多樣的表達與搭配詞饗宴，是英語寫作或演說時可策略性運用的詞彙寶庫。現在我們先學習有關正面評價的表達方式。

正面評價相關主要用語

1. 欣賞 : appreciate
2. 欽佩、景仰 : admire
3. 讚譽、歡呼 : acclaim
4. 遵從、敬重 : in deference
5. 稱讚、表彰 : commendation
6. 鼓掌、喝采 : applaud
7. 贏得熱烈讚賞 : win hearty plaudits
8. 贏得榮譽 : win an accolade
9. 強調 : play up
10. 支持 : support, back (up), stand by, advocate
11. 強烈贊同 : shout one's approbation
12. 認可、保證 : endorsement
13. 迷戀於…… : be enamored by~
14. 頌詞、悼文 : eulogy
15. 充滿喜悅 : rejoice
16. 自吹自擂 : blow one's own horn
17. 完美典範 : epitome
18. 值得效仿的 : exemplary
19. 令人讚賞的 : admirable, laudable
20. 空前的 : unprecedented

我們**預見未來順利無阻**。
We see a smooth road ahead.

當我們說未來一路平坦、一帆風順時，會用前程萬里、康莊大道來形容，英文同樣也用 see a smooth road ahead 表示「前方一片平坦順遂」。在平順的道路上騎馬或開車都會感到安全舒適，因此用來比喻「未來順利無阻」。近義詞是 silky road，反義詞是 bumpy road。

1 我**預測**國家和教育**未來將順利無阻**。
I **see a smooth road ahead** for the country and education.

2 幾乎所有網友都認為社群媒體的**前方是一片坦途**。
Almost all netizens **see a smooth road ahead** for social media.

3 比特幣買家**預測未來**兩個月**將順利無阻**。
Bitcoin buyers **see a smooth road ahead** for the next two months.

4 州長認為到年底之前的**前景並不會一帆風順**。
The governor **doesn't see a smooth road ahead** until the end of the year.

5 專案的成功確立了公司**順暢無阻的未來**。
The success of the project ensured **a smooth road ahead** for the company.

We have witnessed women who were well known in the space, aeronautics, mathematics field of engineering. They were most often referred to as "Human Calculators" for their sheer calibre. Such women helped pave a way for all of us, and now is the time for more women to join the league as we already **have a smooth road ahead of us**.
<DataQuest>

我們在太空學、航空學及數學工程領域都看過著名的女性。他們的能力超群，因而經常被稱為「人體計算機」。這些女性為我們開拓道路，眼前已**有康莊大道等著我們**，現在是時候讓更多女性加入聯盟了。〈DataQuest〉

aeronautics 航空學　**sheer** 純粹的、完全的　**calibre** 能力、水準

他卓越的才能**是前所未有的**。

His outstanding talent **is unprecedented.**

當我們做出高度讚賞時，經常使用「前所未有」或「史無前例」等語詞，英語稱為 unprecedented。名詞 precedent 是「前例」，形容詞 precedented 的意思是「有先例的」，反義詞 unprecedented 是指「無前例的、空前的」。因此，「最近股價飆升是前所未有的。」可以表示為 The latest stock price surge is unprecedented。當然也可以用於負面的情況，例如 The problem was unprecedented.（這是史無前例的問題。）

1 歐洲的復甦計畫**是前所未有的**，但也是絕對必要的。
EU's recovery plan **is unprecedented** but necessary.

2 就一個 50 多歲的人而言，他達到了**空前的成功**。
For a man in his 50s, he achieved **unprecedented success.**

3 新冠病毒疫苗的開發速度確實**是史無前例的**。
The pace of coronavirus vaccine development **is** literally **unprecedented.**

4 目前的狀況在觀光和旅遊業**是前所未有的**。
The current situation **is unprecedented** in the tourism and travel industries.

5 這次**是空前的**危機，政府的因應措施也**史無前例**。
This crisis **is unprecedented** and the handling by the government **is** also **unprecedented.**

"The impact of COVID-19 on our economy and communities **is unprecedented**," said Dr. Zafar Mirza, the head of the country's health ministry. "With the disruption of essential immunization services due to the COVID-19 pandemic, children are continuously at a higher risk of contracting polio and other vaccine-preventable diseases."
<Aljazeera>

該國衛生部長薩法爾·米爾札博士表示：「新冠病毒對我們經濟和社區的影響**是前所未有的**。由於新冠病毒大流行中斷了必要的預防接種服務，孩童感染小兒麻痺和其他疫苗可預防疾病的風險不斷增加。」〈半島電視台〉

disruption 中斷、破壞　**immunization** 接種、免疫　**contract** 罹患（疾病）
polio 小兒麻痺症

常用語 213

他**被譽為**英雄。
He **was hailed as** a hero.

動詞 hail 是「把……稱為、描述」的意思。通常以 be hailed as ～的被動形式出現，意指「被稱為、被描述為、被讚譽為、被讚揚為」。因此「他被喻為英雄」可以表示為 He was hailed as a hero。此外，hail 大致上還有三種意思。1） Hail the Queen ！女王萬歲！（歡迎或祝福的招呼聲）2） He hails from Busan. 他是釜山人。（表示出生地） 3）She hailed a taxi. 她揮手叫一台計程車（呼叫車、船、人停下來）。

1 他在網路上**被讚譽為**希望的象徵。
He **is hailed as** a symbol of hope on the Internet.

2 雖然年紀小，她仍**被譽為**明日之星。
Despite her tender age, she **is hailed as** a rising star.
— tender 年幼的、未成熟的

3 這家公司**被讚譽為** AI 科技的先驅。
The company **is hailed as** a pioneer of AI technology.

4 這部電影**被讚揚為**該導演最成功的電影。
The film **is hailed as** the director's most successful movie.

5 這位女演員**被譽為**世界上最美麗的女人。
The actress **is hailed as** the most beautiful woman in the world.

Boracay, another popular tourist destination in the country, made it to the 14th spot of the magazine's "World's Best Island" list. It **is hailed as** the fifth-best island in Asia this year as well.
<Inquirer.net>

菲律賓另一個受歡迎的旅遊勝地「長灘島」，被本雜誌評選為「世界最佳島嶼」名單中排名第 14 名。今年長灘島也**被譽為**亞洲最佳島嶼第五名。〈菲律賓每日詢問者網〉

tourist destination 旅遊勝地

政府**描繪了一幅美好願景**。
The government **painted a rosy picture.**

談到美好的未來，我們經常以「玫瑰色的圖畫」形容，或許是因為玫瑰很美的緣故吧。paint a rosy picture 是「畫一幅玫瑰色的圖畫」，也就是描繪一幅美好的願景，代表著前景光明燦爛。rosy picture 的反義詞是 bleak picture，bleak 是「慘澹的、毫無希望的」。可以表示「前景」的名詞很多，例如 prospect、projection、outlook、forecast 等。

1 政府當局**描繪了一幅美好的**經濟**願景**。
Authorities **paint a rosy picture** of the economy.

2 雖然目前的情勢令人沮喪，但他**描繪了一幅美好的願景**。
While the current situation is gloomy, he **paints a rosy picture.**

3 政治人物**描繪出一幅美好前景**，但是人民並不相信。
Politicians **paint a rosy picture**, but the people are not convinced.

4 他為政府處理國政的能力**描繪了一幅美好願景**。
He **paints a rosy picture** of the government's handling of state administration.

5 雖然他對目前的情況並不心存懷疑，但他**幾乎沒有描繪樂觀的願景**。
While he is not skeptical about the current situation, he **hardly paints a rosy picture**.

He said that while some individual hospitals may have shortages of protective equipment, about three-quarters have at least a 15-day supply of personal protective equipment and only 2 percent have under three days in supply. He also noted the surge in testing capacity that's quadrupled since April, as well as advances in treatments. "I'm not trying **to paint a rosy picture**, but we are definitely in a better spot than we were in March and April, but we have to take this incredibly seriously."
<NBC News>

他表示，雖然一些個別醫院可能面臨防護設備的短缺，但約四分之三的醫院有至少 15 天的個人防護設備存量，僅 2% 的醫院庫存量不到三天。他也注意到，自 4 月份以來檢測量能激增四倍，治療方法也有進展。他說：「我並不是要**描繪一幅美好的願景**，不過我們現在的情況絕對比 3 月和 4 月時更好。但是我們必須非常嚴肅地看待現況。」〈國家廣播公司新聞〉

note 注意、談到　**surge** 遽增　**quadruple** 使⋯⋯成為四倍

CHAPTER 2

負面評價

不論在社會上或政治領域上，對於對手我們會有正面評價，同樣也存在著負面評價。政治和社會陷入分裂與對立，人們彼此惡言相向，秉持雙重標準，將自己的行為合理化，甚至毫不猶豫地對他人進行人身攻擊。然而，即便是負面評價和批評，也應該注意禮儀，不失尊重與風度，才是人們樂見的態度。負面評價和批評的相關單字和搭配詞同樣也是依據批評強度，有多種不同方式的比喻。在這一章我們將學習幾種表現方式。

負面評價相關主要用語

1. 譴責、指責 : condemn
2. 斥責 : decry
3. 損害、削弱 : undermine
4. 敗壞名譽、使丟臉 : discredit
5. 使背負惡名、侮辱 : stigmatize
6. 痛斥、嚴厲批評 : excoriate
7. 告誡、責備 : admonish
8. 反對 : oppose
9. 痛惜、強烈反對 : deplore
10. 責罵、訓斥 : upbraid
11. 嚴厲批評 : fulminate
12. 低估 : underestimate, underrate
13. 貶低 : belittle, disparage
14. 厭惡 : loathe
15. 羞辱 : humiliate
16. 使蒙羞 : dishonor
17. 不盡人意（可改善）之處 : leave a lot to be desired
18. 苛刻（嚴厲）的批評 : scathing criticism
19. 不當的 : inappropriate, improper
20. 可憐的 : pathetic

那位教授**損壞了他的名譽**。

The professor **undermined his reputation.**

在現今社會，一旦有社會地位或名望的人成為醜聞主角，他不僅將喪失名譽，也等同葬送自己的職業生涯。人們的心一旦遠離，接踵而至的就是責難。undermine 是「損壞」形象、名聲、信賴等。undermine one's reputation 意指「損壞名譽」。

1 此陰謀的目的在於**損害他的聲譽**。
The conspiracy was designed **to undermine his reputation**.

2 試圖**損壞她的名聲**只會增強她的可信度。
Attempts **to undermine her reputation** only served to reinforce her credibility.

3 他的政敵試圖散佈惡意謠言**來損毀他的名譽**。
His political enemies tried **to undermine his reputation** by spreading malicious rumors.

4 他的性猥褻醜聞**破壞了他**作為女權運動領袖**的聲譽**。
His sexual molestation scandal **undermined his reputation** as a leader of women's rights movement.

5 他過度直率的言論和他表達的方式足以**毀壞他的名譽**。
His overly straightforward remarks and the way he presented them were enough **to undermine his reputation**.

The audience was a mixture of Russian reporters, many openly praising the Russian president, and foreign journalists, several of them pressing him on policies that have alarmed Western governments and **undermined his reputation** abroad.
<The New York Times>

聽眾中夾雜著俄國記者和外國新聞記者，多數俄國記者公開讚揚俄羅斯總統，幾名外國記者則針對政策向他施壓。這些政策令西方政府提高警戒，並**損害了俄國總統**在海外**的聲譽**。〈紐約時報〉

press 施加壓力　**alarm** 使驚恐、警告

常用語 216

那位政治家因**行為不當**受到猛烈抨擊。
The politician was slammed for the inappropriate behavior.

最能表示所謂「不適當」的英文單字是 inappropriate，這個字帶有「因不被社會接受而不恰當」的含意。「不當關係」是 an inappropriate relationship，反義詞是 appropriate，翻譯成「適當的、合適的、妥當的」，相似詞是 suitable。suitable 的意思是「相當的、適當的、適宜的」。另外，大家容易混淆的單字是 proper，意指「正確的、合適的」。這些字連母語者都會感到混淆，建議大家在學習這幾個單字時能同時參考英語原文的上下文。slam 是「砰地關上」門等（slam the door），也意味著「猛烈抨擊」。因此，be slammed 是「遭受猛烈抨擊」，be slammed for ～是表示「因為……而受到猛烈抨擊」。

1 這個孩子一直做出**不當行為**。
The child keeps engaging in **inappropriate behavior.**

2 **她的不當行為**引起大眾不滿。
Her inappropriate behavior was frowned upon by the public.

3 儘管他已真心道歉，他仍因**不當行為**遭受猛烈抨擊。
He was slammed for **the inappropriate behavior** despite his heartfelt apology.

4 她因著在頒獎典禮上的**不當言行**而受到猛烈抨擊。
She was slammed for **her inappropriate remarks and behavior** at the awards ceremony.

5 她譴責他的**不當行為**，並要求他向整個團隊道歉。
She scolded him for **his inappropriate behavior** and demanded that he apologize to the whole team.

Spelling out the consequences for **inappropriate behavior** and then following through with firm limits is emotionally and physically exhausting but it is our job and it does work.
<The New York Times>

詳細說明**不當行為**的後果並徹底落實嚴格限制，雖然在心理上和身理上都令人疲憊，但這是我們必須做的事，且這麼做確實有效。〈紐約時報〉

spell out 仔細說明　**follow through with** 徹底施行

常用語 217

他**被指控涉嫌**貪汙。
He is charged with embezzlement.

動詞 charge 具有「指控、控訴、責難」的意思，be charged with ～意指「被指控涉嫌……、承擔……責任、因……被控告、因……被起訴」。可以替代的用語為 be accused of ～。上面的句子中，be charged with embezzlement 意指「被指控涉嫌貪汙」或「因貪汙被起訴」，而「被指控詐欺」則可以用 be charged with fraud 表示。be charged with 經常出現在事件、事故的新聞裡，一定要記住這個用法。

1 他因過失殺人罪**遭到起訴**。
He **was charged with** manslaughter.
— manslaughter 殺人、過失殺人

2 他一定**會**因為賄絡一名高級官員而**被起訴**。
He **will** certainly **be charged with** bribing a senior level official.

3 他**被指控涉嫌**欺騙並偷竊他們的錢財。
He **was charged with** deceiving them and stealing their money.

4 駭客**可能**因詐欺未遂及入侵國家安全系統而**被起訴**。
Hackers **can be charged with** an attempted scam and breaching the state security system.

5 他是目前為止今年第 7 個**被控告**酒後駕車的職業運動員。
He was the seventh professional athlete so far this year **to be charged with** drunk driving.

Arrested in March 2019, Howard Owens **was charged with** unlawful possession of a weapon, cruelty to animals and unlawful discharge of a weapon. John Harrison of the Passaic County courthouse said Howard Owens was placed in pre-trial intervention on the cruelty charge for a period of three years. The charge could be dismissed or revived in July 2022.
<North Jersey.com>

霍華德・歐文斯於 2019 年 3 月被捕，他因非法持有武器、虐待動物和非法發射武器而**被起訴**。巴賽克縣法庭的約翰・哈里森表示，霍華德・歐文斯因犯下殘忍行為而接受為期三年的審前介入。這項指控可能在 2022 年 7 月被撤銷或重新提告。〈North Jersey.com〉

discharge 發射、開火　**intervention** 介入、調停　**revive** 使復原、使恢復（法律效力）

雪上加霜的是，問題變得更嚴重了。

To make matters worse, the problem grew bigger.

「禍不單行、雪上加霜」的英文可以用 to make matters worse，用來形容事情變得更糟，狀況惡化。另一種說法是 to add insult to injury。「變得更……」要用「grow[get] ＋形容詞比較級」，因此「事態變大（更嚴重）」可以用 grow bigger 表示。

1 **雪上加霜的是**，他被指控涉嫌企圖逃逸。
To make matters worse, he was charged with trying to flee.

2 **雪上加霜的是**，投資資金已付諸東流。
To make matters worse, the investment went down the drain.

— go down the drain 泡湯、前功盡棄

3 **雪上加霜的是**，這支隊伍輸掉另一場比賽，達到 5 連敗。
To make matters worse, the team lost another game for the fifth time in a row.

4 **雪上加霜的是**，在名譽受損後，他的健康狀況迅速惡化。
To make matters worse, his health deteriorated rapidly after his reputation was undermined.

5 **雪上加霜的是**，北韓發射另一枚飛彈，這次越過了日本群島上空。
To make matters worse, North Korea fired another missile, this time over the Japanese archipelago.

Sand and rocks picked up by the wind ended up blasting trucks and cars. **To make matters worse**, drivers with their windows down got dust blown in their eyes, creating another hazard. Samuel Salazer, a long-hauler driving through southwest Idaho, spoke about what he and other truckers have to keep in mind while on the road.
<Idaho News>

被風捲起的沙子和石礫最後擊中卡車和汽車。**雪上加霜的是**，搖下車窗的司機因風沙吹進眼睛而發生其他危險。一名駛越愛達荷州西南部的長途卡車司機山謬・薩拉札爾談到他和其他卡車司機在行駛過程中必須注意的事。〈愛達荷新聞〉

blast 炸毀 **long-haul** 長途的 **long-hauler** 長途司機 **trucker** 卡車（運輸車）司機

外交關係**處於不穩定的狀態**。

Diplomatic ties are **in a precarious situation.**

precarious 這個單字是表示「不穩定的、危險的」，語意上可以翻成「驚險的」。想像一下站在懸崖峭壁上的人，只要一不小心沒站穩，就會出現生死一瞬間的狀況。因此 in a precarious situation 是表示「不穩定的狀態」。

1 少數民族發現自己**處於危急不安的情況**。
Ethnic minorities find themselves **in a precarious situation.**

2 該國在 6 個內月來都**處於岌岌可危的狀態**。
The country has been **in a precarious situation** for 6 months.

3 全球旅遊業現正**處於非常不穩定的狀態**。
The global tourism industry is now **in a very precarious situation.**

4 那些已經**處於不穩定狀態**的居民遭受颱風的重創。
Those already **in a precarious situation** were hit hard by the typhoon.

5 外包商的破產導致我們**處於岌岌可危的狀況**。
The bankruptcy of the sub-contractor put us **in a precarious situation.**

This order, issued on July 6 encountered strong opposition from voices in academia, industry and politics after it left many of the more than 1 million foreign students in the U.S. **in a precarious situation.**
<The Hindu>

7 月 6 日發布的這項命令，在使美國境內超過一百萬名留學生中多數人陷入**危急狀態**後，引發來自學術界、工業界及政治界的強烈反對聲浪。〈印度教徒報〉

academia 學術界

他們**沒有達到**滿足人民需求**的期望**。

They **fell short of expectations** in meeting the people's needs.

「期望、預期」的英文是 expectation，「沒有達到……」是 fall short of ～，因此「沒有達到期望（預期）」可以用 fall short of expectations 表示。相反地，「超乎期望（預期）」可以表示為 exceed[go beyond、surpass] expectations。此外，「顛覆期望（預期）」是 buck[overturn] expectations。

1 他的正式道歉**沒有達到期望**。
His official apology **fell short of expectations.**

2 幸運的是，損失的規模**未達預期**。
Luckily, the scope of damage **fell short of expectations.**

3 該公司的第一季收入**沒有達到期望**。
The company's first quarter revenue **fell short of expectations.**

4 該公司上半年的銷售額**遠低於預期**。
The company's sales in the first half **fell far short of expectations.**

5 結果**沒有達到預期**，導致了股價暴跌。
The outcome **fell short of expectations** and this led to a plunge in stock prices.

For the second quarter, Coca-Cola reported better-than-expected profit, though revenue **fell short of expectations**. The stock was up 2.4% in Tuesday trading, though shares have tumbled 14.7% for the year to date. <MarketWatch>

第二季中，可口可樂公布了高於預期的利潤，雖然營收**未達預期**。該股票在週二交易日上漲 2.4%，但可口可樂的股票今年以來已累計下跌 14.7%。〈市場觀察〉

revenue 營收、收入　**profit** 利潤、盈利

CHAPTER 3

疑惑

近來全世界充斥各種假新聞和假消息的現象，已成為嚴重的問題。這些假消息通常會誤導讀者，進而為了個人或團體的利益而遭惡意利用。人們對於越是煽動的內容越感興趣，結果往往引起疑惑和混亂。假新聞和假消息更大的問題在於當這些消息傳播的數量越多，人們對於真實的消息也開始感到懷疑，結果將導致社會陷入更大的混亂。在這一章我們將學習和疑惑相關的搭配詞用法。

疑惑相關主要用語

1. 懷疑、疑問、疑惑 : doubt, question
2. 不相信 : disbelief
3. 疑慮 : doubt, misgiving, reservation
4. 不確定的、懷疑的 : doubtful
5. （因行為鬼祟而）引起懷疑的、不信任的 : suspicious
6. 表示懷疑的、難以置信的 : incredulous
7. 懷疑態度、懷疑論 : skepticism
8. 焦慮、擔心、存疑 : anxiety, apprehension, misgiving
9. 憤世嫉俗 : cynicism
10. 諷刺的、挖苦的 : sarcastic
11. 注意、警惕 : wariness
12. 模稜兩可的、矛盾的 : ambivalence
13. 驚恐、驚惶失措 : consternation
14. 不滿、不滿足 : discontent
15. 優柔寡斷 : irresolution
16. 困惑 : bewilderment
17. 模糊晦澀 : obscurity
18. 幻滅的 : disenchanted
19. 可證偽性 : falsifiability
20. 經驗主義的、實證的 : empirical

他**究竟為什麼**要那樣做？
Why on earth did he do that?

當我們表達疑惑或驚訝等情感時，會說「到底為什麼？」、「究竟為什麼？」英語當中也有 Why 開頭的問句可以表達這種語氣，也就是 why on earth ～？「我之前到底為什麼不懂英文搭配詞呢？」可以表示為 Why on earth didn't I know about English collocations before?

1 你**到底為什麼**要做這種事？
Why on earth would you do such a thing?

2 **究竟為什麼**要由她做最後的決定？
Why on earth does she have to make the final decision?

3 **到底是為什麼**英國的政治人物們不戴口罩？
Why on earth aren't English politicians wearing face masks?

4 **到底為什麼**韓國的英語學習者會被行銷伎倆迷惑呢？
Why on earth do Korean English learners fall for gimmicks?

— fall for～ 相信　gimmick 花招、噱頭

5 **究竟為什麼**會有人願意花 100 多萬美元買這輛車？
Why on earth would anyone pay more than 1 million dollars for this car?

I remember driving to the ceremony and having a flash of wondering **why on earth** all these people were here. What difference does it make to them, I wondered, if we get married? Why didn't we just have a small wedding, a few family members and close friends?
<New Zealand Herald>

我記得開車去典禮會場時，突然產生這樣的疑問：「**到底為什麼**這些人在這裡？」我想知道如果我們結婚，會給他們帶來什麼不同？為什麼我們不能舉行簡單的婚禮，只邀請少數家人和好朋友就好呢？〈紐西蘭先驅報〉

flash 突然閃現

他們到底在想什麼？ / 真是荒唐至極。
What were they thinking?

當有人說出荒唐的話或做出令人不悅的行為時，總是令人感到精神崩潰，不禁想問他們那樣說話或那樣行動時到底在想什麼。這時人們常帶著輕鬆和嘲笑的口吻說：「What were they thinking ？」這句話可以用來形容「離譜到令人哭笑不得」的感覺，類似的用法還有 It's ridiculous. 和 It doesn't make sense. 等。

1 那個政府機關的人**到底在想什麼？**
What were they thinking at the government agency?

2 他以每小時 200 公里的速度駕駛，**到底在想些什麼？**
He drove at 200 km per hour. **What was he thinking?**

3 他習慣性地毆打運動員。**他到底在想什麼？**
He habitually beat the athletes. **What was he thinking?**

4 她說了不恰當的言論。**她到底在想些什麼？**
She made inappropriate remarks. **What was she thinking?**

5 她向很多人說謊借錢，**到底是在想什麼？**
She loaned money from many people telling them a lie.
What was she thinking?

But these offenders had also scrawled the nasty word and messed with the portrait of the King. **What were they thinking?** A harsh lesson awaits them when they are eventually apprehended by the authorities.
<The Star>

然而這些犯罪份子也塗鴉髒話並毀損國王的肖像。**他們到底在想什麼？**當他們終於被當局逮捕後，將受到嚴厲的懲罰。〈星報〉

scrawl 潦草地寫、亂塗　**nasty** 下流的、粗魯的、令人不快的　**apprehend** 逮捕

他們**完全不知道**下一步該怎麼做。
They **don't have a clue** about what to do next.

搭配詞 don't have a clue 可以用來表達「一頭霧水」的語意，意思是「完全不知道、一無所知」。clue 是指「線索、頭緒」。be clueless 的意思也和 don't have a clue 一樣，替代詞有 don't have any idea 和 have no idea。

1 即使過了一個星期，他們仍然**毫無頭緒**。
They still **don't have a clue** even a week afterwards.

2 人們對於內部交易**完全不知情**。
The people **don't have a clue** about the insider trading.

3 這需要花大量時間教育他們，因為他們**完全一無所知**。
It takes a lot of time educating them because they **don't have a clue.**

4 超過三分之一的英國人**對**此疾病的症狀**一無所知**。
More than a third of Brits **don't have a clue** what the symptoms of the disease are.

5 在此告知**感到一頭霧水**的讀者們，他是聯合國秘書長。
For those readers who **don't have a clue,** he is the Secretary General of the United Nations.

He added: "People that **don't have a clue** about how to keep New Yorkers safe suddenly think they know about policing. I have another thing to tell them: they **don't have a goddamn clue** what they're talking about. But we are not going to let them destroy this city."
<Politico>

他補充說：「那些對於如何保護紐約市民安全**一無所知**的人們突然自以為懂得如何維持治安。我還有另一件事要告訴他們：他們**該死的根本不知道**自己在說什麼。但我們不會讓他們摧毀這座城市。」〈政客〉

要求

社論和評論的論調通常包含許多要求改變對策的內容，也有呼籲政府、國會、企業或一般市民良知的訴求。在缺乏同理心的世代，各種對彼此要求的呼聲似乎越來越高。一般來說，「請求」是 request，「要求」是 demand，「強烈要求」是 urge。在這一章我們將學習和要求有關的搭配詞用法。

要求相關主要用語

1. 要求、請求 : call for, ask for, demand, require
2. 懇求、哀求 : beseech, entreat, beg, implore
3. 強迫、迫使 : compel
4. 召喚、命令 : summon
5. 使負有義務、強制 : obligate
6. 請願、申訴 : petition
7. 使成為必要 : necessitate
8. 使合法 : legitimize
9. 先決條件 : prerequisite
10. 必要條件 : necessary condition
    充分條件 : sufficient condition
11. 恫嚇 : intimidate
12. 誘捕 : entrap
13. 誘惑、勾引 : seduce
14. 堅持、強調 : insist
15. 脅迫、逼迫 : coerce
16. （正式）請求、申請 : requisition
17. 懇請者、哀求者 : supplicant
18. 破壞、推翻 : subvert
19. 法定的、強制的 : mandatory
20. 重要的、緊急的 : imperative

這個問題**需要立即採取行動**。
This problem **calls for immediate action.**

打棒球有適時安打（a timely hit），要求他人也該有適時的或立刻的要求，才能達到效果。「要求」的英語可以用 demand 或 call for 表示，因此「要求立即行動」可以表示為 demand immediate action 或 call for immediate action。This problem calls for immediate action. 句中主詞是無生物的 this problem，意思是「這個問題需要立即採取行動」。

1 修復工作**需要即刻進行**。
Restoration work **calls for immediate action.**

2 工會**要求立刻採取行動**提高工資。
The labor union **called for immediate action** on the wage hike.

3 吸菸帶來的危害促使世界衛生組織**要求立即行動**。
The hazards of smoking caused the WHO to **call for immediate action.**

4 這群人**要求立刻採取行動**反對動物虐待。
The group of people **called for immediate action** against cruelty toward animals.

5 聯合國支持該非政府組織對於保護環境**應即刻採取行動的要求**。
The UN endorsed the NGO's **call for immediate action** to protect the environment.

Protesters have spent a fourth night camped on the roof of Bristol's City Hall, as they **call for immediate action** to improve the city's air quality. The group of five activists scaled the building last Thursday. They are demanding a commitment to ensure legally clean air in every part of the city.
< The Herald-Standard>

抗議者已連續四晚在布里斯托市政府的屋頂上搭帳棚，他們**要求立即採取行動**改善城市的空氣品質。這個五名抗議人士團體在上週四爬上大樓，要求政府做出承諾，以確保該城市每個角落都有法定標準的清淨空氣。〈先驅標準報〉

scale 攀登　**ensure** 確保

這次人為災難**敲響了一記警鐘**。
This man-made disaster **served as a wake-up call.**

飯店等場所提供的電話叫醒服務稱為 a wake-up call，更進一步地，a wake-up call 也可以用來稱呼令人覺醒、喚醒意識或引起關注的事件。serve as ～意指「起……作用」，也可以翻譯為「成為……的契機」。因此 serve as a wake-up call 的意思是「起了令人警醒的作用」、「成為一記警鐘」。

1 這種狀況**應該成為**管理階層**覺醒的契機**。
This situation **should serve as a wake-up call** for the management.

2 這份報告**敲響了一記警鐘**，提醒人們必須更加重視水資源。
The report **served as a wake-up call** on the need to value water more.

3 該事件**成為提醒**需要採取額外措施**的契機**。
The incident **served as a wake-up call** that additional steps need to be taken.

4 該恐怖攻擊事件**為**世界各國**敲響了一記警鐘**。
The terrorist attack **served as a wake-up call** to all countries around the world.

5 這家公司損失 200 萬美元的事實**為**該產業的所有競爭業者**敲響了警鐘**。
The company losing 2 million dollars **served as a wake-up call** for all the competitors in the industry.

The tumble in the ratings **should serve as a wake-up call** for WWE that its remaining weekly TV viewers deserve more—and hopefully, this most recent turn of events with Orton and Big Show should be sign that this is precisely what they will get.
<CBR.com>

收視率暴跌**應為**美國職業摔角**敲響一記警鐘**，體認到僅存的週間電視觀眾應該看到更多內容。也希望奧頓和大秀哥最近的事件能彰顯這正是觀眾們將得到的。〈漫畫書資源網〉

tumble 暴跌、驟降

常用語 226

他們往往**順從**工會的**要求**。

They often comply with demands of the labor union.

被要求的當事人可能答應要求，也可能拒絕要求。「答應……」常用 comply with 或 abide by 表示，「遵行、答應、順從要求」可以用 comply with demands 表示。相反地，「拒絕」常用 reject 表示，「斷然拒絕」是 flatly reject 或 flatly turn down。

1 如果你不**答應要求**，我們就會開戰。
We will open fire if you don't **comply with demands.**

2 德國最高法院判定臉書**必須順從要求**。
Germany's top court ruled that Facebook **must comply with demands.**

3 工程師們**遵從政府的要求**，竄改了數據。
The engineers manipulated the data **to comply with government demands.**

4 由於沒有**順從要求**，該公司被地方政府列入黑名單。
The company was blacklisted by the local government as it didn't **comply with demands.**

5 公司管理階層若拒絕**遵從要求**，他們可能面臨被逮捕的風險。
Company executives could be exposed to risk of arrest if they refuse to **comply with demands.**

Police said he refused to **comply with demands** to give his license when asked 11 times by the responding officer and released dashcam video of the incident. Police are pursuing a felony charge against 23-year-old Jaylen Bond. <FOX2>

警方表示，當出勤警官連續 11 次要求他出示駕照時，他拒絕**順從要求**，警方也公開了這起事件的行車記錄器影像。警方正以重罪指控 23 歲的傑倫・龐德。〈福斯二台〉

dashcam 行車記錄器　**felony** 重罪　**charge** 指控

證人**要求匿名**。
The witness **asked for anonymity.**

在對外良心喊話或做出可能引發爭議的爆料時，發言人常要求匿名，希望不要公開真實身分，因為擔心產生後座力衝擊（backlash）。像這樣「要求匿名」的英文是 ask for anonymity，ask for ～ 是「要求……」，anonymity 是「匿名」。除了 ask for anonymity 之外，也可以用 ask not to be identified 表示。identify 意指「確定……的身分」，be identified 是「表明身分」，所以 ask not to be identified 的意思是「要求不表明身分」，也就是「要求匿名」。

1 由於擔心遭到報復，他**要求匿名**。
Fearing retaliation, he **asked for anonymity**.

2 一位過去曾參與貪汙交易的人**要求匿名**。
A person involved in the past corruption deals **asked for anonymity**.

3 在透漏對話的私人細節時，他**要求匿名**。
He **asked for anonymity** when disclosing private details of the conversation.

4 一名**要求匿名**的居民表示，嫌犯立刻逃離了現場。
A resident, who **asked for anonymity**, said the suspect fled the scene right away.

5 願意談論公司內系統性種族主義的舉報者**要求匿名**。
Willing to talk about the systemic racism at work, the informant **asked for anonymity**.

"I have quite a few groups that I connect with via WeChat: my family in China, my friends in China, my Chinese friends who are here in North America, or around the world for that matter," said a Chinese Canadian working in the US who **asked for anonymity** because of the topic's political sensitivity. <South China Morning Post>

一位在美國工作的加拿大籍華裔表示：「對於這個問題，我有蠻多群組是藉由微信聯絡的，包括我在中國的家人、在中國的朋友，及在北美或世界各地的中國朋友等。」由於話題的政治敏感性，他**要求匿名**。〈南華早報〉

sensitivity 敏感性、靈敏度

CHAPTER 5

變化

說到「變化」，令人想到快速變化與發展的先進科技，以及我們必須適應這種改變的心態調整與身體力行。即便我們無法成為喜歡新事物的 early adopter（嘗鮮者），但現今是一旦開始落後，就會越來越追不上前人腳步的時代。不管喜歡與否，如果跟不上變化的速度，我想，被淘汰也只是早晚的問題。此現象不僅限於技術層面，真心希望堅持學習本書到最後一章的讀者，也能以堅持不懈和適應變化的柔軟身段，持續努力直到戰勝英文的那一刻。

變化相關主要用語

1. 轉變、改造
   : convert (名詞 conversion)
2. 修正、變更
   : modify (名詞 modification)
3. 改變、使產生差異、使多樣化
   : vary (名詞 variation)
4. 改動、變化、修改
   : alter (名詞 alteration)
5. 多樣化、差異化 : diversify (名詞 diversification)
6. 修訂（法案等）
   : amend (名詞 amendment)
7. 修改（意見、計畫）、校訂
   : revise (名詞 revision)
8. 精鍊、改善 : refine (名詞 refinement)
9. 使豐富 : enrich (名詞 enrichment)
10. 突變、轉變
    : mutate (名詞 mutation)
11. 波動 : fluctuate (名詞 fluctuation)
12. 調整 : adjust (名詞 adjustment)
13. 復甦、使恢復生氣
    : revitalize (名詞 revitalization)
14. 轉換
    : transform (名詞 transformation)
15. 轉化、徹底改變
    : transmute (名詞 transmutation)
16. 逆轉、使反轉
    : reverse (名詞 reversal)
17. 重新排列、改組
    : realign (名詞 realignment)
18. 代替、取代
    : replace (名詞 replacement)
19. 改善 : improve, ameliorate (名詞 improvement, amelioration)
20. 補償 : compensate, make up for

這家公司**搭上改變的浪潮**。

The company **is riding the tides of change.**

「改變的浪潮」是 tides of change 或 waves of change，「搭乘」是 ride，「搭上改變的浪潮」是 ride the tides[waves] of change。Can you give me a ride（可以載我一程嗎）？當中的 ride 是指駕駛，是搭車、騎車或騎馬等的名詞。

1 他尚未準備好**搭上變革的浪潮**來成就更好的自我。
He is not ready to **ride the waves of change** and better himself.

2 他的努力和人脈讓他能夠**順應改變的浪潮**。
His effort and networking enabled him to **ride the tides of change.**

3 在後疫情時代，我們必須能夠**適應變革的浪潮**。
In a post-pandemic world, we must be able to **ride the tides of change.**

4 席捲醫療保健產業的**變革潮流**是無法預測的。
The waves of change rolling onto the healthcare industry are unpredictable.

5 他比任何人都率先預見外送食品行業的**改變浪潮**。
He saw **the waves of change** in the delivery food industry coming before anyone else.

We have already felt **the waves of change** in recent years. Not all by the hand of conflict, but also innovation. The exponential advancement of technology; a true X-factor and elephant in the room.
<The Startup>

近年來我們已經感受到**改變的浪潮**，這不僅來自於矛盾衝突，也來自於變革創新。科技以指數發展是成功的關鍵因素，也是眾所周知卻又忌諱談論的問題。〈創業〉

exponential 呈級數增長的　**X-factor** X因子（成功的特定必備因素）
elephant in the room 棘手問題、禁忌問題

這些學生**跳脫思考框架**。
The students **think outside the box.**

不論是過去或現在，如果固守一種方式，就難免陷入框架之中。必須跳脫固定的思維框架，才能擁有新的視角和洞察力。「跳脫思考的框架」可以用 think outside the box 表示，顧名思義就是跳脫如箱子般思考的常規與模式。另外，「困於枯燥僵化的生活」可以用 be stuck in a rut 表示。

1 危機情況需要大家**跳脫思考的框架**。
The crisis requires you **to think outside the box.**

2 對於創作者來說，**跳脫思考限制**是一種習慣。
It's a habit for creators **to think outside the box.**

3 選舉活動人員試圖**跳脫固有的思考模式**。
Election campaigners try **to think outside the box.**

4 **要跳脫框架思考**是知易行難的事。
Thinking outside the box is easier said than done.

5 從一般員工變成總裁的他之所以能夠在公司步步高昇，是因為他**跳脫思維框架**，將想法付諸行動。
The staff member-turned-president was able to climb the corporate ladder because he **thinks outside the box** and puts ideas into action.

While studying music, you'll learn and be able to **think outside the box** while trying to solve the task at hand. You'll learn the importance of improvising and how to deal with challenges that may arise before or during a performance. <Griffith News>

在學習音樂的過程中，當你嘗試解決眼前的課題時，你將學會如何**脫離思考框架**。你也能學到臨機應變的重要性，及如何應對演出前或演出中可能出現的挑戰。〈格里菲斯新聞〉

improvise 即興表演、臨時做

他們**做出顯著改變**。
They made a world of difference.

只要付出努力，懷抱遠見，展現毅力，就能帶來巨大的改變和發展，不是嗎？ make a difference 意指「創造區別、做出改變」。如果 make a difference 是「做出一般的改變」，那麼 make a world of difference 就是「做出顯著的改變和變化」。可以替代 make a world of difference 的用法是 make all the difference in the world。

1 這次機會**將**為英語學習者**帶來顯著的改變**。
This opportunity **will make a world of difference** for English learners.

2 他持續服用維他命，這**使**他的健康**產生顯著的變化**。
He kept taking the vitamins and this **made a world of difference** to his health.

3 新家具和壁紙**讓**家的氣氛**大不相同**。
New furniture and wallpaper **made a world of difference** to the feel of the house.

4 銀行貸款為這家公司注入新活力，**帶來顯著改變**。
The bank loan breathed new life into the company and **made a world of difference**.

5 英語和老師教他的一切**使**他的生活**截然不同**。
English and everything that his teacher taught him **made a world of difference** in his life.

Deals have become even more important during the COVID-19 outbreak. As people try to manage their finances more sustainably, deals, discounts, and rewards **can make a world of difference**.
<Manila Bulletin>

在新冠病毒爆發期間，特價活動變得更加重要。正當人們試圖更加永續管理他們的財務時，特價、折扣和獎勵活動**能夠帶來明顯的改變**。〈馬尼拉公報〉

deal (= bargain) 交易、特價品　**outbreak** 發生、爆發　**sustainably** 可持續地
bulletin 新聞快報、公告、簡報

1 **ad hoc** （拉丁語） 特別的，專門的，臨時安排的
an ad hoc committee
特設委員會

2 **alumnus** （拉丁語）畢業生、（男性）校友
I am going to an alumni meeting tomorrow.
我明天要去參加校友會。

3 **alma mater** （拉丁語）母校、校歌
She returned to her alma mater to become a teacher.
她回到母校擔任教師。

4 **bon appetite** （法語）用餐愉快。
Bon appetite! = Enjoy your meal!

5 **bon voyage** （法語）旅途愉快。
Bon voyage! = Have a nice trip!

6 **bona fide** （拉丁語）真實的、真正的
What is the bona fide reason?
真正的理由是什麼？

7 **carte blanche** （法語）全權、自主權
We were given carte blanche to choose the subcontractor.
我們被全權委託選定承包商。

8 **carpe diem** （拉丁語）及時行樂、活在當下
Carpe diem! = Seize the day!

9 **cause célèbre** （法語）著名的爭論焦點（案件）
The scandal has become a cause célèbre.
那件醜聞成為轟動一時的爭論焦點。

10 **coup (d'état)** （法語）政變
When there is a coup, a group of people seize power in a country.
一旦發生政變，就有一群人掌握了國家權力。

11 **de facto** （拉丁語） （即使法律上尚未認同）事實上的、實際上的

He is the de facto leader of the company.
他是那間公司的實際領袖。

12 déjà vu
（法語）似曾相識、既視感（感覺過去曾經歷過現在正發生的事）

I had a sense of déjà vu when I got there.
當我到達那裏時，有一種似曾相識的感覺。

13 dolce vita （義大利語）（放縱的）美好生活、甜蜜生活
Don't expect life to be La Dolce Vita.
不要期待人生是快樂和奢侈的饗宴。

14 doppelgänger （德語）分身（和某人相貌極相似的人）
She is like a doppelgänger of the late businesswoman.
她就像那個已故女事業家的分身。

15 en masse （法語）全體、一同
The executives resigned en masse.
管理階層集體辭職。

16 force majeure （法語）不可抗力
This is based on the provisions entitled "Force Majeure".
這是基於名為「不可抗力」的條款。

17 haute couture
（法語）頂級訂製女裝（高級時裝業或高級時尚設計師的女裝）

She designed haute couture until she turned 70.
她設計頂級訂製女裝直到70歲。

18 laissez-faire （法語）自由放任主義
Laissez-faire can do more harm than good in bringing up children.
自由放任主義對子女養育可能弊大於利。

19 mea culpa （拉丁語）承認個人過失
His mea culpa lacked sincerity.
他的道歉缺乏誠懇。

20 modus vivendi
（拉丁語）（意見、想法不同的人們、組織、國家彼此為了生存不起爭執而建立的）
權宜之計、妥協

We must bury the hatchet and seek a modus vivendi.
我們必須和解，尋求妥協的辦法。

21 **modus operandi** （拉丁語）工作方式、做法
We are not familiar with the modus operandi.
我們不熟悉那種作業方式。

22 **noblesse oblige**
（法語）權貴風範（社會地位高者應承擔的道德義務和社會責任）
That is an exemplary act of noblesse oblige.
這是權貴們應有的楷模風範。

23 **non sequitur** （拉丁語）不合邏輯的推理、不當陳述
Their argument is a non sequitur.
他們的主張是不合理的推論。

24 **nouveau riche** （法語）暴發戶、土豪
The nouveau riche living in Gangnam are the subject of envy and mockery.
江南暴發戶是被羨慕和嘲弄的對象。

25 **per annum** （拉丁語）每年
The company's net profit amounts to more than US 10 billion dollars per annum.
該公司每年的淨利達100多億美元。

26 **per capita** （拉丁語）平均每人
The per capita annual income exceeded 30 thousand dollars.
人均年收入超過3萬美元。

27 **per se** （拉丁語）本身、自身
His attendance per se is critical for the success of the forum.
他的出席本質上對論壇的成功至關重要。

28 **persona non grata**
（拉丁語）（在特定場所）不受歡迎的人、被（某國家政府）要求離境的人
He is a persona non grata in South Korea.
他在南韓是個不受歡迎的人。

29 **prima donna**
（拉丁語）歌劇的首席女歌手、女主角、妄自尊大的人
He doesn't have many friends as he behaves like a prima donna.
他狂妄自大所以沒什麼朋友。

30 prima facie
（拉丁語）（即使之後發現是虛假的）初步證明、乍看

The court said it recognizes prima facie evidence.
法院表示認定初步證據。

31 pro bono （拉丁語）（法律、律師相關業務）免費的
She took on the burglary case pro bono.
她擔任那起竊盜案的無償辯論。

32 pro rata （拉丁語）按比例計算的
If the costs of raw materials go up, there will be a pro rata hike in prices.
如果原物料成本增加，價格將按比例調漲。

33 quid pro quo （拉丁語） 交換條件、對價關係、報酬
There is no free lunch. There is a quid pro quo in every offer.
天下沒有白吃的午餐。所有提議都是有交換條件的。

34 raison d'être （法語）存在的理由
Her kids seem to be her sole raison d'être.
她的孩子似乎是她存在的唯一理由。

35 savoir faire （法語）應變自如的社交能力、隨機應變的能力
Whomever she meets, she displays brilliant savoir faire.
不論遇見誰，她都能展現出色的社交能力。

36 status quo （拉丁語）現狀
People usually want to maintain the status quo.
人們通常想要維持現狀。

37 sub rosa （拉丁語）私下地、秘密地（privately）
The meeting was held sub rosa at the headquarters.
會議在總公司私下舉行。

38 tête-à-tête （法語）兩人密談、促膝談心
The lover's tête-à-tête was interrupted by the abrupt fight.
那對戀人的親密對談被突然的爭吵打斷了。

39 tour de force （法語）創舉、力作
The skyscraper was a tour de force that took 10 years to build.
那座摩天大樓是花費十年時間完成的偉大傑作。

40 zeitgeist （德語）時代精神
Grit and passion have become the zeitgeist of the young generation.
毅力和熱情已成為年輕一代的時代精神。

INDEX

英中詞彙對照

A

B

C

D

E

H

I

J

K

L

M

N

R

S

T

Y

EZ TALK

專業新聞英文搭配詞

NEWS COLLOCATIONS

作　　者：朴鐘弘박종홍
譯　　者：謝宜倫
責任編輯：許宇昇、簡巧茹
裝幀設計：賴佳韋工作室
內頁排版：簡單瑛設
行銷企劃：陳品萱

發 行 人：洪祺祥
副總經理：洪偉傑
副總編輯：曹仲堯
法律顧問：建大法律事務所
財務顧問：高威會計師事務所

出　　版：日月文化出版股份有限公司
製　　作：EZ叢書館
地　　址：臺北市信義路三段151號8樓
電　　話：(02) 2708-5509
傳　　真：(02) 2708-6157
網　　址：www.heliopolis.com.tw
郵撥帳號：19716071日月文化出版股份有限公司

總 經 銷：聯合發行股份有限公司
電　　話：(02) 2917-8022
傳　　真：(02) 2915-7212

印　　刷：中原造像股份有限公司
初　　版：2022年7月
定　　價：420元
I S B N：978-626-7089-92-7

뉴스 영어의 결정적 표현들
Copyright © 2021 by Park, Jong-hong
All rights reserved.
Traditional Chinese copyright © 202* by HELIOPOLIS CULTURE GROUP
This Traditional Chinese edition was published by arrangement with Saramin through Agency Liang

◎版權所有，翻印必究
◎本書如有缺頁、破損、裝訂錯誤，請寄回本公司更換

專業新聞英文搭配詞 = News Collocations / 朴鐘弘著；謝宜倫譯. -- 初版. -- 臺北市：日月文化出版股份有限公司, 2022.07
352 面；14.7 × 21 公分. -- (EZ talk)
譯自：뉴스 영어의 결정적 표현들
ISBN 978-626-7089-92-7（平裝）
1.CST: 新聞英文　2.CST: 詞彙　3.CST: 句法
805.12　11100612